Zu diesem Buch

Kate Falling ist achtzehn Jahre alt, als ihre Familie bei einem tragischen Verkehrsunfall getötet wird. Völlig auf sich allein gestellt, versucht sie, der anfänglichen Verzweiflung und Ausweglosigkeit zu trotzen und nimmt den harten Kampf, ihren Platz im Leben zu finden, auf. Durch ihren Ehrgeiz und festen Willen schafft sie es, eine erfolgreiche Strafverteidigerin zu werden und schließlich wird ihr der von ihren Kollegen so begehrte Einstieg in die Partnerschaft einer renommierten Anwaltskanzlei angeboten.

Doch gerade als ihr Leben wieder in stabilen Bahnen zu verlaufen scheint und sie am Höhepunkt ihrer Karriere steht, schlägt das Schicksal erneut erbarmungslos zu. Kate wird die Diagnose Multiple Sklerose gestellt und sie hat neben körperlichen Beschwerden mit einer Vielzahl an Gefühlen zu kämpfen: Wut, Angst, Trauer, Resignation.

ROMANA KNÖTIG

MIRJAMS SCHATZ

Roman

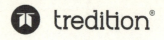

www.tredition.de

© 2012 Romana Knötig

Umschlaggestaltung: Markus Maier

Umschlagbild: „Sommerende" von Romana Knötig

Verlag: tredition GmbH, Hamburg

ISBN: 978-3-8491-1969-0

Printed in Germany

Das Werk, einschließlich seiner Teile, ist urheberrechtlich geschützt. Jede Verwertung ist ohne Zustimmung des Verlages und des Autors unzulässig. Dies gilt insbesondere für die elektronische oder sonstige Vervielfältigung, Übersetzung, Verbreitung und öffentliche Zugänglichmachung.

Personen, Orte und Namen in diesem Buch sind frei erfunden, autobiographische Züge jedoch in vielerlei Hinsicht vorhanden.

Für meine Familie
Für Selma und Gerhard,
Manuela und Markus

Ihr seid
> *die Sonne und der Regen*
> *der Tag und die Nacht*
> *die Luft und die Erde*
> *die Musik und die Stille*

Ihr seid
> *mein Glück und mein Friede.*

Nichts ist härter als Diamant.

Nur der Mensch.

Prolog

„Ihr Ticket, bitte", wiederholte die Dame am Schalter nun schon zum dritten Mal, „Sie sind ohnehin schon spät dran, oder wollen Sie, dass das Flugzeug ohne Sie startet?!"

Kate schreckte aus ihren Gedanken hoch. Eilig kramte sie in ihrem Rucksack nach dem Flugschein. „Verzeihung, Ma'am."

„Okay, Ms...äh...Bergmann, die vorletzte Reihe ist noch unbesetzt. Möchten Sie lieber einen Platz am Fenster oder am Gang?"

Verwirrt sah Kate die Frau hinter dem Schalter einen Moment lang an, bevor ihr klar wurde, dass mit dem Namen Bergmann sie gemeint war. In ihrem jungen Leben hatte sie bereits drei verschiedene Namen getragen und es würde gewiss nicht der letzte sein: Kate Milstedt, ihr Mädchenname, dann Falling, als sie Eric geheiratet hatte, und nun Lisa Bergmann, ihre neue, vorläufige Identität. Wenn sie erst einmal ihr Ziel erreicht hatte, würde sie einige Zeit verstreichen lassen und dann wieder ihren ursprünglichen Namen annehmen. Niemand würde sich mehr für ihre Geschichte interessieren und in Neuseeland kannte man sie weder unter Kate Milstedt noch unter Lisa Bergmann. Neuseeland. Dort wollte sie hin.

„Ein Fensterplatz wäre mir lieber", sagte Kate und stellte ihre Reisetasche auf das Förderband.

Der Chelford-Flughafen war ein modernes, unüberschaubares Areal mit riesigen Hallen, endlos langen Gängen, Geschäften und Restaurants aller Art sowie pompösen Gebilden aus Marmor, die – völlig deplatziert – an die ersten Versuche junger Künstler erinnerten.

Nachdem sie durch die Passkontrolle gegangen war, kaufte sich Kate bei einem Imbissstand ein Schinken-Käse-Sandwich und hielt nach einem freien Sitzplatz Ausschau. Die Menschenmassen und die abgestandene Luft machten sie schwindlig. Außerdem dröhnten die Flugansagen aus den Lautsprechern in ihren Ohren. Als sich schließlich ein älterer Herr aus seinem Stuhl erhob, ließ sich Kate erschöpft in diesen fallen und schloss für einen Moment die Augen. In ihrem Kopf rotierten die Ereignisse der letzten Tage. Das lange Warten auf den richtigen Zeitpunkt, die tränenreiche Verabschiedung von Mirjam und die Angst vor dem Scheitern. Eine Angst, die ihr fast den Verstand raubte. Und dann war plötzlich alles so schnell gegangen: die Flucht aus der Klinik mit den zweihundertfünfzig Metern kaltem Wasser, die vor ihr gelegen hatten; die Suche nach der Reisetasche mit der trockenen Kleidung, dem gefälschten Pass und den gebündelten Geldscheinen; das Verändern ihres Aussehens und die Fahrt zum Flughafen.

Als ihre Gedanken begannen, tiefer in die Vergangenheit vorzudringen, riss Kate erschrocken die Augen auf. Da war sie wieder – diese lähmende Angst. Kate hatte in den letzten beiden Jahren die verschiedensten Ängste durchlebt: die Angst vor den schmerzhaften Behandlungen und den gesenkten Blicken der Ärzte; die Angst, einen geliebten Menschen zu verlieren; die Angst, sich selbst und den anderen nicht mehr genügen zu können; die Angst vor der unsicheren Zukunft; die Angst vor dem Einschlafen und Wiederaufwachen. Und vielleicht war eine gewisse Angst auch in ihrem früheren Leben stets präsent gewesen, so wie ein giftiges Insekt, dessen Anwesenheit man erst dann bemerkt, wenn es bereits zugestochen hat. Aber diese Angst, die sie hier am Chelford-Flughafen umgab und bereits mit dem Sprung in den Fluss ihren Anfang genommen hatte, war anders. Packender, bedrohlicher. Zu viel hing von der erfolgreichen Durchführung dieses Vorhabens ab, im Grunde ihre gesamte weitere Existenz. Aber was, wenn es scheiterte? Wenn jemand hinter ihr Geheimnis gekommen war? Hatte sie auch wirklich keinen Fehler gemacht? Oder wenn sie jemand, trotz Brille und Perücke, als diejenige erkannte, die sie eigentlich war?

Nervös fischte Kate aus ihrer Jackentasche eine Packung Zigaretten hervor und zündete sich eine davon an. Während sie den Rauch einsog, ließ sie ihre Flucht noch einmal Revue passieren. Nein, es war alles nach Plan gelaufen. Es musste einfach klappen! Wenn sie erst mal im Flugzeug saß, konnte nichts und niemand sie mehr aufhalten. Allmählich beruhigte sie sich und als endlich ihre Flugnummer aufgerufen und die Gangway freigegeben wurde, verschwand dieses panische Gefühl zur Gänze, so schnell, wie es zuvor gekommen war.

Die Maschine war entgegen ihres Erwartens bis zu den hinteren Reihen fast voll besetzt, nur vereinzelt war ein freier Sitzplatz zu erkennen. Kate hatte es sich neben dem Fenster, so gut es ging, bequem gemacht. Die beiden Plätze neben ihr waren noch frei. Bald, sagte sie sich, bald fängt mein neues Leben an! Ein Lächeln huschte über ihre Lippen. Dann griffen ihre Finger nach dem Medaillon, das sie um den Hals trug und umschlossen es zärtlich. „Danke", flüsterte sie leise, „danke, dass ihr meine Schutzengel wart. Ich liebe euch, Mum, Dad, Annie."

Als der Mann zu ihrer Rechten sie zum ersten Mal ansprach, war sie noch zu sehr in Gedanken vertieft, als dass sie die Stimme sofort erkannt hätte.

„Kate?", fragte er erneut, „Du bist es doch, nicht wahr?"

Kate zuckte unwillkürlich zusammen. Jemand hatte sie bei ihrem Namen genannt. Kate. Nicht Lisa Bergmann, als die sie sich ausgab. Und diese Stimme, die so vertraut in ihren Ohren klang. Ein kalter Schauer lief über ihren Rücken. Sie wagte nicht, sich umzudrehen.

Das Flugzeug hatte inzwischen die Startbahn erreicht und donnerte mit enormer Geschwindigkeit über den schwarzen Asphalt. Ein Kind in den vorderen Reihen schrie auf und man konnte die monotone Stimme der Mutter hören, die es zu beruhigen versuchte. Draußen ging die Sonne hinter den Bäumen auf, der Nebel hing noch über dem Land und als die Maschine abhob, war sie zu einem glühenden Ball am Horizont aufgestiegen.

Als Kate schließlich den Blick wandte, hatte die Helligkeit noch nicht den gesamten Innenraum erreicht, sodass niemand ihr Gesicht sehen konnte. Es war aschfahl.

1. Teil

„Die Mahnung zur Weisheit" (Spr. 4,18-4,19)

Doch der Pfad der Gerechten ist wie das Licht am Morgen;
es wird immer heller bis zum vollen Tag.
Der Weg der Frevler ist wie dunkle Nacht; sie merken
nicht, worüber sie fallen.

Kapitel 1

Im Nachhinein konnte Kate nicht mehr genau sagen, wann alles begonnen und ob es überhaupt einen bestimmten Tag oder Zeitpunkt gegeben hatte, an dem ihr Leben aus den Bahnen geraten war. Aber zweifellos hatte es Vorwarnungen gegeben. Nicht etwa von Freunden, Verwandten oder irgendwelchen anderen Leuten – nein! Sie waren von ihr selbst gekommen, aus ihrem innersten Bewusstsein, dessen Zeichen zu deuten sie damals noch nicht imstande gewesen war. Und zweifelsohne war dem Ganzen ein schwerer Schicksalsschlag vorausgegangen, an diesem heißen Frühsommertag...

„Beeil dich Kate! Lucas steht schon vor der Tür."
„Dann lass ihn halt noch für ein paar Minuten rein! Ich bin noch nicht ganz fertig."
„Aber wenn ihr nicht bald losfahrt, fängt die Probe ohne euch an."
„Ich weiß. Diese verdammte Frisur hält einfach nicht!", rief Kate verärgert.
Mrs. Milstedt ging kopfschüttelnd zur Haustür. Beinahe zwei Stunden war es nun her, seitdem sich ihre ältere Tochter im Bad eingeschlossen und kein Lebenszeichen mehr von sich gegeben hatte. Aber wenn sie an ihre eigene Jugendzeit zurückdachte, kamen ihr dieselben Bilder in den Kopf. Das Kleid, das ständig verrutschte und nie recht zu passen schien, die unbändigen Haare, der nervöse Blick auf die Uhr und dieses flaue Gefühl in der Magengegend. Und alles nur wegen ein paar Stunden Tanz, Musik und Unterhaltung. Aber wahrscheinlich blieb gerade deswegen der Abschlussball immer in Erinnerung.

„Hallo Lucas, komm rein! Kate braucht noch ein Weilchen."

„Danke, Mrs. Milstedt. Die hier sind für Sie." Etwas verlegen hielt Lucas ihr einen Strauß gelber Rosen hin.

„Oh, die sind aber schön! Vielen Dank! Möchtest du vielleicht noch was trinken, bis Kate runterkommt?"

„Ja, ne Coke wär nicht schlecht."

„Dann setz dich schon mal ins Wohnzimmer. Annie müsste auch drüben sein."

Das Wohnzimmer war wohl der imposanteste Bereich des Hauses, sofern man überhaupt einen Raum von den anderen hervorheben konnte. Schwere Ölgemälde hingen über einem steinernen Kamin, dessen Glut sich in der gegenüberliegenden Glasfront spiegelte und den Blick auf die Terrasse verschleierte. Ein gewaltiger Kristallluster tat das seine dazu. In die Mitte des Raumes war eine zimtfarbene Sitzgruppe drapiert, dazu ein gediegener Mahagonitisch, der mit Farbe und Struktur des Wandschranks konform ging. Über die andere gesamte Seite des Raumes spannte sich ein deckenhohes Bücherregal mit naturwissenschaftlichen Bildbänden und medizinischen Fachbüchern. Dazwischen überall Fotos. Kate und Annie beim Schwimmen, Annie auf dem Dreirad und in Mamas Armen, Kate mit ihrer ersten Schultüte und in Papas viel zu großen Gummistiefeln. Und dann noch ein gemeinsames Foto vor einer Berghütte in den Westgregorian Mountains.

Als Lucas den Raum betrat, war Annie gerade dabei, ihre Fingernägel in einem grellen Rotton zu lackieren. Sie sah kurz auf und bedachte ihn mit einem verschmitzten Lächeln. In ihrem cremefarbenen Zweiteiler und den hochgesteckten blonden Locken wirkte sie bedeutend älter als siebzehn.

„Wow, Annie, du siehst toll aus! Hast du vor, die heutige Ballkönigin zu werden?"

„Ach komm, lass den Quatsch!"
„Also, meine Stimme hast du jedenfalls", feixte Lucas.
Mrs. Milstedt kam mit einem vollen Glas in der Hand zurück, gefolgt von ihrem Mann Arnd.
„Warum ärgert sich denn meine Kleine schon wieder?" Mr. Milstedt ging lachend auf Lucas zu und klopfte ihm tadelnd auf die Schulter. „Dachte ichs mir doch!"
„Guten Abend, Mr. Milstedt."
Kates und Annies Vater war, im Gegensatz zu seiner zierlichen Frau, ein groß gewachsener, stattlicher Mann mit graumeliertem Haar und Schnauzer. Durch silber umrandete Brillengläser lugten zwei warmherzige, allwissende Augen und auf seinem Gesicht breitete sich stets ein schelmisches Grinsen aus.
Plötzlich polterte jemand hinter ihnen die Treppe hinunter und so lange Kate auch gebraucht haben mochte, bei ihrem Anblick war alle Zeit vergessen. Sie trug ein schlichtes, weinrotes Abendkleid, dessen fein bestickter Stoff fast bis auf den Boden fiel. Die dunklen Haare waren im Nacken zu einem Knoten gebunden und mit Strasssteinchen bedeckt. Um ihren Hals legte sich eine weiße Perlenkette. Kate hatte ihre rehbraunen Augen lediglich mit dunkler Mascara geschminkt, ansonsten trug sie keinerlei Make-up. Arnd meinte, sie hätte die natürliche Schönheit ihrer Mutter geerbt.
„Na, wie seh ich aus?" Kate drehte sich ein Mal um die eigene Achse und vollführte einen höflichen Knicks.
„Großartig! Einfach bezaubernd!" Mr. Milstedt drückte ihr einen dicken Kuss auf die Wange und sah mit Zufriedenheit die bewundernden Blicke von Lucas.
„Mir bleibt die Spucke weg. Mann, hab ich ein Glück! Und du bist dir sicher, dass du mit mir auf den Ball gehen willst?"

Kate schüttelte lachend den Kopf. „Wenn ihr noch lange so dasteht und Komplimente macht, dann überleg ichs mir wirklich noch mal." Sie gab ihm einen Kuss und zog ihn Richtung Haustür. Annie und ihre Eltern folgten.

„Nun aber los ihr zwei!" Arnd half seiner Tochter in den Mantel und gab Lucas einen Klaps auf die Schulter. „Fahr nicht zu schnell!", flüsterte er ihm zu.

„Ich werde versuchen, euch einen Platz in den ersten Reihen zu reservieren. Ich warte dann beim Eingang auf euch. Sagen wir halb acht?"

„Ok, mein Schatz, wir werden pünktlich sein. Ich hoffe nur, wir finden uns bei all den Leuten." Mrs. Milstedt schob die beiden zur Tür hinaus und winkte ihnen nach.

„Bis später!"

St. Patrick Highschool war eine der ältesten bestehenden Fakultäten in Poreb County und von einem Bankierssohn in den frühen Zwanzigern gegründet worden. Seither waren weder nennenswerte Veränderungen am Gebäude noch an der Schulverwaltung vorgenommen worden. Alles lief seinen gewohnten, immerwährenden Lauf und niemand im Professorenkreis hegte auch nur den leisesten Wunsch nach Umstrukturierung und neuen Lehransätzen. Nichtsdestotrotz war die St. Patrick Highschool eine der bestbesuchten Schulen im ganzen Distrikt und ihr guter Ruf weit über die Landesgrenzen hinaus bekannt.

Kates Eltern waren sich nach den guten Noten und dem Ehrgeiz ihrer Tochter schnell einig gewesen, dass nach der First State School ihre weitere Zukunft in St. Patrick liegen sollte. Nach fünf mühelosen Jahren stand Kate nun vor einem ausgezeichneten Abschluss.

„Und, hast du sie draußen wo entdeckt?" Erwartungsvoll blickte Kate ihre Freundin an.

„Nein, tut mir leid", antwortete diese, „aber wenn wir nicht bald reingehen, verpassen wir den Start. Außerdem komm ich gleich am Anfang dran und wir wollten doch noch mal unseren Text durchgehen."
„Vergiss den blöden Text! Ich bleib so lange hier, bis sie auftauchen. Vielleicht stehen sie irgendwo im Stau oder Annie hat wie so oft vergessen, das Licht auszuschalten und sie sind noch mal zurückgefahren. Verdammt Jo, das ist mein Abschlussball!"
Joanna seufzte. „Du hast Recht." Mitfühlend griff sie nach Kates Hand und drückte sie sanft. „Ich sag Lucas Bescheid, er soll die Plätze noch für ein paar Minuten im Auge behalten. Bin gleich zurück." Joanna zwinkerte Kate zu und eilte in Richtung Festsaal.

Kates anfänglicher Ärger über die Verspätung ihrer Familie war inzwischen einem beunruhigenden Gefühl gewichen. Sie wusste, dass ihre Eltern stets pünktlich waren, besonders zu solchen Ereignissen. Besorgt schielte sie ins Freie. Von den Menschenmassen, die anfangs in das Schulgebäude gedrängt hatten, waren nur noch ein paar verspätete Angehörige übriggeblieben, die nervös auf die Uhr blickten und mit Erleichterung feststellten, dass sie es doch noch rechtzeitig geschafft hatten.

Joanna kam keuchend zurückgerannt. „Puh, drinnen ist die Hölle los! Mit so vielen Leuten hätt ich echt nicht gerechnet. Das musst du dir ansehn!"

Kate brachte ein müdes Lächeln zustande. Die Enttäuschung ließ jegliche Lust schwinden, an der Aufführung teilzunehmen. Für wen sollte sie denn spielen? Noch dazu die strahlende Helena! Für Joanna etwa? Oder Lucas? Ja, Lucas, ihre erste große Liebe, falls man hier überhaupt von Liebe sprechen konnte. Es war mehr eine dieser Highschool-Beziehungen, die sich notgedrungen ergab, wenn pubertierende Jungs und Mädchen zu fast gleichen Anteilen aufeinandertrafen. Sie hatten sich am Pausenhof kennengelernt: Kate, die ihn verstohlen inmitten einer Gruppe Halbwüchsiger gemustert hatte, ihn, den großen, dunklen Jungen, der mit seinen coolen Sprüchen vor nichts Angst zu haben schien. Und Lucas war einfach auf sie zugegangen und hatte sie angesprochen. Seitdem waren vier Monate vergangen und außer Händchenhalten und heißen Küssen auf Partys war nicht viel gelaufen. Aber Kate mochte ihn. Und Lucas gab ihr das Gefühl, begehrt zu sein. Im Grunde wussten sie beide, dass es eine Beziehung auf Zeit war und sich ihre Wege nach der Schule trennen würden.

„Komm Kate, lass uns reingehen! Ich bin sicher, deine Eltern wurden durch was Wichtiges aufgehalten. Aber sie kommen noch, ganz bestimmt! Und wenn sie die ersten Minuten verpassen, ist es ohnehin besser für sie." Joanna gluckste und zog eine Grimasse. „Marlies spielt echt zum Kotzen!"

„Zugabe! Zugabe!" Die Menge applaudierte. Einige Leute hatten sich sogar aus ihren Sitzen erhoben, um ihrem Beifall mehr Ausdruck zu verleihen. *Troja* war ein großer Erfolg gewesen. Alles war wie geplant abgelaufen, ohne einen einzigen Versprecher.

Eltern und Familienangehörige drängten nun zu ihren Zöglingen, um ihnen zu ihren reifen Leistungen zu gratulieren.

Kate versuchte, in der Menschenmenge jemanden aus ihrer Familie zu erkennen. Lucas hatte es geschafft, die drei Plätze in der dritten Reihe links bis zum Beginn des Stückes freizuhalten. Sie waren bis jetzt leer geblieben.

„Ms. Milstedt?" Ein vollbärtiger, untersetzter Mann war neben sie getreten.

Kate hob die Augenbrauen.

„Kann ich Sie bitte unter vier Augen sprechen?", fragte er.

„Klar, worum gehts?"

Der Mann kniff die Augen zusammen und blinzelte nervös. „Es wäre mir lieber, wir könnten uns wo ungestört unterhalten. Vielleicht gibt es ein Klassenzimmer, das frei ist."

„Die sind alle zugesperrt", sagte Kate. Und nach kurzem Überlegen: „Aber der Pausenraum ist bestimmt offen. Was ist es denn so Wichtiges, dass Sie es mir nicht hier sagen möchten? Ich meine, heute ist Abschlussball und ich würde jetzt ganz gerne feiern gehn."

Der Mann fasste Kate unbeirrt am Arm und zog sie sanft nach draußen. Der Gang war leer. Nur am hinteren Ende war eine Gestalt zu erkennen, die zusammengekauert auf einem Stuhl saß. Als sie sich näherten, erhob sich die Gestalt langsam. Es war eine Frau in Uniform. Sie ging ein paar Schritte auf Kate zu und bot ihr freundlich die Hand an. „Guten Abend, Ms. Milstedt. Mein Name ist Rose Lenghart. Ich bin Polizeibeamtin."

Kate runzelte die Stirn. „Polizei?"

Der Mann an ihrer Seite flüsterte der Frau ein paar Worte zu, die Kate aber nicht verstehen konnte.

„Bitte, Ms. Milstedt, führen Sie uns zum Pausenraum." Die Frau lächelte matt.

Kate verstand noch immer nicht, was dies alles zu bedeuten hatte, aber irgendetwas stimmte nicht. Schweiß trat auf ihre Stirn und ein äußerst beklemmendes Gefühl überkam sie.

„Es wäre besser, wenn Sie sich setzen würden." Die Stimme der Polizeibeamtin klang nun so leise, dass sich Kate anstrengen musste, um überhaupt etwas zu verstehen. Der Mann, der sie zuvor angesprochen hatte, sah mit ernster Miene zu Boden.

„Mein Kollege und ich müssen Ihnen leider eine traurige Nachricht überbringen. Ihre Familie hatte einen Unfall bei der South Cornet Bridge."

„Was?!" Kate sprang auf. „Wie konnte das passieren? Sind sie verletzt?"

Ms. Lenghart warf ihrem Kollegen einen raschen Blick zu, so als würde sie es vorziehen, er würde in der Erzählung fortfahren. Dieser jedoch starrte nur weiter ins Leere. „Wir wissen noch nichts Konkretes. Unsere Techniker sind gerade dabei, den Wagen zu untersuchen. Sie vermuten, die Bremsen...", sagte sie.

„Oh mein Gott!" Kate sank benommen auf den Stuhl zurück. Ihre Mundwinkel zuckten nervös und ihre Lider begannen leicht zu flattern.

„Es sieht so aus, als hätten die Bremsen versagt. Ihr Vater ist von der rutschigen Fahrbahn abgekommen. Der Wagen ist mit voller Geschwindigkeit durch das Brückengeländer gerast." Die Polizeibeamtin räusperte sich mehrmals. „ Es tut mir leid, Ms. Milstedt, ihre Familie ist abgestürzt."

Kate warf den Kopf herum. Ihre Augen waren vor Entsetzen geweitet. Als sie sprach, klang ihre Stimme schrill und fremd. „Ich will sofort zu ihnen! Ich muss sie sehn! Fahren sie mich ins Krankenhaus. Los!"

Eilig lief sie zur Tür.

Der Mann, der die ganze Zeit über apathisch dagestanden hatte, sog tief die Luft ein. Dann sah er Kate direkt in die Augen. „Ms. Milstedt, es waren über fünfundzwanzig Meter." Seine Stimme brach ab. Er hatte große Mühe, seine Worte hervorzubringen. Zitternd griff er nach einem Taschentuch und wischte sich über die nasse Stirn. „Niemand auf der Welt hätte einen derartigen Sturz überlebt. Ms. Milstedt, ihre Familie ist tot. Mein aufrichtiges Beileid."

Kate taumelte. Ihr Mund stand offen und an ihrer rechten Schläfe pochte eine dicke Ader. Ihr Herz raste. Dann ging alles sehr schnell. Erst war es nur ein gurgelndes Geräusch, das aus ihrem Inneren drängte, dann ein gellender Schrei. Kate griff nach der Beamtin, um Halt zu finden, verfehlte diese jedoch und kippte vornüber. Ein dumpfer Aufprall, dann vollkommene Dunkelheit.

Kapitel 2

Am Fuße des Venaro Hill schlängelte sich ein schmaler Fluss, der an manchen Stellen in ein breites Flussbett auslief. In den Sommermonaten waren dies beliebte Plätze für Angler, Camper oder junge Abenteurer, die, um ein Lagerfeuer versammelt, nach neuen Entdeckungen Ausschau hielten. In den frühen Morgenstunden befand sich kaum jemand am Uferpfad, nur ein älterer Herr, der mit seinen zwei Hunden spazieren ging und zwei junge Mütter, die sich über die Fortschritte ihrer Sprösslinge unterhielten, während sie die Kinderwägen vor sich herschoben.

Kate hatte den Wagen an der nördlichen Seite des Venaro Hill geparkt und war dann querfeldein zum Fluss hintergelaufen. Der Tau hing noch an den üppigen Blüten der Nachtkerzen und die Sonnenstrahlen färbten das Wasser silbern. Kate atmete tief die klare Luft ein. Am Uferrand lagen ein paar leere Bierdosen und neben den Resten einer Feuerstelle hatte jemand seinen Pullover vergessen. Nach einigen Metern machte der Fluss eine Biegung und der Pfad führte steil bergauf. Kate keuchte, als sie die Steigung hinter sich gelassen hatte und blieb für einen Moment stehen. Die Aussicht auf den Flusslauf und das rote Gestein des angrenzenden Venaro Hill war berauschend. Wie die Aufnahme auf einer dieser kitschigen Postkarten. Kate band sich den Pullover um die Taille und lief weiter. Wie jedes Mal, wenn sie hier ihre Runde drehte, fingen ihre Gedanken an zu kreisen.

Etwas mehr als zwei Jahre waren seit dem Tod ihrer Familie vergangen, aber für Kate schien es noch immer so, als wäre es erst gestern gewesen. Sie hatte nie einen Weg gefunden, mit diesem schrecklichen Ereignis abzuschließen, aber vielleicht hatte sie auch nicht die Möglichkeit dazu bekommen.

Nachdem sie das Bewusstsein verloren hatte, war sie von den beiden Polizeibeamten ins Poreb County Hospital gebracht worden. Die Ärzte hatten sie drei Tage lang im Tiefschlaf gehalten und ihr anschließend eine psychologische Betreuung zugewiesen. Die Nächte waren grausam und nur mit einer hohen Anzahl von Schlaf- und Beruhigungstabletten zu ertragen gewesen. Nach vier weiteren Tagen hatte man sie mit den besten Wünschen entlassen und zu ihrer Tante nach Langville gesandt. Kate hatte erst lange Zeit vor dem Krankenhaus gewartet, in der Hoffnung, man würde sie dort abholen und schließlich den Bus genommen. Die Adresse, die ihr ein Pfleger gegeben hatte, war leicht zu finden gewesen. Ein schönes Holzhaus mit grünen Fensterläden in einer ruhigen Siedlungslage.

Onkel Benedict war der jüngere Bruder ihres Vaters und hatte sich seit der Heirat mit Sophie um einhundertachtzig Grad gewendet. Die regelmäßigen Treffen und Ausflüge mit Arnd und dessen Frau schienen plötzlich ebenso unwichtig wie das Heranwachsen seiner beiden Nichten. Kate konnte sich nur an ein paar Besuche seinerseits erinnern, die aber jedes Mal im Streit geendet hatten. Sie machte sich also keine allzu großen Illusionen, dass Tante Sophie und Onkel Benedict, die es bevorzugt hatten, kinderlos zu bleiben, sie besonders liebevoll aufnehmen würden. Dennoch waren sie seit dem frühen Tod ihrer Großeltern die einzigen Verwandten, die sie noch hatte.

Nach Kates Ankunft im neuen Heim war nicht viel Zeit zum Trauern geblieben. Onkel Benedict hatte ihr aufgetragen, eine Liste mit all jenen Sachen anzufertigen, die sie aus ihrem Elternhaus benötigen würde. Und Sophie hatte sie regelrecht mit Arbeit eingedeckt. Stiegenaufgang schrubben, Wäsche waschen, Unkraut jäten, Gemüse putzen. „Damit du ein wenig abgelenkt wirst", meinte sie. Ein Meerschweinchen wäre ihr bedeutend lieber gewesen, so wie früher, als sie mehrere besessen und das helle Gequieke durchs gesamte Haus getönt hatte. Die kleinen Nager mit ihrem zutraulichen Wesen und der oft unterschätzten Intelligenz hatte Kate schon immer gemocht, doch Onkel Benedict schien eine allgemeine, wenn auch fragwürdige, Tierhaarallergie zu haben und somit war dieses Thema schnell vom Tisch.

Nach der Beerdigung hatten sie einen Notar aufgesucht, der einen kleinen Pflichtanteil Onkel Benedict zuwies, das Haus und den Rest des Vermögens sollte Kate an ihrem einundzwanzigsten Geburtstag übertragen bekommen.

Die folgenden Wochen waren geprägt von Kates Überlegungen in Hinblick auf ihren weiteren beruflichen Werdegang und dem festen Entschluss der Milstedts, dass ein Jurastudium das einzig Richtige für sie sei. Benedict war selbst erfolgreicher Anwalt und konnte Kates Wunsch, einer Ausbildung als Journalistin oder Schriftstellerin nachzugehen, nur belächeln. „Was willst du mit einem derart brotlosen Job? Glaubst du, wir können dir jedes Mal aus der Patsche helfen, wenn du mal wieder auf der Straße stehst?! Aber wenn du dich für ein Jurastudium entscheiden würdest", fügte er milde hinzu, „dann könnte ich sicher ein gutes Wort bei meinen Partnern für dich einlegen und wer weiß…vielleicht steigst du dann in unserer Kanzlei ein."

Kate hatte schnell begriffen, dass ihre Wünsche immer erst an zweiter Stelle zu stehen hatten. Die Tatsache, dass sie außer Onkel Benedict und Tante Sophie niemanden mehr hatte, den sie um Rat und Unterstützung fragen konnte, sollte dies einmal erforderlich sein, ließ sie zu der

Überzeugung gelangen, dass es besser war, sich nicht gegen die beiden aufzulehnen.

In Langville gab es weder eine juristische Fakultät noch irgendeine andere Universität. Kate war also gezwungen, sich einen billigen Gebrauchtwagen zu kaufen und zwischen Poreb und Langville hin- und herzupendeln. Es war nur eine Frage der Zeit, bis ihr die Milstedts nahelegten, sich einen Heimplatz zu organisieren. Kate war daraufhin in Tränen ausgebrochen und hatte versucht, sich mit einer Schachtel Schlaftabletten das Leben zu nehmen.

Der Pfad mündete nun in einen breiten Kiesweg, der eigens von der Stadtverwaltung für Spaziergänger angelegt worden war. Vor einem Waldstück teilte er sich und Kate verließ schnellen Schrittes den Uferpfad. Wie immer lief sie an dem Stapel gefällter Baumstämme und der Futterkrippe vorbei und erreichte schließlich eine kleine Lichtung. Das Handy surrte. Kate blieb stehen und griff in ihre Hosentasche.

„Hi Jo, was gibts? Wartest du etwa schon auf mich?"

„Nein nein, bin erst bei der Brücke. Philip hat mich so lang aufgehalten. Tut mir leid."

Kate lachte. „Seid wohl nicht aus dem Bett gekommen?"

„An was du schon wieder denkst!" Joanna grummelte vor sich hin. „Nein, Phil hat mich gebeten, seine Arbeit noch mal durchzusehen. Auf Fehler und so. Du weißt ja, er und Eric haben heut Abgabetermin."

„Au scheiße! Das hab ich total vergessen!" Kate schlug sich mit der flachen Hand auf die Stirn.

„Mach dir nichts draus. Hauptsache du fragst Eric danach, wenn ihr euch seht. Sowas kommt immer gut an. Habt ihr euch denn schon was ausgemacht?"

Kate legte den Kopf schief. „Sei nicht so neugierig, Jo!"

„Ach was, tu doch nicht so scheinheilig! Du wartest doch schon die ganze Zeit darauf, dass ich dich frage."

„Also gut", meinte Kate gnädig, „Eric hat gestern angerufen und mich für morgen Abend zum Essen eingeladen. In das neue Steak-House am Joseph Square."

„Ich werd verrückt! Und du sag noch ein Mal, er will nichts von dir!"

Joanna legte auf, nachdem sie vereinbart hatten, sich in zwanzig Minuten vor Terrys Imbissstube zu treffen. Bis dahin blieb Kate noch genügend Zeit, um einen kleinen Umweg zu machen. Sie verließ die Lichtung und kam über einen Forstweg auf die Arlens Road. Kate joggte diese entlang, bis sie zu einer Kreuzung kam. Sie hielt sich nördlich und gelangte schließlich auf die Lynet Street, zu deren linker Seite sich ein weitläufiges Siedlungsgebiet erstreckte. Kate verlangsamte ihr Tempo und hielt vor dem vierten Haus. Nach einem kurzen Blick über die Schulter kletterte sie über das schwarze Eisentor. Der Garten lag verwildert vor ihr. Wo einst ein Gemüsebeet gelegen hatte, wucherte nun dichtes Unkraut und unter den Obstbäumen häuften sich verfaulte Früchte. An der Rückseite des Hauses rankte sich Efeu die Dachrinne empor und das Gras neben dem Brunnen reichte bis zu den Knien. Kate wischte über eine der schmutzigen Fensterscheiben. Die Sonnenstrahlen drangen schwach durch das verschmierte Glas. Das Innere wurde in fahles Licht getaucht. Kate konnte die Umrisse der Sitzgruppe und des hohen Wandschranks erkennen; alles stand genau so, wie es bei ihrem letzten Besuch dagestanden hatte. Kate nickte zufrieden. In weniger als einem Jahr würde sie in ihr Elternhaus zurückkehren, das Haus ihrer und Annies Kindheit und der vielen schönen Erinnerungen.

Sie hatte das Heim von Anfang an gehasst und wenn Joanna nicht gewesen wäre, mit der sie sich ein Zimmer teilte, so hätte sie höchstwahrscheinlich einen zweiten Selbstmordversuch unternommen. Joanna studierte Architektur und schaffte es immer wieder, Kates Gemüt zwischen Paragraphen und Gesetzestexten aufzuheitern. Kate hatte sich anfangs nur sehr schwer an das Studentenleben und die verschrobenen Professoren gewöhnen können, doch ihr unermüdlicher Ehrgeiz hatte sie dazu bewogen, durchzuhalten und insgeheim das Ziel aufkommen lassen, das Studium so schnell wie möglich zu beenden.

Philip und Eric hatten sie in der Mensa kennengelernt. Joanna und Kate waren gerade dabei gewesen, eine Portion weichgekochte Spaghetti mit lauwarmer Sauce zu vertilgen, als sich die beiden Männer zu ihnen an den Tisch gesetzt hatten. Wie sich herausstellte, studierten die zwei ebenfalls Jura, allerdings schon drei Semester weiter. Joanna hatte Phil von Anfang an sympathisch gefunden und als Verkupplerin zwischen Eric und Kate fungiert. Und nun hatte Eric sie tatsächlich zum Essen eingeladen!

Kate sah auf die Uhr und beschloss, in Richtung Terrys Imbissstube aufzubrechen. Auf dem Parkplatz vor dem Lokal standen zwei Autos, von denen eines wahrscheinlich dem Besitzer selbst gehörte. Ansonsten war er leer. Kate wartete ein paar Minuten und entschloss sich schließlich, ihrer Freundin entgegenzulaufen.

Plötzlich verspürte Kate ein Kribbeln in den Beinen, erst im rechten Fuß, dann auch im linken. Abrupt blieb sie stehen. Ihre Beine fühlten sich matt und kraftlos an. Als sie langsam weiterging, war ihr Gang plump und schwerfällig. Ihre Sohlen trafen hart auf den Asphalt und erzeugten ein dumpfes, hallendes Geräusch.

Joanna winkte schon von weitem und lachte, als sie näher gekommen war. „Was ist denn mit dir passiert? Bist du in einen Ameisenhaufen gefallen?"

Kate überging die neckische Bemerkung ihrer Freundin und rieb sich den Bauch. „Wenn ich nicht bald was zu essen krieg, kannst du mich huckepack heimtragen!"

„Na, dann komm! Auf zu Terrys Schinkenomelette." Joanna eilte voraus. Als sie sich umdrehte und Kate hinter sich herstolpern sah, hielt sie inne. „Sag mal, gehts dir nicht gut? Hast du dich vielleicht überanstrengt? Ich meine...ich kann ohnehin nicht verstehen, dass du jedes Mal die große Runde nimmst."

Kate machte eine abwehrende Handbewegung. „Ach was, ich bin nur ein bisschen müde. Wahrscheinlich hab ich gestern zu lang ferngesehen."

Joanna musterte sie von der Seite. Nach täglichem Zusammenleben auf engstem Raum kannte sie nicht nur Kates Gewohnheiten auswendig, sondern wusste auch, dass diese nie spät zu Bett ging. „Das war nicht das erste Mal, stimmts?", fragte sie besorgt.

Kate nickte. „Es fing bei Tante Sophie an. Ich war gerade dabei, die Treppe zu putzen, als ich mit dem Bein gegen das Geländer stieß und eine taube Stelle oberhalb des Knies bemerkte. Zwei Tage später war es wieder vorbei. Ich dachte, ich hätte zu lange am Boden gekniet, aber ein halbes Jahr später hatte ich ein ähnlich taubes Gefühl in der Hand."

Joanna schüttelte besorgt den Kopf. „Kate, du arbeitest zu viel. Erst bei deinem Onkel, dann der Stress auf der Uni. Du solltest wirklich mal ausspannen."

„Aber das tu ich doch gerade." Kate schmunzelte und umarmte ihre Freundin herzlich. „Oder glaubst du etwa, ein Frühstück bei Terry ist für mich arme Studentin kein Luxus?"

Kapitel 3

Richter Samuel Thoss ließ schwerfällig die Hände auf die Richterbank sinken und beugte sich ein Stück nach vor. Seine Augen lugten streng über den Rand seiner schmalen Nickelbrille. Auf seiner Stirn hatte sich im Laufe der Verhandlung ein kleiner See gebildet, den er nun mit einem Taschentuch zu trocknen versuchte. Der Gerichtssaal war bis in die letzten Reihen gefüllt und die heiße, stickige Luft stand förmlich in dem sonst angenehm temperierten Raum. Jeder Luftzug löste ein erleichtertes Aufatmen unter den Zuschauern aus.

Richter Thoss war ein genauer, scharfsinniger und überaus launischer Mann Anfang sechzig. Seine unberechenbaren Entscheidungen waren ebenso berüchtigt wie seine sachliche, emotionslose Art, die er sowohl im als auch außerhalb des Gerichtsgebäudes wahrte. Dies machte ihn zu einem der gefürchtetsten Richter in ganz Poreb County und unter den Anwälten scheute man Prozesse, die unter seiner Obhut geführt werden sollten.

„Also gut, Mrs. Falling. Schließen Sie damit Ihr Schlussplädoyer ab?"

„Ja, Euer Ehren."

Kate ging zur Anklagebank zurück und warf einen raschen Blick auf Martin Norse. Der Staatsanwalt hatte während der gesamten Verhandlung sowohl in seiner Zeugenvernahme als auch in der Beweisführung brilliert und die Geschworenen mit einer dramatischen Schilderung des Tathergangs auf seine Seite gezogen.

Kate sank erschöpft in ihren Stuhl. Die letzten Stunden hatten ordentlich an ihren Kräften gezehrt und sämtliche Energiereserven in ihr aufgebraucht. Obwohl sie ihr Bestes gegeben hatte, wurde sie das Gefühl nicht los, immer einen

Schritt hinter Norse gelegen zu sein. Nervös zupfte sie an ihrer Bluse. Das dunkelblaue Kostüm klebte an ihrer Haut. Die Hitze war unerträglich. Als sie sich gerade zu ihrer Mandantin umdrehen wollte, ertönte der Hammer von Richter Thoss.

„Was passiert jetzt?", fragte eine leise Stimme neben ihr.

„Die Geschworenen ziehen sich zur Beratung zurück. Über Mittag ist Pause, dann findet die Urteilsverkündung statt." Kate musterte ihre Mandantin aus den Augenwinkeln. Fiona war zierlich gebaut und nicht größer als einsfünfundfünfzig. Die schwarz gefärbten Haare hatte sie streng nach hinten gekämmt und bildeten einen starken Kontrast zu ihrer weißen, pergamentartigen Haut. Gespenstisch, dachte Kate.

„Glauben Sie, die sind auf unsrer Seite?"

„Ich weiß es nicht."

Kate sah den Geschworenen nach, die gemeinsam mit Richter Thoss durch eine Tür hinter der Richterbank verschwanden. Sie hatte in ihrem Schlussplädoyer alles auf eine Karte gesetzt und die tragische Kindheit ihrer Mandantin zum Thema gemacht. Jahrelange Prügeleien und Misshandlungen durch ihre alkoholsüchtige Mutter, deren Belastbarkeitsgrenze stets am seidenen Faden hing und ihr demzufolge viel zu schnell und oft die Hand ausrutschte. Die Strenge und Gefühlskälte eines Stiefvaters, dem man nie etwas recht machen konnte und der Fiona sehr deutlich zu verstehen gab, dass er sie nie als seine Tochter akzeptieren würde. Verwahrlosung, Liebesentzug, Unterernährung, Gleichgültigkeit. Natürlich konnte dies alles keine Entschuldigung für den begangenen Mord an ihrem eigenen Baby sein, aber es würde zumindest erklären, weshalb es zu dieser schrecklichen Tat gekommen war.

Kate hatte während ihrer Ausführungen ein entrüstetes Kopfschütteln bei einem der männlichen Geschworenen und betroffene Blicke bei zwei weiteren beobachten können. Und genau das war ihr Ziel gewesen. Wenigstens einen der Geschworenen in Zweifel zu versetzen, ob tatsächlich eine lebenslange Haftstrafe verhängt werden sollte.

Kates Mandantin hatte die Tat reuevoll gestanden und war während des Prozesses mehrmals in Tränen ausgebrochen. Sie hatte den ganzen Tag in dieser von Frittierfett stinkenden Hot Dog-Bude gearbeitet, von früh bis spät, nur um mit dem wenigen Geld die Babysitterin und die Miete für die schäbige Wohnung im fünften Stock eines heruntergekommenen Wohnhauses bezahlen zu können. Alles lief auf Sparflamme: kein Fernseher, kein Auto, keine schicken Klamotten, kein voller Kühlschrank. Und auch sonst keine unnötigen Ausgaben. Nach der Geburt von Jonathan hatte sich dessen Vater von einem Tag auf den anderen aus dem Staub gemacht und Fiona war mit Verpflegung und Fürsorge des Kindes allein und völlig überfordert gewesen. An jenem Abend, als sie von der Arbeit nach Hause gekommen und die Babysitterin gegangen war, hatte Jonathan angefangen zu schreien. Nichts hatte ihn beruhigen können. Weder der einschläfernde Singsang in Mamas Armen noch das Anlegen an die Brust. Er brüllte immerfort. Als nach zwei ganzen Stunden noch immer kein Ende in Aussicht war, hatte sie ihm ein Kissen auf den hochroten Kopf gedrückt und so lange festgehalten, bis endlich Stille eingekehrt war.

Kate hatte auf Unzurechnungsfähigkeit plädieren wollen, aber das psychologische Gutachten hatte ergeben, dass ihre Mandantin zum Zeitpunkt der Tat bei vollem Bewusstsein und keinen besonderen Umständen ausgesetzt gewesen war. Es war ein normaler Arbeitstag gewesen,

Fiona hatte sich wie jeden Abend in einem erschöpften, jedoch keineswegs befremdlichen Zustand befunden, sie hatte weder unter dem Einfluss von Alkohol, Medikamenten noch irgendwelchen anderen Drogen gestanden und auch das Geschrei von Jonathan war vertraut und für ein Baby nichts Ungewöhnliches gewesen.

Kate verließ den Gerichtssaal und hielt nach einem Kaffeeautomaten Ausschau, als ihr Martin Norse entgegenkam. Er war ein dunkelhaariger, mittelgroßer Mann Anfang vierzig mit wettergegerbtem Gesicht und Bauchansatz. Sein aufrechter, langsamer Gang und seine gefühlsbetonte Gestik strahlten Ruhe und Gelassenheit aus, sein Unbehagen in dem schlichten, anthrazitgrauen Anzug war jedoch nicht zu verkennen. Martin zählte gewiss zu jenen Menschen, die man erst auf den zweiten Blick bemerkte. Er war nicht schön im klassischen Sinn, aber er hatte das gewisse Etwas. Seine schwarzen, tiefen Augen und sein sympathisches Lächeln machten ihn auf seine Weise interessant. Er strahlte eine überlegene Selbstsicherheit aus, ohne dabei überheblich zu wirken. Und er war stets von jungen, hübschen Frauen umgeben. Als Kate nach dem Studium einen Job in Onkel Benedicts Kanzlei abgelehnt und als Strafverteidigerin in einer ebenso renommierten Kanzlei begonnen hatte, war Martin bereits Staatsanwalt und ein guter Freund ihres Mannes gewesen. Eric hatte ihn des Öfteren zum Essen mit nach Hause genommen oder sie waren gemeinsam Bergsteigen gegangen. Martins Humor und seine tiefsinnigen Gespräche hatte Kate von Anfang an gemocht. Als er heiratete, war er knapp über fünfundzwanzig. Er sagte, es wäre sein größter Fehler gewesen. Seine Frau starb vier Tage nach der Hochzeit. Sie waren vom Reisebüro gekommen und hatten ihre Tickets abgeholt. Flitterwochen auf den Seychellen. Er erinnerte sich noch an ihren glücklichen, strahlenden Gesichtsausdruck, wie ein Kind, das die größte Portion Eis von allen bekommen hatte. Sie waren gerade mal auf den Bürgersteig getreten, als sie zusammenbrach. Einfach so. Gehirnblutung. Als die Rettung eintraf, war sie bereits tot. Martin ebenso. Zwar nicht physisch, aber in seinem Herzen, seinen Gedanken, seiner Seele. Er machte die Hochzeit mit all ihren Vorbereitungen und langwierigen Planungen dafür verantwortlich. Meinte, die Anstrengungen wären seiner Frau zu viel gewesen. Die Ärzte sagten, eine Gehirnblutung könne jeden treffen, unabhängig von Alter, Statur, Beruf oder körperlicher Belastbarkeit. Außerdem wäre es ja ein positiver Stress für seine Frau gewesen. Martin glaubte nicht daran.

Kate hatte nur ein einziges Mal mit ihm darüber gesprochen, gleich beim zweiten Treffen. Sie hatte ihn nach seinem Privatleben gefragt, ob er eine Frau oder Freundin hätte. Er erzählte es ihr in knappen Worten und sie hatte dabei die Leere und Traurigkeit in seinen Augen gesehen, die nur jemand besitzt, der einen geliebten Menschen verloren hat. Sein Schmerz war für sie unerträglich gewesen. Weil es derselbe dumpfe, nicht enden wollende Schmerz war, der auch sie selbst erfüllte. Sie waren einfach nur dagestanden, hatten sich für Minuten angesehen und ein stilles Abkommen getroffen, nie mehr nach dem Leid des anderen zu fragen. Daran hatten sie sich auch gehalten.

„Darf ich dir jetzt schon zu deinem fulminanten Sieg gratulieren? Deine Schlussrede war wirklich rührend." Martin blieb einen Meter vor ihr stehen.

Kate warf ihm einen finsteren Blick zu. „Gratulier mir lieber erst nach dem Urteilsspruch und hör auf, mich zu verarschen! Du weißt genau, dass das meine einzige Chance war."

„He, ich meins ernst. Du hast mindestens zwei Geschworene auf deiner Seite. Und mit ein bisschen Glück stimmen sie sogar deinem – wenn du mich fragst, viel zu niedrig bemessenen – Strafausmaß zu", sagte er.

Kate strich sich eine Haarsträhne aus dem Gesicht. „Wir werden sehen."

„Oha, da ist wohl noch immer wer sauer auf mich. Ist es wegen Lary oder weil ich beim heutigen Kreuzverhör deine Mandantin so in die Mangel genommen hab?"

„Er hat jahrelang für unsere Kanzlei gearbeitet, Martin. Er war unser bester Ermittler!", schnaubte sie.

„Also doch Lary." Der Staatsanwalt schüttelte den Kopf. „Du weißt, es war seine Entscheidung, die Seite zu wechseln. Er ist zu mir gekommen und nicht umgekehrt."

„Ja, nachdem du ihn zu einer Bootstour eingeladen hast!"

„Ach komm, Kate. Das ist doch lächerlich."

„Für mich nicht!" Trotzig warf sie den Kopf zurück und wandte sich zum Gehen.

„Können wir diese alte Geschichte denn nicht einfach vergessen? Ich meine, es tut mir ja auch leid, was passiert ist, aber Lary hat seine Wahl tatsächlich selbst getroffen." Er vollführte eine seiner theatralischen Handbewegungen und sagte mit fester Stimme: „Das musst du mir glauben, Kate! Ich würde dich niemals belügen."

Kate zögerte.

„Vielleicht kann ich dich ja mit einem Mittagessen versöhnlicher stimmen." Martin streckte seine Hand aus. „Friede?"

Kate nahm sie widerwillig entgegen. „Meinetwegen. Aber das Mittagessen müssen wir wohl verschieben. Ich fänds nicht gut, wenn man uns zusammen sieht, ehe die Urteilsverkündung stattgefunden hat."

Martin seufzte und ließ die Schultern hängen. „Dann wenigstens eine Tasse Kaffee."

Als Kate ihn so dastehen sah, musste sie lachen und hakte sich bei ihm unter. „Du gibst wohl nie auf, was?"

„Nicht, wenn ich einen ebenbürtigen Gegner habe."

Als Kate ins Büro zurückkam, war es bereits später Nachmittag und die Hitze hatte ein wenig abgenommen. Die Geschworenen hatten sich mit der Urteilsfindung Zeit gelassen und nach der dritten Tasse Kaffee war bei Kate auch der letzte Hoffnungsschimmer verflogen, den Prozess doch noch für sich entscheiden zu können.

Starnitz, Wheeler & Avelson hatten den gesamten vierten Stock eines dem Gericht gegenüberliegenden Gebäudes gemietet. Die Eingangshalle war ein offener, moderner Bereich mit hellen Möbeln, einer lindgrünen Couch mit gläsernem Beistelltisch, frischen Blumen und einer ebenso freundlichen wie auch neugierigen Sekretärin hinter dem Anmeldetresen.

„Endlich, Mrs. Falling, die warten schon alle auf Sie! Mr. Wheeler hat den Finanzriesen rausgehauen und jetzt feiern alle in..." Margret hielt inne. „Sie sehen erschöpft aus."

„Das bin ich auch, Margret. Eine Minute länger und ich wäre im Gerichtssaal verschmort."

„Bin ich ein Esel!" Die resolute Sekretärin schlug die Hände vor dem Gesicht zusammen. „Wie konnte ich nur Ihren Prozess vergessen!"

„Schon gut", wehrte Kate ab.

„Heißt das, es gibt noch einen Grund zu feiern?"

Kate machte ein geheimnisvolles Gesicht. Sie wusste, dass Margret sich vor lauter Neugier kaum halten konnte. Dennoch hatte Kate Gefallen an ihrer unbekümmerten Art gefunden und freute sich wie jeder andere in der Kanzlei über ein kleines Schwätzchen mit ihr am Morgen oder ein paar nette Worte zwischendurch.

„Sagen Sie Mr. Wheeler, ich komme gleich rüber. Ich muss erst noch aus diesen Sachen raus. Und er soll nicht vergessen...", fügte sie in verschwörerischem Ton hinzu, „noch einen zweiten Champagner einzukühlen."

Kates Büro war gleich das zweite links vom Gang und lag schräg gegenüber jenem von Eric. Neben einem Bücherregal und einem Spiegelschrank stand eine Yuccapalme, an der Wand hing ein abstraktes Ölbild in kräftigen Orange- und Rottönen, das ihr Eric zum Einstand gekauft hatte. Auf dem Schreibtisch stapelten sich unbearbeitete Akten und lose Zettel, dazwischen ein Foto von ihrer Hochzeit in der St. Katharina Church. Kate warf den Blazer über die Sessellehne und schaltete den Ventilator ein. Die kühle Luft blies ihr ins Gesicht.

Als sie die begehrte Stelle in der Sozietät von Starnitz, Wheeler & Avelson erhalten hatte, war ihr sofort der gravierende Unterschied in der teuren und extravaganten Möblierung der Chefbüros und jener bescheidenen der den Junganwälten zugeteilten Räume aufgefallen. Kate hielt nicht viel von dieser offensichtlichen Klassentrennung und fand derartiges Zur-Schau-stellen eines Ranges protzig und diskriminierend. Ein Privileg der Reichen, stets zu vergessen, woher man gekommen und als was man geboren war.

Bis zum Tod ihrer Eltern hatte Kate freilich ein recht sorgloses und unkompliziertes Leben unter deren Obhut und Fürsorge in gutbürgerlichen Verhältnissen geführt. Ein Leben, das vielen Kindern und Jugendlichen fremd war. Natürlich hatte es Streitereien gegeben, die üblichen zwischen Geschwistern, Kindern und Erwachsenen und bis die Schulden auf das Haus abbezahlt waren, auch tageweise Trennungen und Funkstille zwischen ihren Eltern. Aber es hatte an nichts gemangelt, weder an Liebe, Geborgenheit noch Vertrauen. Sie bekam die Kleidung, die ihr gefiel, Konzertkarten und Bücher zu Weihnachten, konnte zwei Wochen im Jahr mit ihrer Familie einen Urlaub genießen und musste auch Schulsachen und Ausflüge mit ihrer Klasse nicht vom eigenen Taschengeld bezahlen. Nach dem Unfall jedoch hatte sich alles schlagartig geändert und Kate hatte sich alles selbst hart erkämpfen müssen: das Studium, den Anschluss an die Kollegen, den Platz in der Kanzlei. Dazwischen immer wieder die Ermahnungen an sich selbst, nicht aufzugeben, weiterzumachen und nach vorne zu blicken. Immer war es nicht gelungen. Der gescheiterte Selbstmordversuch im Haus von Onkel Benedict und Tante Sophie hatte eine nachhaltige Wirkung gezeigt und bei Kate jedes Mal ein Gefühl des Scheiterns und Versagens ausgelöst, sobald sie nur eine volle Tablettenschachtel sah. In der ersten Zeit hatte sie manchmal nur schwer dem Gedanken widerstehen können, einen zweiten Versuch zu riskieren, sich das Leben zu nehmen; später war sie zu der Überzeugung gelangt, dass dies keinesfalls im Sinne ihrer Familie gewesen wäre und hatte sich mit depressiven Verstimmungen in den Abendstunden begnügt. Allmählich hatte Kate begonnen, sich mit ihrem Leben zu arrangieren. Sie war ein gutes Arbeitsverhältnis in einer angesehenen Kanzlei eingegangen und hatte Eric nach vierjähriger glücklicher Beziehung das Jawort gegeben. Danach war er zu ihr ins elterliche Haus gezogen. Dennoch hatte sie in all den schönen Stunden, den Siegen und neidischen Blicken der anderen nie ihre Wurzeln vergessen – die unbeschwerte Kindheit, Eltern, die an sie geglaubt und ihr eine gute Schulausbildung ermöglicht hatten, die Vorbild gewesen waren und ihren Charakter positiv beeinflusst hatten. Und dann waren da noch diese Kälte und Härte des Lebens nach dem schlagartigen Verlust des vertrauten, wohlig warmen Nestes und die Niederlagen und kleinen Schritte beim Aufbau ihrer beruflichen Zukunft, die sie ebenso wenig vergessen würde. Ganz gleich, ob einem der Erfolg nun in die Wiege gelegt oder eigens hart erkämpft worden war: man durfte niemals vergessen, welch einfachen oder steinigen Weg man gegangen war!

Niclas Starnitz war der älteste der drei Partner und auch abgesehen von seiner imposanten Erscheinung ein Mann von Größe. Sämtliche Auszeichnungen schmückten die Wände seines geräumigen Büros und er pflegte Beziehungen zu Persönlichkeiten in politischen und juristischen Kreisen. Auf seine Junganwälte warf er stets ein wachsames Auge und gelobte Einsatzbereitschaft und fachliche Kompetenz. Fehltritte wurden nicht geduldet. Kate hatte im ersten Jahr oft bis spät in die Nacht gearbeitet und die Wochenenden vorwiegend in der Kanzlei verbracht. Eric war es nicht anders ergangen, obwohl er zum damaligen Zeitpunkt noch in einer Kanzlei am Rande der Stadt gearbeitet hatte. Die hohen Anforderungen und der enorme Druck waren überall gleich und man war gezwungen, bis ans Äußerste seiner Belastbarkeit zu gehen, wenn man sich von den nachdrängenden Bewerbern und der Masse abheben wollte. Niclas hatte Kates Einsatz gefallen und prompt mit einer Lohnerhöhung honoriert. Im Laufe der Jahre war er zu ihrem ersten Ansprechpartner in der Kanzlei geworden.

Kate trat ans Fenster. Die Glasfront, welche sich über die gesamte Seite hinter ihrem Schreibtisch entlangzog, war das einzig Bemerkenswerte an ihrem Büro. Der Blick fiel auf den McIvan Park, die letzte Grünoase im Zentrum von Poreb, mit der restaurierungsbedürftigen Statue am Eingang, den hohen Eichenbäumen und dem blumenbepflanzten Kiesweg neben schmalen Grasstreifen. Ein Kind, dessen Ball sich in den Ästen eines Baumes verfangen hatte, war gerade dabei, diesen mit einem langen Stock herunterzufischen. Zwei andere Kinder gingen an der Hand ihrer Großeltern und auf einer von Sträuchern geschützten Bank saß ein Liebespaar. Kate war derart von der Aussicht gefangen, dass sie das Klopfen nicht hörte und hochschrak, als die Tür zufiel.

„Ich wollte dich nicht erschrecken, aber Margret hat erzählt, du seist hier." Eric gab seiner Frau einen Kuss. „Du siehst müde aus. Wie wars bei Gericht?"

Kate seufzte. „Ich hab zwar gewonnen, aber es war verdammt knapp. Martin hatte in allen Punkten die Nase vorn. Er war einfach besser, seine ganze Strategie. Ehrlich gesagt, hatte ich schon damit gerechnet, dass sie uns lebenslang geben."

„Nicht so bescheiden."

Das Kind im Park hatte es endlich geschafft, den Ball zu befreien. Kate ließ in Gedanken die Verhandlung Revue passieren. Martin war zwar von Grund auf loyal, ehrlich und unkompliziert, mit einer unglaublichen Ruhe und Geduld, aber ebenso brutal in seinen Kreuzverhören. Kate war gut, in dem was sie tat. Verdammt gut. Martin war ein Genie.

Sie schwieg lange, doch dann sagte sie bestimmt: „Nein Eric, ich hatte einfach nur Glück."

Eric zuckte mit den Schultern. „Egal, Hauptsache es ist alles gut gegangen. Gegen Martin anzutreten ist nie einfach – ob vor Gericht oder beim Poker. Er hat immer dann ein Ass im Ärmel, wenn dus am wenigsten vermutest. Dieser alte Gauner."

Kate öffnete den Spiegelschrank und nahm die gelbe Bluse vom Haken. In den heißen Monaten hatte sie immer eine zweite Garnitur zum Wechseln im Büro. „Sind alle bei Kent drüben?", fragte sie.

„Ja, bis auf Arnold. Der musste zum Sachverständigen nach Wolgary wegen dieser Fahrerfluchtsache, du weißt schon."

Kate zog sich die verschwitzte Bluse aus. „Wann ist Kent zurückgekommen?"

„Ach, schon vor einer Stunde. Er hat gleich den Champagner geöffnet, damit sich alle auskennen. Dieser eingebildete Schnösel!", erwiderte er abfällig.

Eric war nun dicht hinter Kate. Sie spürte den warmen Atem an ihrem Ohr, dann seine feuchten Lippen. Zärtlich strich er über ihr Haar. Seine Finger glitten unter die offene Seidenbluse und blieben auf ihren Brüsten ruhen. Kate bebte. Sein Atem ging schwer. Dann zog er sie fest an sich und küsste sie leidenschaftlich. Er begann, ihren Rock hochzuschieben.

„Hör auf, Liebling. Nicht hier im Büro." Kate zerrte an ihrem Rock.

„Wieso nicht? Das wär ja nicht das erste Mal."

Eric öffnete seine Hose.

„Lass das!" Kate schob ihn von sich. „Kent wartet schon. Ich bin nicht scharf drauf, ihn zu verärgern, du etwa?"

Widerwillig nahm Eric seine Hände von ihr und stöhnte. „Aber heut Abend kommst du mir nicht so leicht davon."

Kate streifte sich die frische Bluse über und zog ihre Lippen nach. „Das will ich auch gar nicht."

Kapitel 4

Es war kurz nach zehn, als sie die Büroräume verließen. Auf den Straßen herrschte um diese Zeit kaum noch Verkehr. Die Geschäfte hatten längst geschlossen und die Stühle und Schatten spendenden Schirme vor den Cafés waren ins Innere verfrachtet worden. Die Luft hatte merklich abgekühlt und eine angenehme Dunkelheit umhüllte das nächtliche Leben der Stadt. Nur vereinzelt bunte Neonreklame oder zwei grelle Scheinwerfer eines entgegenkommenden Autos. Aus der Ferne ertönten die sanften Klänge eines Pianos.

Kent hatte nach mehreren Runden Champagner darauf bestanden, alle zum Dinner einzuladen – zur Feier des Tages sozusagen – und beim Japaner um die Ecke die halbe Speisekarte, natürlich ins Haus geliefert, bestellt. Dem Champagner waren einige Gläschen Wein gefolgt und weil ja alle so durstig und in bester Laune waren, gab es danach noch Whisky oder Gin zur freien Wahl. Für Eric beides. Schließlich wollte er seinem Vorgesetzten in nichts nachstehen.

Kate blickte zum schwarzen Nachthimmel empor und hielt nach Sternen Ausschau. Irgendwie hatte die Dunkelheit etwas Beruhigendes, Geheimnisvolles an sich. Sie wartete, bis sie die schwerfälligen, schlurfenden Schritte hinter sich hörte und bog dann in die fahl beleuchtete Tiefgarage ein.

Schon zu Beginn der Feier hatte sie ihren Mann ermahnt, nicht zu tief ins Glas zu schauen und sich keinesfalls von den dummen Sprüchen der anderen verleiten zu lassen. Umsonst. Während sie selbst enthaltsam an einem Mineralwasser nippte, bediente sich ihr Göttergatte ausschließlich an den alkoholischen Getränken. Vorwurfsvolle Blicke ihrerseits bedachte er nur mit einem aufmunternden Lächeln. Als dann die männliche Belegschaft anfing, anzügliche Witze zum Besten zu geben und Eric der jungen Anwaltsanwärterin immer tiefer ins Dekolletee schielte, hatte Kate ihn erst zornig am Arm gepackt und zum Gehen aufgefordert, ihm dann gut zugeredet wie einem trotzigen Kind und ihn schließlich wie einen Hund hinter sich hergelotst. Die Treppen hinunter, entlang der Stuckfassade und des frisch gesäuberten Kopfsteinpflasters, vorbei am Blumenladen, dem Bäcker mit den warmen Croissants am Morgen und dem japanischen Restaurant, dessen Sushi ihr noch immer schwer im Magen lag. Sie war vorausgegangen und hatte ihn mit Versprechungen und sanfter Stimme gelockt. Bis hierher.

Behutsam legte Kate den ersten Gang ein und ließ den Motor kurz aufheulen. Eric hatte unterdessen unbeholfen neben ihr Platz genommen. Seine Hände waren verkrampft um den ledernen Griff seines Aktenkoffers geschlungen. Niemand sprach ein Wort.

Als Kate das Stadtzentrum verließ und auf den Highway Richtung Venaro Hill einbog, riskierte sie einen raschen Blick auf die Beifahrerseite. Eine tief in den Sitz gesunkene, große Gestalt mit strähnigem Haar und dunklen Schatten unter den Augen saß neben ihr. Der Kopf ruhte plump auf der Lehne und schaukelte bei jeder Unebenheit bedrohlich hin und her. Aus dem leicht geöffneten Mund drang ein seltsames Brummen. Ein armseliger Anblick. Kate seufzte. In solchen Momenten verlor all das Begehrens- und Bewundernswerte an ihrem Mann an Bedeutung, sämtliche Empfindungen schwanden schlagartig. Das sympathische Lächeln, die leuchtenden, wasserblauen Augen, die markante Gesichtsform, der kräftige, trainierte Körper waren nun allesamt zu einem erbärmlichen Erscheinungsbild geschrumpft, dessen überaus liebenswerte

Charaktereigenschaften sich in nichts aufgelöst hatten. Dann verfluchte Kate die Welt, das Leben. Ihr Leben. Die Arbeit mit den unzähligen Überstunden im Büro und der viel zu wenig verbleibenden Zeit für ihr Privatleben. Kollegen, die vom Erfolg nicht genug kriegen konnten und Arbeitgeber, die einen vorantrieben wie Vieh, das auf die Weide gehörte. Dann die vielen Feierlichkeiten, Unternehmungen mit Freunden, das große Haus. Und nicht zu vergessen Erics Männerabende, die meistens bis früh in die Morgenstunden dauerten und den gesamten folgenden Nachmittag zur Erholung beanspruchten. Dennoch, oder gerade deswegen, liebte sie ihn. Mein Gott, wie sehr sie ihn doch liebte! Viele suchen ihr ganzes Leben nach dem Einen und finden ihn nie. Sie hatte das große Glück gehabt, ihm zu begegnen. Eric war die Quelle der Kraft, die sie am Leben hielt. Der die Tage in gleißendes Licht tränkte und die Nächte, in denen sie aus Albträumen schreiend erwachte, erträglicher machte. Er war alles, wofür es sich zu leben lohnte. Manche denken, es wären die Stunden des Glücks, des Lachens und der Umarmungen, die man vermisst, wenn man einen geliebten Menschen verliert. Sie wusste es besser: Man vermisst die Fehltritte und Eigenheiten, die schlechte Laune und verletzenden Worte mit derselben Intensität und Qual.

Als sie in die Einfahrt zum Haus einbog und den Wagen in der Garage parkte, war Eric neben ihr eingeschlafen. Seine Hände lagen nun friedlich ineinander verschlungen auf der zerknitterten Anzughose und die Füße auf dem während der Fahrt zu Boden gefallenen Aktenkoffer. Die Gesichtszüge hatten sich entspannt, der Atem ging gleichmäßig. Kate strich ihm eine Haarsträhne aus der Stirn und stupste ihn leicht an der Schulter. „He, aufwachen! Wir sind da."

Als keine Reaktion folgte, knuffte sie ihn erst in die Seite, dann in den Oberschenkel und begann schließlich, ihn wie wild hin und her zu rütteln. Ein genervtes „Ja, schon gut" ertönte, bevor Eric seine Augen aufschlug und sich die Schläfen rieb. Kate schlug mit einem lauten Knall die Wagentür zu und half ihrem Mann beim Aussteigen. Als sie die Treppen zum Schlafzimmer hochstiegen, musste er sich bei ihr unterhaken, um nicht zu stolpern. Oben angekommen, schaffte er gerade noch, Jackett und Socken abzustreifen, bevor er geräuschvoll aufs Bett sank. Kate verspürte keine Lust, ihn der restlichen Kleidung zu entledigen und schlüpfte stattdessen selbst in ein Nachthemd, kuschelte sich unter die weiche Decke und löschte das Licht. Der Mond schimmerte schwach durch die fein gewebten Vorhänge. Es würde eine lange Nacht werden.

Der nächste Morgen begann mit einem kräftigen Wolkenbruch. Als Kate vor die Haustür trat, um die *Poreb County News* in Empfang zu nehmen, blies ihr ein kühler Windstoß entgegen, sodass sie den dünnen Morgenmantel mit einem festen Knoten um die Hüften schloss. Eric musste schon sehr früh außer Haus gegangen sein, denn normalerweise oblag es ihm, die Zeitung hereinzuholen und auch als Erster zu lesen. Kate tappte schlaftrunken in die Küche. In der vergangenen Nacht war sie mehrmals aufgewacht und hatte keine Ruhe, geschweige denn Schlaf gefunden. Erst als der Wecker mit einem schrillen Klingeln sein Signal zum Aufwachen ertönen ließ, hatte sie ein Gefühl von unendlicher Müdigkeit überkommen und bis jetzt angehalten.

Die Kaffeemaschine war noch eingeschaltet und so goss sie sich eine Tasse dampfenden Kaffee ein, nahm ein Stück Brioche und setzte sich damit zum Küchentisch. Gähnend schlug sie die Zeitung auf. Ein Bankraub und eine versuchte Kindesentführung auf der Titelseite. In großen, fettgedruckten Buchstaben. Kate rieb sich die Augen. Irgendwie wollte keine Schärfe in das Geschriebene kommen. Die Zeitung in der Hand schlurfte sie zum Fenster hinüber und visierte den im letzten Frühjahr gepflanzten Magnolienbaum an, dann den Ahorn dahinter. Ja, sie konnte die leuchtend weißen Blüten und das satte Grün des kleinen Bäumchens gut erkennen, auch den knorrigen Stamm und die weinroten Blätter des Ahorns. Aber alles wirkte seltsam unscharf, so als wäre die Scheibe beschlagen. Kate wandte sich ab und widmete ihre Aufmerksamkeit erneut den Artikeln der *Poreb County News*. Ein wenig verschwommen, aber lesbar. Eric hat recht, sagte sie sich, ich sollte wirklich einen Termin beim Augenarzt ausmachen. Sie nahm einen großen Schluck von ihrem mittlerweile nur noch lauwarmen Kaffee und blätterte um. Politische Diskussionen, Auslandsereignisse, Statistiken zu der zunehmenden Kriminalitätsrate in den einzelnen Bezirken, wirtschaftliche Zuwächse und Firmenkonkurse. Dann Hochzeits- und Todesanzeigen, Immobilienverkäufe und aktuelle Reiseangebote. Kate hielt inne. Barton Niles. Dort wollten sie hin. In zwei Wochen schon. Eric hatte vorgeschlagen, an seinem Geburtstag zu verreisen. Ein Kurzurlaub in die Berge. Und Kate hatte gleich zwei Tage später eine neue Bergsteigerausrüstung besorgt, die nun als Geschenk verpackt unter Blusen und Pullovern im hintersten Teil ihres Schrankes lag. Zufrieden lehnte sie sich in ihrem Stuhl zurück und betrachtete noch einmal die schönen Landschaftsaufnahmen in der Zeitung. Bestimmt würden ihnen ein paar Tage Ruhe und Zweisamkeit guttun. In den letzten Monaten hatten sie ohnehin kaum Zeit füreinander gefunden und mit Niclas' allgemeiner Verkündung, bald in den Ruhestand treten zu wollen, rissen sich die Anwälte in der Kanzlei förmlich um jeden Klienten, in der Hoffnung, am Ende als glücklicher Gewinner im Kampf um den begehrten Posten hervorzugehen.

Das Telefon klingelte. Kate klappte die Zeitung zu und stand auf. Während sie in den Flur ging, stopfte sie sich das letzte Stück Brioche in den Mund. „Falling?"

„Morgen Süße, ich bins. Ich hoffe, ich ruf nicht zu früh an, aber du hast gestern nicht mehr auf meinen Anruf reagiert."

Kate schob den aufgeweichten Bissen mit der Zunge aus ihrer Backe, kaute kurz darauf herum und schluckte hinunter. „Tut mir leid, Jo. Wir waren den ganzen Tag im Büro und sind erst um zehn nach Hause gefahren. Hast du auf den Anrufbeantworter gesprochen?"

„Na klar. Bevor ich zum Joggen bin."

„Du gehst immer noch?", fragte Kate erstaunt. „Wie schaffst du das bloß? Wenn ich abends heimkomm, ist mein erster Gang in die Küche und mein zweiter ins Bett. Oder vor den Fernseher."

Joanna lachte. Insgeheim erfüllte es sie mit Stolz und einer gewissen Genugtuung, von ihrer Freundin derart bewundert zu werden. Es gab so vieles, das Kate gut konnte. Nusskuchen mit Weinschaumsauce, malen, singen, den großen Tontopf vor der Eingangstüre dekorieren, je nach Anlass und Jahreszeit. Aber da war noch mehr. Es waren diese kleinen Gesten – der mitfühlende Blick, die ausgebreiteten Arme, das aufmunternde Lächeln –, die in ihrem Gegenüber eine tiefe Wärme und Vertrautheit hervorriefen und darüber hinaus das Gefühl, wichtig und ernst genommen zu werden. Das konnte man nicht kopieren. Es war ein Teil ihrer Persönlichkeit. Ebenso die Art sich zu kleiden, zu bewegen, die Stirn zu runzeln, wenn sie nachdachte, oder die Hand vor den Mund zu legen, wenn es ihr unpassend erschien, laut aufzulachen. Kate hatte so viel Beneidenswertes an sich. Sie zählte zu den Menschen, die einen Raum betraten und die Sonne ging auf. Sie war hübsch. Sehr hübsch. Ihr dichtes, langes Haar trug sie meist nach hinten gekämmt, sodass ihre weichen Gesichtszüge noch mehr zur Geltung kamen. Sie war schlank, aber nicht dünn. Und selbst die Tatsache, dass sie nicht allzu groß war, vielleicht eins sechzig, konnte ihre eigentliche, wahre Größe nicht mindern. Nur laufen ging sie nicht mehr. Seitdem sie während ihrer gemeinsamen Zeit auf der Uni mehrmals über Gefühlsstörungen in den Beinen geklagt hatte und die zurückgelegten Strecken immer kürzer geworden waren, war sie nicht mehr joggen gegangen. Joanna hingegen trainierte täglich.

„Ich hab nie damit aufgehört. Irgendwie entspannt es mich. Und wenn mein Chef wieder mal nen Wutausbruch hat, dann kann ich mich so richtig austoben. Zum Glück hört mich dabei keiner", Joanna gluckste, „du glaubst gar nicht, wie viele Schimpfwörter mir in einer Stunde einfallen. Du solltest dir auch was suchen."

„Was meinst du?"

„Naja, irgendwas wo du deinen ganzen Ärger und Frust loswerden kannst."

Kate überlegte. „Du hast recht. Vielleicht sollte ich wieder mit dem Malen anfangen. Zur Zeit könnte ich ganze Wände vollpinseln."

„So schlimm?"

Kate stöhnte. „In der Kanzlei spielen alle verrückt. Niclas Starnitz will sich zur Ruhe setzen und nun sucht er nach einem geeigneten Nachfolger. Das ist natürlich eine Riesenchance. Ich meine, bei Wheeler & Avelson als Partner einzusteigen...so eine Gelegenheit bekommt man nur ein Mal. Eric hat sich auch beworben."

„He, darf man schon gratulieren?"

„Das wird wohl noch ein Weilchen dauern, wenn überhaupt. Niclas' Ansprüche sind sehr hoch und es haben sich mindestens zwei ebenso gute Anwälte um den Posten beworben. Das könnte knapp werden. Allerdings hält Niclas ziemlich viel von Eric. Er mag ihn. Aber weißt du Jo..." Kate unterbrach sich, weil sie das Gefühl hatte, gleich niesen zu müssen. Im Flur war es deutlich kühler als in den Wohnräumen und der Steinboden, auf dem sie mit bloßen Füßen stand, tat sein Übriges dazu. Als das Kitzeln in der Nase wieder verschwand, fuhr sie fort: „Dieser ganze Druck, die vielen Überstunden. Wir haben kaum noch Zeit füreinander. Manchmal arbeitet Eric auch in der Nacht. Und im Büro laufen alle hektisch durch die Gegend und sind kurz angebunden. Das macht mich selbst ganz nervös."

„Klar ist das auch eine schwierige Zeit für dich. Aber überleg doch mal: Wheeler, Avelson & Falling. Das würde sich doch verdammt gut anhören, oder?"

„Ich weiß nicht..." Kate zögerte.

„Ich seh schon, was du brauchst ist eindeutig ein Frauen-Verwöhn-Nachmittag!"

„Was um Himmels Willen ist das?"

„Der Grund, weshalb ich anrufe. Heut ist mein freier Tag und da wollt ich dich fragen, ob du Lust auf einen ausgedehnten Einkaufsbummel mit anschließendem Kaffeeklatsch bei Georgios hast? Falls der Wetterbericht doch einmal recht behalten sollte, könnten wir uns in den Gastgarten setzen."

Kate blickte aus dem schmalen Fenster neben der Eingangstür. Es hatte zu regnen aufgehört und hinter den Dächern und Schornsteinen der gegenüberliegenden Häuser blinzelte schwach die Sonne hervor. „Um elf hab ich einen Termin vor Gericht und gegen zwei kommt ein Mandant vorbei. Dazwischen muss ich mit dem Gerichtsmediziner und dem Jugendamt telefonieren, das Kreuzverhör im Fall Jemarus vorbereiten und danach einen Berg Akten sortieren, der sich schon seit Tagen auf meinem Schreibtisch stapelt."

„Dann kommts auf ein paar Stunden auch nicht mehr an. Komm schon, wir haben uns so lange nicht mehr getroffen."

„Wenn ich mich recht entsinne, vor genau zwei Wochen. Du hast Eric und mich zum Essen eingeladen und uns deine neue Flamme vorgestellt."

„Ja schon, aber das ist doch nicht dasselbe!", protestierte Joanna heftig. „Ich meine, nur wir zwei. Allein. Frauengespräche. Außerdem macht Georgio den besten Cappuccino der Stadt. Und du kriegst auch eine Erdbeerschnitte spendiert. Die mit der leckeren Vanillecreme und den Pistazien oben drauf."

Kate schmunzelte. „Das ist Bestechung!"

„Ich weiß. Also, was ist?"

„Einverstanden. Dir kann man ohnehin nichts abschlagen. Aber den Einkaufsbummel müssen wir auf nächstes Mal verschieben. Sagen wir halb fünf?"

„In Ordnung."

Kate legte auf und blickte auf die Uhr. Höchste Zeit, sich zurechtzumachen. Sie eilte ins Bad, nahm eine heiße Dusche und kämmte sich das Haar. Während sie ihre Wangen mit Puder betupfte, musste sie an Joanna und ihre gemeinsame Zeit an der Uni denken. Das winzige Zimmer, das sie sich geteilt hatten, die nächtlichen Pizzabestellungen in einer Runde herumalbernder Studenten, das gegenseitige Prüfen vor schweren Klausuren. Mann, was für eine verrückte Zeit! Schon damals hatten sie alles miteinander geteilt und sich gegenseitig aufgerichtet, wenn es mal nicht so lief. Wie lange war das her? Kate runzelte die Stirn. Dann drückte sie einen Kussmund auf den Spiegel, schnitt eine Grimasse und sagte laut zu sich selbst: „Mädchen, du bist ganz schön alt geworden."

Bevor sie das Haus verließ, schrieb sie schnell noch eine Nachricht für Eric. Nur für den Fall, dass er früher nach Hause kam und sich nicht sorgte, während sie gerade mit Joanna heißen Cappuccino schlürfte. Seit auch ihr Mann bei Starnitz, Wheeler & Avelson eingestiegen war, hatten sie es sich zur Gewohnheit gemacht, sich kleine Zettelchen zu schreiben. Nichts Großartiges. Nur um Bescheid zu geben, wenn man später nach Hause kam, ein Hühnchen im Kühlschrank lag oder Erics Mutter angerufen hatte und auf seinen Rückruf wartete. So vermied man unnötige Sorgen oder das Vergessen von wichtigen Informationen und hatte außerdem das Gefühl, in der berufsbedingt immer stärker werdenden Abwesenheit voneinander, sich zumindest ein bisschen nahe zu sein.

Kate pinnte die Notiz an die Korkwand und schloss die Tür.

Im Gerichtsgebäude herrschte um diese Zeit Hochbetrieb. Vor den Verhandlungssälen standen Menschentrauben: Anwälte, die ihren Mandanten noch letzte Anweisungen erteilten, Sekretärinnen, die auf diversen Botengängen durch das Gebäude schwirrten, Sicherheitsbeamte im Eingangsbereich, Richter, Zeugen, Geschworene. Ein hektisches Wirrwarr aus Klägern und Angeklagten, Recht und Unrecht und allen, die diesem System in irgendeiner Weise dienten.

So auch Martin Norse. Die schwarze Aktenmappe unter den Arm geklemmt, schritt er unbeirrt die Treppe zu den oberen Verhandlungssälen empor. Während seiner Arbeit als Staatsanwalt hatte er sich mittlerweile an das morgendliche Treiben gewöhnt und auf seltsame Weise eine regelrechte Sympathie dafür entwickelt. Ja, er liebte es, zwischen den bekannten und unbekannten Gesichtern umherzuwandeln, das Mienenspiel von Freude, Enttäuschung,

Wut und Erleichterung zu beobachten, dem Gemurmel in den Gerichtssälen zu lauschen oder den Duft der alten Holzbänke einzuatmen. Alles in einem Gebäude, dessen Geschichte schon Jahre vor seiner Zeit begonnen hatte. Berauschend! Nicht, dass er sich zu jenen Hundert-Prozent-Anwälten zählte, deren Arbeit bereits auch in ihren Lebensstil übergegangen war. Natürlich versuchte er, seine Tätigkeit nach bestem Wissen und Gewissen auszuüben und er wusste auch, dass er in dem, was er tat, gut war. Ausgesprochen gut. Aber letztendlich fehlte es ihm wohl an der entsprechenden Ideologie, um auch seine Freizeit mit Fortbildungen, Golfturnieren und Dinnerpartys unter Anwaltskollegen zu füllen. Job war Job und vorrangig dazu da, um seinen Lebensunterhalt finanzieren zu können. Wenngleich dies bei seinen Einkünften durchaus kein Problem darstellte. Aber im Grunde hielt er nichts von unnötigem Luxus. Er fuhr noch immer seinen alten Ford Taunus und lebte im Haus seiner verstorbenen Großeltern. Außer den notgedrungenen Renovierungsarbeiten hatte er nicht viel daran verändert. Kein Pool, keine Hightech-Geräte, keine schicken Klamotten. Nein, das schon gar nicht! Es genügte schon, sich für die Arbeit in einen dieser Anzüge zu zwängen, aber selbst die waren von der Stange. Den einzigen Luxus, den er sich gönnte, war sein gepflegter Kräutergarten, der mindestens ein Drittel seines gesamten Grundstückes ausmachte. Und sein kleines Boot. Er hatte es von einem alten Bekannten erworben und zu einem vernünftigen Preis gekauft. Wann immer es ihm die Zeit erlaubte, tuckerte er damit am Sleight River herum, versuchte sich im Angeln oder saß abends einfach nur an Deck und lauschte dem Plätschern der Wellen. In seinem Ruhestand würde er den ganzen Tag am Fluss verbringen und irgendwo am Hafen ein kleines Fischlokal aufmachen. Mit ihm als Koch. Zander in Kräuterkruste. Mit in Butter geschwenktem Basmatireis, dazu Lauchgemüse. Und ein Hauch von Zitronengras.

Auf halber Treppe wäre er beinahe mit Kate zusammengestoßen. Er konnte gerade noch einen Schritt zur Seite springen und ihren Arm festhalten, ehe sie das Gleichgewicht verloren hätte. Sie war gerade dabei gewesen, eine Akte umständlich aus ihrer Tasche zu kramen und die losen Zettel lagen nun auf den polierten Marmorstufen verstreut.

„Verdammte Scheiße!", rief sie.

Martin bückte sich. „Wie wärs mit 'Hallo Martin. Schön, dich zu sehn'..."

„Ach Mann! Bis ich das wieder geordnet..." Sie sah zu ihm hinab. „Verzeihung. Guten Morgen."

„Na, so gut scheints bei dir ja heut nicht zu laufen."

„Tja, da hast du wohl recht. Die Verhandlung um elf ist geplatzt, weil dieser blöde Zeuge nicht aufgetrieben werden konnte und..." Sie kniete sich nieder und fischte nach einer der Seiten. „Und...Mann, so ein Mist!"

„Und was?" Martin hatte bereits einen Stapel aus den aufgehobenen Blättern gebildet und hielt ihn ihr hin.

„Die Beweislage ist einfach zu dünn." Kate seufzte. „Naja, ich hab ohnehin genug im Büro zu tun. Danke." Sie verstaute die Akte wieder in ihrer Tasche. „Sag mal, hast du Eric heut morgen schon gesehn?"

„Nur kurz. Er hat mir von der Ferne zugewinkt, schien grad sehr beschäftigt. Warum?"

„Ach, er hätte dich fragen solln, ob du zu seiner Feier am Wochenende kommst. Das wollte er schon längst tun, aber du kennst ihn ja. Jedenfalls bist du herzlich eingeladen! Wir machen ein kleines Grillfest in unsrem Garten, vorausgesetzt es gibt schönes Wetter. Ansonsten essen wir eben drinnen."

„Wer kommt denn sonst aller?"

„Einige aus der Kanzlei, Joanna und ihr Neuer, Erics Mutter." Sie zog eine Augenbraue hoch. „Du kommst doch, oder?"

„Na klar. Habt ihr denn schon wen fürs Grillen?"

„Also eigentlich dachten wir ja, du könntest das übernehmen. Vorausgesetzt du kommst und hast Lust dazu." Sie legte den Kopf schief und schenkte ihm ihr strahlendstes Lächeln. „Außerdem machst du die besten Koteletts weit und breit!"

„So viel Charme hätte es gar nicht gebraucht, um dein Angebot anzunehmen", feixte Martin.

Kate errötete. „Also dann bis Samstag. Ich muss los, die Arbeit ruft. Schönen Tag noch." Sie eilte die Treppen hinab und ihr weiter Seidenrock flatterte. Martin musste unwillkürlich schmunzeln.

Im Büro war die Luft stickig. Kate hing ihre Jacke auf einen Kleiderbügel neben der Tür und trat ans Fenster. Als sie es öffnete, blies ihr eine kühle Windbö entgegen und sie sog die Luft gierig ein. Bis auf ein paar Quellwolken war das Wetter im Laufe des Vormittags zunehmend schöner geworden und die Sonne strahlte nun ungetrübt vom Himmel. Sie dachte an das Treffen mit Joanna und wünschte sich, es wäre schon so weit. Und auf ein Stück Kuchen freute sie sich auch. Erst jetzt bemerkte sie, dass sich ihr Magen zusammengezogen hatte und ein leises Brummen von sich gab. Vielleicht konnte sie Eric zu einem schnellen Imbiss gleich um die Ecke überreden. Sie trat auf den Flur hinaus und klopfte an seine Tür. Stille. „Eric?" Vorsichtig drückte sie die Klinke, doch es war abgeschlossen. Enttäuscht stapfte sie zur Anmeldung und bat Margret, ihr eine Portion Lasagne zu bestellen. Danach erledigte sie mehrere Anrufe, sprach ihr Diktiergerät voll und nahm den überpünktlichen Klienten in Empfang. Als

Kate das nächste Mal auf die Uhr blickte, war es bereits kurz nach vier. Sie fuhr den Computer herunter und schloss das Fenster.

Georgios Café war ein kleines Lokal, nur wenige Gehminuten von der Kanzlei entfernt. Kate hatte die Jacke über den Arm geschlagen und schlenderte durch die schmalen Gassen der Innenstadt. Als sie in die Fußgängerzone einbog und schließlich den Hauptplatz erreichte, konnte sie Joanna an einem der äußeren Tische ausmachen. Sie winkte ihr freundlich zu.

„Lass dich umarmen!" Joanna war aufgesprungen und drückte ihre Freundin herzlich an sich.

„Mann, Jo! Du tust ja grad so, als hätten wir seit Monaten nichts voneinander gehört." Kate lachte. „Schön, dich zu sehn! Du siehst echt gut aus!"

Joanna trug ein langes, geblümtes Sommerkleid mit tiefem Ausschnitt: Und das war es auch, was bei Joanna als Erstes ins Auge stach. Ihr üppiges Dekolletee. Wovon sie einen Tick zu viel besaß, fehlte es bei Kate. Früher hatten sie oft gescherzt, Joanna würde ihr liebend gern etwas abgeben und auch wenn Eric mehr als einmal beteuert hatte, Kates Brüste wären perfekt für seine Hände, so hätte sie doch gegen Joannas Angebot nichts einzuwenden gehabt. Joanna war um einiges größer als Kate, hatte kurzes, rotblondes Haar und jede Menge Sommersprossen im Gesicht. Wirklich eine Menge. Sie versuchte erst gar nicht, diese unter einer Schicht Make-up zu verbergen. Sie sagte stets: „Entweder ich gefalle mir so, wie ich bin, oder nicht. Was die andren sagen, ist mir egal." So war Joanna. Unverblümt, direkt. Sie ließ sich in kein Schema pressen und schon gar nicht verbiegen. Wenn sie jemanden mochte, dann ohne Wenn und Aber. Genauso umgekehrt. Ihre Geradlinigkeit hatte Kate oft bewundert und nachzuahmen versucht.

„Danke. Komm, setz dich. Ich hab uns beiden schon mal Kaffee und Kuchen bestellt. Müsste jeden Augenblick kommen."

„Wie war dein Tag? Du siehst so gut gelaunt aus."

„Das bin ich auch. Tom kommt heut zum Essen vorbei. Wir knabbern Schweinerippchen und kuscheln uns zusammen vor den Fernseher. Was will man mehr?"

„Du scheinst ja richtig verliebt zu sein."

Joanna setzte einen verträumten Blick auf. „Ja, ich glaub, es hat mich voll erwischt. Diesmal klappt es. Das spür ich. Tom ist ganz anders, so fürsorglich, zuvorkommend, liebevoll. Und im Bett...", Joanna senkte ihre Stimme, „eine Granate, ich sags dir."

Ein junger Kellner stellte ein Tablett mit Cappuccino und Erdbeerkuchen vor ihnen ab, dazu zwei Gläser Wasser. Er musterte Joanna von oben bis unten. Dabei verweilten seine Augen eine Sekunde länger als nötig auf ihrer Brust.

„Noch nie zwei Titten gesehn?", blaffte sie ihn an. Der Kellner errötete augenblicklich und eilte davon. „Widerlich", meinte sie kopfschüttelnd.

„Du sagst es."

„Und bei dir? Was tut sich?"

„Außer Arbeit nicht viel. Naja, im Grunde ist es immer dasselbe. Morgens früh raus, dann den ganzen Tag mit irgendwelchen Paragraphen herumschlagen und spätabends todmüde ins Bett." Kate nippte an ihrem Kaffee und lehnte sich zurück. „Du kannst dir gar nicht vorstelln, wie sehr ich mich auf unsren Urlaub freu!"

„Das habt ihr beide euch auch wirklich verdient. Aber ich kann dich gut verstehn. Die letzten Wochen bei uns im Büro waren auch alles andre als gemütlich. Mein Chef macht enormen Druck wegen dieser Park City-Sache, du weißt schon."

Park City war ein geplantes Shoppingcenter etwas außerhalb der Stadt. Joanna und ihr Team sollten dafür die Pläne zeichnen und dabei hatte sie auch Tom kennengelernt, Juniorchef der vorgesehenen Baufirma.

„Trotzdem ist es wichtig, sich nicht nur an den Wochenenden Zeit füreinander zu nehmen."

„Pah, ich wär schon glücklich, wenn wir überhaupt mal ein Wochenende nur für uns allein hätten!" Kate spießte eine Erdbeere auf ihre Gabel. „Aber dann gibt es Erics Mutter, Erics Freunde und natürlich Arbeit. Zur Zeit jede Menge davon. Es wär besser gewesen, Niclas hätte seinen Nachfolger schon bestimmt."

„Was ist mit Kindern?"

Kate schüttelte den Kopf. „Kein Thema mehr."

„Aber ihr wolltet doch immer..."

„Falsch, ich wollte! Eric meinte immer, es wäre besser, noch eine Weile zu warten. Bis das mit der Arbeit, dem Haus und allem in stabileren Bahnen liefe."

„Hmm. Aber das tut es doch mittlerweile."

Kate zuckte mit den Schultern und wischte sich den Milchschaum vom Mund. Es war offensichtlich, dass sie nicht weiter darüber sprechen wollte.

Der Kellner kam vorbei und nahm die leeren Tassen mit. „Noch einen Wunsch?" Joanna bestellte zwei Gläser Prosecco. „Ich hab Eric ein Fernglas gekauft, das könnte er dann gleich nach Barton Niles mitnehmen. Was meinst du, ob er sich darüber freut?"

„Bestimmt! Er wollte sich schon immer eines kaufen."

„Na dann pass auf, dass er nicht zu viel damit auf Hasenschau geht!"

Die beiden prusteten los und als der Kellner Stunden später anfing, Schirme abzuspannen und Stühle übereinanderzustapeln, saßen sie noch immer dort, im Halbdunkel, und amüsierten sich über Gott und die Welt.

Kapitel 5

Der Morgen begann erneut mit einem heftigen Wolkenbruch. Der Wind peitschte den Regen durch die Straßen und rüttelte an Dächern und Fensterläden. Lose Zeitschriften, Zigarettenkippen und abgebrochene Äste wirbelten durch die Luft. Bäume und Strommasten wackelten bedrohlich und aus der Kanalisation drang ein lautes Blubbern. Dicke Wolken hingen am Himmel und tauchten die Landschaft in ein trübes Grau.

Kate stand im Durchgang eines an das Gerichtsgebäude angrenzenden Wohnblocks. Weit hatte sie es noch nicht geschafft und bis zur Kanzlei musste sie lediglich die Straße überqueren. Doch schon als sie aus der Eingangshalle des Gerichts getreten war, hatte sich ihr Schirm umgebogen und der Regen war unerbittlich auf sie herniedergeprasselt. Binnen kürzester Zeit hatten sich dunkle Flecken auf ihrem hellgrauen Kostüm gebildet, die Haare klebten am Kopf. Kate fluchte. Sie wischte sich mit dem Handrücken eine nasse Strähne aus dem Gesicht und blickte an sich hinab. Am liebsten hätte sie ihre unbequemen High Heels ausgezogen und wäre barfuß weitergelaufen. Im Durchgang hatten bereits zwei weitere Passanten Unterschlupf gesucht. Sie sahen deutlich mitgenommener aus. Kate zählte in Gedanken bis zehn, dann rannte sie los. Auf dem glitschigen Pflaster wäre sie beinahe ausgerutscht und als sie den Stiegenaufgang zur Kanzlei erreichte, triefte das Wasser von ihrer Kleidung. Damit zog sie eine Spur bis zu Margrets Anmeldetresen.

„Ach herrje. Sie sehn ja übel aus. Warten Sie, ich gebe Ihnen was zum Abtrocknen."

„Danke, Margret. Zum Glück hab ich heut keine Termine mehr außer Haus. Nichts auf der Welt brächte mich nochmal vor die Tür. Und bis zum Abend wird es ja hoffentlich ein wenig nachlassen."

Margret drehte sich zu einem Schrank hinter dem Pult und zog aus einem der unteren Fächer ein frisches Handtuch hervor. „Ach ja, bevor ichs vergesse: Mr. Starnitz lässt ausrichten, dass er Sie in seinem Büro erwartet, sobald Sie hier sind."

„In Ordnung. Danke nochmals." Kate nahm das Handtuch und schlurfte zu ihrem Büro. Den Blazer warf sie über den Stuhl. Bis zum Heimgehen würde er zwar nicht trocken werden, aber sie hatte keine zweite Jacke im Schrank. Nachdem sie sich die Haare abgetrocknet und halbwegs zu einer Frisur gebracht hatte, schlüpfte sie in eine frische Bluse und streifte einen neuen Rock über.

Das Büro von Niclas Starnitz lag am Ende des Flurs. Die Tür stand leicht geöffnet. Kate klopfte.

„Herein", tönte seine gewohnt tiefe Stimme.

„Hallo Niclas. Du hast nach mir verlangt?" Kate schloss die Tür hinter sich und trat an seinen Schreibtisch.

„Ah, Kate. Komm, setz dich. Ich hab schon auf dich gewartet. Kaffee?" Er deutete auf eine Couch vor einem wandhohen Bücherregal. Auf dem Beistelltisch gloste ein Räucherstäbchen und verströmte angenehm süßlichen Duft. Jasmin, vielleicht Sandelholz. Der Perserteppich leuchtete in einem satten Rotton.

Wie gut der doch in mein Büro passen würde, dachte sie und ließ sich auf das Sofa sinken. „Ja. Etwas Heißes wäre jetzt gut."

Niclas drückte auf einen Knopf hinter dem Schreibtisch und orderte zwei Tassen Kaffee, als Margrets Stimme erklang. „Sag, musst du heut nochmals raus? Du scheinst ziemlich nass geworden zu sein. Was für ein Hundewetter!"

„Nein, alles erledigt."

„Nun gut. Warum ich dich hergebeten habe? Ich wills kurz machen. Ich war noch nie ein Mann von großen Ausschmückungen, dieses ganze Blabla ist nicht mein Ding. Du kennst mich ja. Präzision, Direktheit, Schärfe – das ist mein Metier."

„Ich weiß."

Er räusperte sich. „In knapp drei Monaten gehe ich in meinen wohlverdienten Ruhestand und ich würde ruhiger schlafen, wenn ich wüsste, dass mein Platz in gute Hände übergeben worden ist. Es ist mir nicht entgangen, dass sich alle doppelt anstrengen und mit der Nachfolge spekulieren. Ein richtiger Konkurrenzkampf. Ich weiß nicht, ob das länger gut ist für das allgemeine Betriebsklima." Er legte eine Pause ein.

„Worauf willst du hinaus?"

„Kate, wie lange kennen wir uns schon?"

„Gut zehn Jahre."

„Hmm." Er schritt zu der breiten Fensterbank und kehrte ihr den Rücken zu. Der Regen trommelte unermüdlich gegen die Scheiben. Margret klopfte und brachte den Kaffee herein. Sie zwinkerte Kate aufmunternd zu.

„Kate, möchtest du meine Nachfolge übernehmen?"

Niclas Frage kam so plötzlich, dass sie sich an dem heißen Getränk verschluckte. Sie hustete. „Was?! Ich soll deine Nachfolgerin werden? Ich?" Sie blickte ihn ungläubig an, als er sich zu ihr umdrehte. „Das kann nicht dein Ernst sein!"

„Doch, so ist es."

„Aber was ist mit den andren? Ich dachte Matthew oder Eric..."

„Matthew ist ehrgeizig, ja. Er arbeitet sehr hart. Das weiß ich auch zu schätzen. Aber er hat nicht das nötige Feingefühl, er ist manchmal viel zu steif. Und Eric...", er zögerte, „ja, er ist gut. Wirklich gut." Er setzte sich ihr gegenüber und nahm einen großen Schluck. „Aber du bist nun mal die Beste!"

Die Stille breitete sich wie ein schweres Tuch über ihnen aus. Selbst das laute Prasseln des Regens schien verstummt.

„Niclas, ich weiß nicht, was ich sagen soll", unterbrach Kate die erdrückende Stimmung, „dein Angebot schmeichelt mir sehr. Ja, es ist eine große Ehre! Du warst immer wie ein Vater zu mir. Und ein verdammt guter Lehrer. Aber die andren haben viel härter gearbeitet als ich. Um ehrlich zu sein, hab ich mir über eine Partnerschaft nie Gedanken gemacht."

„Hmm."

„Niclas, sie hätten es sich viel mehr verdient als ich."

„Mag sein. Aber jemand andrer kam nie in Frage. Ich habe bereits mit Kent und Arnold gesprochen, sie teilen meine Auffassung." Seine Stimme war so fest geworden, sein Tonfall derart bestimmt, als würde er keinen Widerspruch dulden.

„Aber..."

„Ich hätte nicht so lange zuwarten dürfen. Es war mein Fehler. Genauso gut hätte ich es dir und den anderen schon von Beginn an sagen können. Du oder keiner."

Kate rutschte auf ihrem Platz hin und her. Die Gedanken rotierten in ihrem Kopf. Was würde Eric sagen? Was für eine Chance. Eine Riesenchance! Und sie war doch noch so jung. Aber was hieß das eigentlich? Noch mehr Arbeit? Sie könnte ihr Bild über den Perserteppich hängen, das passte farblich so gut. Aber was würde Eric sagen?

Niclas schien ihre Unentschlossenheit zu bemerken. Er meinte: „Kate, mein Mädchen. Du weißt, ich habe deine Kompetenz und deinen Fleiß immer sehr bewundert. Viel mehr aber deine charmante, taktvolle Art. Deine Natürlichkeit. Es ist eine gute Kombination und als Frau würdest du frischen Wind in die Sozietät bringen. Du bist noch jung, Kate, also sei dir dieser Chance bewusst. Bis ich mich zurückziehe, würde ich dich in allem einschulen und einigen wichtigen Persönlichkeiten vorstellen. Dies hier", er machte eine ausladende Handbewegung, „könnte schon bald dir gehören."

„Ich weiß nicht so recht..."

„Überleg es dir. Ich geb dir bis nach deinem Urlaub Zeit. Sprich mit Eric, er wird es verstehn." Er erhob sich aus dem schweren Ledersessel und ging langsam zur Tür. Es war alles gesagt. Kate folgte ihm.

„Und vergiss nicht, du oder keiner."

Den Rest des Tages verbrachte sie in ihrem Büro. Sie wollte längst überfällige Akten aufarbeiten, doch seit dem Gespräch mit Niclas Starnitz war jegliche Konzentration dahingeschwunden. Die Worte hallten noch immer in ihren Ohren: Du oder keiner. Sie wusste nicht, ob sie sich darüber freuen durfte, während ihr Mann, der seit Wochen so hart um diesen Posten gekämpft hatte, nun leer ausging. Würde er damit klarkommen? Und konnte er sich mit ihr freuen? Sie hatten sich einst ein Versprechen gegeben, sowohl in glücklichen als auch in schlechten Tagen füreinander da zu sein. Das nun war eine gute Zeit, aber sie war sich nicht sicher, ob Eric das genauso sehen würde. Kate klappte einen dicken Ordner zu und verließ das Bürogebäude.

Auf der Fahrt nach Hause musste sie die Scheibenwischer durchgehend auf höchster Stufe laufen lassen. Sie hoffte, dass es morgen um diese Zeit freundlicher wäre. Sie hatte keine Lust, die Gäste nach innen zu verfrachten. Außerdem standen die von den Nachbarn geliehenen Holzbänke in der Garage bereit.

Sie musste es Eric sagen. Heute noch. Mit diesem Gedanken parkte sie den Wagen in der Einfahrt. Das Haus lag dunkel vor ihr. Als sie Erics kleinen Zettel auf der Pinnwand entdeckte, sagte sie sich: Morgen. Morgen sprech ich mit ihm. Sie warf den kaputten Schirm in den Mülleimer und stieg die Treppe nach oben. Spätestens in Barton Niles. Dann ganz bestimmt.

„Guten Morgen Liebling!" Kate beugte sich zu ihrem Mann hinab und küsste ihn zärtlich auf den Mund. „Alles Gute zum Geburtstag!"
„Mmh. Dankeschön." Er blinzelte verschlafen. „Wie spät ist es?"
„Halb elf vorbei. Ich wollte dich nicht wecken, du hast geschlafen wie ein Baby."
Er gähnte.
„Ist gestern spät geworden, was? Hab dich gar nicht nach Hause kommen gehört." Kate rutschte von der Bettkante und ging zum Fenster. Sie schob die Vorhänge zur Seite. Das Licht durchflutete den Raum. Sie konnte die Wärme der Sonnenstrahlen durch das Glas hindurch spüren.
„Ja, war schon nach Mitternacht. Arnold und ich sind noch auf nen Absacker. Mann, bin ich fertig!"
„Ich hab uns Frühstück gemacht. Das macht dich gleich wieder munter." Kate setzte sich neben Eric und strich ihm durchs Haar.
„Ich wüsste da was Besseres", flüsterte er sanft und zog sie an sich.
„He, was fällt dir ein!", lachte sie und küsste ihn erneut. Diesmal länger. Sie spürte seine Erregung. Er schob die Hände unter ihr T-Shirt und öffnete den BH. Ihre Brustwarzen wurden steif.

„Warte Schatz." Kate umschloss sein Gesicht und sah ihm fest in die Augen. „Ich liebe dich. Ich möchte, dass du das weißt. Ich liebe dich so sehr!" Dann schlüpfte sie aus ihrer Kleidung und schmiegte ihren nackten Körper an seinen.

Während Eric noch duschte, schlug sie Eier in eine Pfanne und ließ einige Scheiben Schinken anbraten. Es duftete herrlich. Den Tisch hatte sie schon zuvor hübsch gedeckt, in der Mitte thronte ein riesiges Päckchen. Der Toast hüpfte genau in dem Moment heraus, als Eric die Küche betrat. Er trug einen blauen Morgenmantel.
„Mmh. Das riecht aber lecker." Er äugte auf das Paket. „Ist das für mich?"
„Ja, nochmals herzlichen Glückwunsch!" Kate stellte einen vollen Teller vor ihm ab und schenkte Orangensaft ein. „Na los, machs schon auf!"
Neugierig öffnete er das Seidenband und löste das Papier. Als die Bergsteigerausrüstung zum Vorschein kam, strahlte er wie ein kleiner Junge. „Wow! Ich bin sprachlos. Komm her, mein Engel." Er drückte Kate fest an sich. „Danke. Vielen Dank. Das ist das schönste Geschenk überhaupt!"
Kate schmunzelte. „Hauptsache, es gefällt dir. Ich hoffe, die Wanderschuhe passen. Ein Kompass ist auch dabei, vorne im Rucksack. Und der Verkäufer meinte, mit dem Schlafsack könntest du sogar in Sibirien übernachten."
„Toll! Ich werd gleich alles ausprobieren." Er stand auf.
„Langsam, Liebling. Erst wird gefrühstückt. Außerdem hast du noch das ganze Wochenende vor dir."

Gegen drei kamen die ersten Gäste. Joanna und Tom, ein groß gewachsener, schlanker Mann, Sonja und Bert, die

Nachbarn, von denen sie die Bänke und Tische ausgeliehen hatten, und Martin in Begleitung einer langbeinigen Blondine. Ihr Haar reichte bis zu den Hüften und mit ihren weiblichen Rundungen hätte sie selbst in einem Kartoffelsack noch umwerfend ausgesehen. „Darf ich vorstellen, das ist Tanja."

Eric ging als Erster auf sie zu und schüttelte ihre Hand. „Schön, dich kennenzulernen." Sie lächelte schüchtern. „Äh, wir können doch beim Du bleiben, oder?"

„Natürlich. Danke für die Einladung." Sie hielt ihm eine bunte Geschenktüte entgegen. „Und Happy Birthday!"

Während Martin und die Männer in den Garten gingen, um den Grill anzuwerfen, halfen die Frauen in der Küche. Die Tische im Freien waren bereits gedeckt und das Fleisch mariniert. Jetzt musste nur noch der Kuchen auf die Tabletts verteilt und das Gemüse auf kleine Spieße gesteckt werden.

Dann kam Doreen, Erics Mutter. Sie hatte die hellroten Haare aufgetürmt und trug ein schwarzes Kostüm. Um ihren Hals legte sich eine dicke Blutsteinkette. Wie bei einer Beerdigung, dachte Kate.

„Hallo ihr Lieben!", flötete Doreen.

„Schön, dass du gekommen bist!" Kate gab ihr einen Kuss auf die Wange. Dabei konnte sie den Maiglöckchenduft riechen, den sie großzügig hinter die Ohrläppchen gesprüht hatte.

„Natürlich bin ich gekommen. Mein Baby hat doch heute Geburtstag!" Der entrüstete Unterton in ihrer Stimme war nicht zu überhören.

„Ja. Dein Baby wird ja erst 37. Kaum zu glauben, nicht wahr?"

Sie ignorierte Kates Seitenhieb und stöckelte direkt auf Eric zu. „Da ist ja mein Geburtstagskind. Alles, alles eine Illusion! Mit der Hochzeit wurde alles noch schlimmer. Eric gegenüber spielte sie die Kranke und Leidende und erfand ständig neue Gründe, weshalb er unverzüglich bei ihr vorbeischauen müsse. Mal wars die kaputte Waschmaschine, ihr angeschlagener Magen, dann ein Brief vom Finanzamt oder ominöse Geräusche im Keller. Tja, es gab immer etwas. Und die Sonntage gehörten ihr. Ohne Ausnahme. Das war noch heute so. Anfangs waren sie stets zu ihr gefahren und Doreen hatte darauf bestanden, für sie zu kochen. Sie war eine miserable Köchin. Immer gab es dasselbe: Fisch. Dorsch gebacken oder natur, beides vom Supermarkt aus der Tiefkühltruhe. Irgendwann war selbst Eric der Appetit vergangen und von da an hatten sie Doreen über Mittag zu sich geholt. Kate wusste allerdings nicht, ob dies die bessere Lösung gewesen war, denn ständig hatte sie etwas auszusetzen. Die Suppe war zu salzig, der Salat zu sauer, Hühnerfleisch schmeckte ihr nicht und von den Rindsrouladen bekam sie Bauchweh. Kate hatte sich bemüht. Und wie sie sich bemüht hatte! Zu Weihnachten Kekse gebacken, unterm Jahr Kuchen, ihr Blumen und Pralinen gebracht, in Haus und Garten geholfen oder den Abwasch erledigt. Und schließlich war alles zu einer Selbstverständlichkeit geworden und Kate hatte sich maßlos über ihre eigene Dummheit geärgert, jemals freiwillig ihre Hilfe angeboten zu haben. Eric hatte sie zu besänftigen versucht, stellte sich aber nie ausschließlich auf die Seite seiner Frau. Vielleicht war ihm das nach der frühen Scheidung seiner Eltern auch gar nicht zu verdenken. Mit dieser war auch der Kontakt zu seinem Vater abgebrochen. Er hatte den Unterhalt gezahlt, mehr nicht, und Eric wollte ihn selbst in späteren Jahren nicht sehen. Somit war seine Mutter alles, was er hatte.

Vom Garten her wehte der Duft von glühenden Kohlen. Sie trabte durch das kurzgeschnittene Gras, schlängelte sich zwischen den Holzbänken hindurch und blieb hinter Martin stehen. „Na Herr Grillmeister, wie siehts aus?" Sie lugte über seine Schulter, als er die Hand über die Kohlen hielt.

„Noch zehn Minuten. Vielleicht fünfzehn. Sind die Gäste schon da?" Er zog ein Päckchen Zigaretten aus seiner Gesäßtasche.

„Noch nicht alle. Aber die andren dürften jede Minute kommen."

„Sie können sich gern schon hinsetzen. Wie gesagt, es dürfte nicht mehr lang dauern. Das Feuer ist gut." Er blies den Rauch seiner Zigarette in kleinen Kringeln in die Luft.

„Okay. Dann bring ich dir mal das Fleisch." Kate ging zurück in die Küche und nahm das Grillgut aus dem Kühlschrank. Sie rief nach Joanna. „Kannst du mir beim Raustragen helfen?"

„Na klar." Geschickt nahm diese zwei Tabletts mit Fleisch- und Gemüsespießen und balancierte damit durchs Haus. Die Gäste folgten ihr ins Freie.

Kate warf einen raschen Blick ins Wohnzimmer. Auf Couch und Tisch türmten sich Geschenke. Das Papier lag zerrissen am Boden verstreut. Weinflaschen, Joannas Fernglas, ein gläsernes Schachbrett, Theaterkarten, Restaurantgutscheine, Bonbonnieren, eine Yuccapalme, Geschenkkörbe mit den verschiedensten Köstlichkeiten, Whiskygläser. Dazwischen bunte Glückwunschkarten. Von draußen erklang fröhliches Gelächter, leise Musik spielte im Hintergrund und als Kate Koteletts und Würstchen über die Terracottafliesen der Terrasse trug, wurde sie von dem würzigen Grillduft eingehüllt.

„Ach Kate, sei so lieb und bring mir noch ein Kotelett, ja?" Doreen legte das Besteck zur Seite und nahm einen großen Schluck aus ihrem Weinglas.

Sie saß zwischen Eric und Kate und hatte pausenlos von irgendwelchen Leuten erzählt, die ohnehin niemand kannte. Kate hatte genickt und höflich gelächelt. Mehr nicht. Erics Desinteresse war nicht zu übersehen gewesen und bald schon hatte er sich dem Sitznachbarn zu seiner Linken zugewandt und war schließlich zu den anderen Tischen gegangen. Er scherzte und winkte Kate lachend zu. Sie freute sich über seine ausgelassene Stimmung. Es war schön, ihren Mann seit langem wieder so unbekümmert zu sehen.

„...wenn möglich ohne Schale."

„Was?" Kate drehte sich zu Doreen. Sie hatte nicht zugehört.

„Ich sagte, dazu ein Bratwürstchen und eine Kartoffel. Aber ohne Schale."

„Die sind alle mit Schale. Du kannst sie ja runtermachen, wenn du sie nicht magst."

„Nein, das ist mir zu heiß." Sie blickte auf ihre Finger. „Und bei meiner Arthrose? Nein, da bin ich viel zu ungeschickt. Dann eben keine. Muss ja nicht sein."

Kate seufzte tief. „Ich schäl sie für dich ab, okay?" Sie nahm Doreens Teller und stand auf.

„Das ist wirklich lieb von dir. Ach und vergiss nicht, einen Spritzer Senf draufzugeben. Den süßen, bitte."

Aber das hörte Kate längst nicht mehr. Der Grill stand um die Hausecke, damit der Rauch nicht zu sehr auf das fertige Essen blies. Außerdem war es dort relativ windgeschützt. „Noch ein Kotelett und eine Bratwurst, bitte. Und eine Kartoffel. Am besten schön verkohlt."

Martin hob die Augenbrauen. „Doreen?"

„Wer sonst!"

Er lachte herzhaft auf. Um sein hellgrünes Poloshirt hatte er eine ebenso grüne Schürze gebunden, mit kleinen Schäfchen drauf. Ein Mitbringsel von einer früheren Irlandreise. Auf seiner Stirn hatten sich glitzernde Schweißtropfen gebildet und unter seinen Armen waren dunkle Ränder. Als er ihre Blicke bemerkte, meinte er: „Tja, ziemlich heiß hier." Es klang wie eine Entschuldigung.

„Hast du denn überhaupt schon was gegessen?"

„Ach, ich koste nebenbei. Und wenn das hier weg ist", er deutete auf den vollen Rost, „setz ich mich ohnehin zu euch. Ich denke, die meisten sind satt geworden."

„Ja. Es war ausgezeichnet! Außerdem solltest du deine Begleitung nicht zu lang allein lassen."

„Du hast recht."

„Sag mal", begann Kate zögerlich und verschränkte die Arme vor der Brust, „wie kommt es eigentlich, dass du immer solche Wahnsinnsfrauen abschleppst?"

Martin zuckte mit den Schultern. „Tja, die Frauen wissen eben, was gut ist." Er schmunzelte.

„Wie alt ist sie eigentlich?"

„Achtundzwanzig."

„Aha. Und wo habt ihr euch kennengelernt?"

„Auf ner Party. Ein Freund hat sie mir vorgestellt."

„Hmm. Und wann war das?"

„Okay", Martin legte die Grillzange zur Seite und sah sie unverwandt an, „was willst du wissen?"

Kate blickte verlegen zu Boden.

„Wenn du wissen willst, ob wir Spaß haben, dann ja. Jede Menge. Willst du wissen, ob es was Ernstes ist? Nein."

„Tut mir leid", murmelte sie, „ich wollte nicht..."

„Schon gut", winkte er ab und wandte sich wieder dem Fleisch zu.

Kate hielt ihm Doreens Teller hin. Der Bratensaft schimmerte noch darauf. „Sie ist heut wieder mal unausstehlich."

„So schlimm?"

„Pah! Schlimm ist gar kein Ausdruck! Sie kommandiert nur herum. Kate tu dies, bring mir das. Naja...manchmal hab ich echt das Gefühl, sie nimmt es mir noch immer übel, dass ich ihr ihren Sohn weggenommen habe. In ihren Augen jedenfalls."

„Ach was. Sie meint es sicher gar nicht so. Ein bisschen herummeckern, ein wenig einmischen – das tun doch alle Schwiegermütter. Aber im Grunde mag sie dich. Allein schon deshalb, weil sie sieht, wie glücklich Eric mit dir ist!"

Kate schüttelte vehement den Kopf. „Nein, Martin. Sie hasst mich!" Dabei sah sie ihn durchdringend an.

Er wich ihrem Blick aus und legte Fleisch und Würstchen auf den Teller. Dann fischte er eine in Alufolie gewickelte Kartoffel aus der Glut. Keiner sprach ein Wort. Als Kate längst schon um die Hausecke gebogen war, sah er ihr immer noch nach. Und wusste, dass sie recht hatte.

Kapitel 6

Barton Niles war ein verschlafenes, kleines Städtchen in den Westgregorian Mountains. Es lag rund fünf Fahrstunden von Poreb entfernt und die letzten fünfzig Kilometer führten über eine schmale, dicht bewaldete Höhenstraße. Früher war Kate oft mit ihrer Familie in diesen Bergen gewesen, allerdings ein Stück weiter südlich. Es gab herrliche Wanderwege für jeden Schwierigkeitsgrad, gewaltige Wasserfälle vor kalkartigem Gestein und duftende Bergwiesen. Zu dieser Jahreszeit waren viele Tourengeher unterwegs, doch in dem weitläufigen Gebiet verloren sie sich völlig und man konnte stundenlang marschieren, ohne jemals einer Menschenseele zu begegnen.

Sie fuhren durch die enge Hauptstraße von Barton Niles. An den niedrigen Fachwerkbauten zu beiden Seiten hingen üppige Blumen aus Töpfen und Trögen. Türen und Fensterläden waren bunt gestrichen. Alles schien sehr gepflegt. Vor einem Obst- und Gemüseladen saßen zwei ältere Damen, die sich lautstark unterhielten. Mit ihren geblümten Kopftüchern passten sie unumstritten ins idyllische Bild dieser Kleinstadt. Eric hielt vor dem Laden und Kate kaufte eine Tüte voll frischer Aprikosen. Als sie wieder in den Wagen stieg, winkte ihr eine der Frauen freundlich zu. Kate erwiderte den Gruß. Am Ende der Straße bogen sie nach links ab und fuhren über einen Schotterweg, bis sie vor einem hellgelb verputzten Haus anstanden.

„Hier muss es sein." Kate deutete auf das Messingschild neben der Eingangstür. Sie kletterte erneut aus dem Wagen und stöhnte. Ihre Füße schmerzten von der langen Fahrt. „Bleib ruhig sitzen, Schatz! Ich hol die Schlüssel."

Eric nickte und legte den Kopf zurück.

Am Gartenzaun war keine Klingel angebracht und als Kate das verrostete Tor öffnete, kam ihr ein hellbrauner Setter entgegengelaufen. Er kläffte laut.

„Halt Hector! Hiergeblieben!", rief eine Stimme aus dem hinteren Teil des Gartens und eine kleine, zierliche Frau kam zum Vorschein. Sie war kaum älter als Kate. „Platz!" Der Hund japste kurz auf und legte sich zu ihren Füßen nieder. „Braver Junge." Die Frau tätschelte liebevoll seinen Kopf.

Gut erzogen, dachte Kate.

„Wir haben hier keine Klingel. Aber Hector hört ohnehin alles. Lassen Sie sich von seinem Gebell nur nicht abschrecken, er könnte keiner Fliege etwas zuleide tun." Sie wischte sich die Hand an ihrer Schürze ab und streckte sie Kate entgegen. „Linda Walters. Guten Tag!" Ihr Akzent ließ vermuten, dass sie nicht aus dieser Gegend stammte, zumindest nicht ursprünglich. „Und Sie müssen Mrs. Falling sein, richtig? Ich habe sie erst später erwartet."

„Ja, das stimmt. Schönen guten Tag!" Kate schüttelte ihre Hand. „Wir sind zeitig los und es war nicht viel Verkehr."

„Hmm. Ist das dort drüben ihr Mann?" Sie deutete mit unverhohlener Neugier auf den Wagen.

„Ja. Er ruht sich ein wenig aus, die Fahrt war doch ganz schön lang."

„Verstehe. Na, dann will ich Sie beide nicht lange aufhalten. Von hier ist es nicht mehr weit, etwa eine halbe Stunde. Ich habe Ihnen eine Skizze gezeichnet, damit Sie auch gleich hinfinden. Aber es ist nicht allzu schwer. Wenn Sie irgendetwas brauchen, Telefon ist in der Hütte. Sie können jederzeit anrufen. Aber lassen Sie es länger läuten, wenn ich im Garten bin, hör ich es schlecht." Sie stieg die paar Stufen zu ihrem Haus empor und verschwand. Der Setter war aufgesprungen, folgte ihr aber nicht. Freundlich wedelte er mit dem Schwanz. Kurze Zeit später kam Mrs. Walters mit einem dicken Schlüsselbund wieder. Sie drückte ihn Kate in die Hand und meinte: „Der Große ist für vorne, der Kleine für die Hintertür. Und der hier für den Schuppen. Alle andren sind nur Ersatz. Tja, mein Mann und ich sollten die Schlösser mal einheitlich machen. Ansonsten ist nicht viel zu sagen. Brennholz liegt im Schuppen, die Nächte hier draußen können ziemlich kalt sein. Den Kühlschrank hab ich Ihnen angefüllt, Lebensmittel sind in den Küchenschränken, sehn Sie einfach nach und bedienen Sie sich. Sie werden bestimmt Hunger haben."

„Danke, das ist sehr nett von Ihnen! Brauchen Sie noch eine Unterschrift von mir?"

Mrs. Walters winkte ab. „Jetzt machen Sie sich erstmal einen schönen Urlaub! Alles andere regeln wir nachher. Ach, bevor ichs vergesse...", sie reichte Kate die Wegbeschreibung und eine Wanderkarte, „da sind tolle Routen drin. Die Silverstone-Wasserfälle kann ich sehr empfehlen, dort sind auch ein paar Feuerstellen am Fluss und man kann gut übernachten."

Kate nahm sie dankend entgegen, verabschiedete sich und ging zum Wagen. Als Eric den Motor aufheulen ließ, begann der Setter zu bellen.

Die Hütte lag in hellem Licht vor ihnen. Umrandet von saftigen Wiesen und bizarren Felsformationen strahlte sie eine ungeheure Ruhe aus. Erst weiter hinten begannen die dunklen Tannenwälder. In unmittelbarer Nähe schlängelte sich ein kleines Bächlein, Vögel zwitscherten. Kate sog die klare Bergluft ein. „Es ist einfach herrlich!"

Eric nahm das Gepäck aus dem Kofferraum und trat ins Innere. „Puh, ganz schön warm hier drin." Er riss die Fenster auf und feine Staubwölkchen wirbelten durch die Luft.

Die Einrichtung war einfach, aber gemütlich. Die Küche war aus ungebeiztem Naturholz. In einer Vase standen frische Blumen. Vor dem gemauerten Kamin lag ein weicher Wollteppich. Die Couch war mit einem geblümten Überwurf verhangen, aus demselben Stoff waren auch die Gardinen. Im hinteren Teil befand sich ein geräumiger Schlafbereich. Bett und Kästen waren ebenfalls aus hellem Naturholz, an der Wand hing eine Landschaftsaufnahme.

Später saßen sie auf der Terrasse und aßen Omelett mit Schinken, Pilzen und Tomaten aus dem Kühlschrank. Mrs. Walters hatte reichlich eingekauft, sogar auf Wein hatte sie nicht vergessen. Während Eric die Wanderkarte studierte, stellte Kate frischen Kaffee zu. Sie ließ sich Zeit und überlegte, ob sie es Eric heute endlich sagen sollte. Worauf wollte sie warten? Es war ohnehin schon genug Zeit verstrichen. Sie suchte in Gedanken nach passenden Worten. Die Kaffeemaschine surrte, als die schwarze Flüssigkeit in die Kanne tropfte. Kate gab einen gehäuften Teelöffel Zucker in eine der Tassen, dazu ein wenig Milch. Sie selbst trank ihn schwarz.

„Wir müssen unbedingt eine Tour zu diesen Silverstone-Wasserfällen machen. Sie sollen gigantisch sein! Wir könnten unsere Schlafsäcke mitnehmen. Und dann gibt es da noch diesen Black Willow, einen riesigen Felsvorsprung, von dem man eine tolle Aussicht hat. Sehr gute Kritik. Allerdings ist der Aufstieg ziemlich steil."

Kate stellte die Tassen auf dem Holztisch ab. „Ja, Schatz. Ich muss dir was sagen..."

„Hmm." Er blätterte um. „Dauert auch ziemlich lang, an die sechs Stunden."

„Jetzt hör mir doch mal zu!"

Eric blickte auf. „He, wir müssen den Black Willow nicht machen, wenn du nicht willst. Wir können es uns auch einfach mal hier gemütlich machen. Wir haben Urlaub und werden es ganz langsam angehen. Was meinst du?"

„Ja schon, aber...", sie räusperte sich, „es geht um was ganz andres. Ich wollts dir eigentlich schon früher sagen, aber es hat irgendwie nie richtig gepasst."

Er schlug die Wanderkarte zu und sah sie besorgt an. „Bist du schwanger?"

Kate schüttelte den Kopf.

„Gut."

„Niclas hat mir die Stelle angeboten."

„Wie jetzt? Was?" Er runzelte die Stirn.

„Er hat mich gefragt, ob ich seine Nachfolgerin werden will. Ich könnte als Partnerin einsteigen."

„Du?" Er starrte sie ungläubig an.

„Ja."

„Ich glaubs nicht!"

„Er hats mir kurz vor deiner Geburtstagsfeier gesagt. Mann, ich war doch selbst ganz überrascht! Glaub mir, Schatz, ich dachte auch, du oder jemand anders würde...naja..." Sie stockte.

„Was hast du ihm gesagt?"

„Dass ich erst mit dir reden möchte."

„Und, willst du es?"

„Ich weiß nicht. Mir wäre wirklich lieber gewesen, er hätte dich gefragt. Ich hätts dir so vergönnt! Ach, verdammt!"

Falls Eric enttäuscht war – und das war er gewiss – so ließ er es sich nicht anmerken. Er breitete die Arme aus und lächelte. „Komm her, Liebling." Er gab ihr einen dicken Kuss. „Natürlich willst du! Das ist ne Riesensache. Klar hätt ich die Stelle selbst gern bekommen. Du weißt ja, wie sehr ich drauf hingearbeitet hab."

Er blickte, wie Kate fand, ein wenig wehmütig in die Ferne. Die Sonne war dabei, hinter den Wäldern unterzugehen und färbte sie rubinrot. Die Vögel waren still geworden.

„Es tut mir leid.", flüsterte Kate und schmiegte sich an ihn.

„He, spinnst du?" Er schob sie von sich und sah sie direkt an. „Du bist meine Frau, schon vergessen? Ich bin verdammt stolz auf dich! Ehrlich!" Er küsste sie erneut und stand auf. „Außerdem heißt das für mich: keine endlos langen Besprechungen mehr, keine Nächte im Büro, keine Arbeit an den Wochenenden. Das ist doch großartig!" Er grinste schelmisch. „Dafür bin ich dir echt dankbar! Und jetzt lass uns drauf anstoßen!" Er trank seinen Kaffee aus und ging in die Hütte.

Kate kuschelte sich einstweilen in die warme Fleecedecke, die in einem Weidenkorb neben der Bank lag. Sie seufzte zufrieden. Die Sonne war nun fast hinter den Baumwipfeln verschwunden und die Luft hatte merklich abgekühlt. Es wehte ein sanfter Wind. Was für ein Tag!, sagte sie sich. Aber sie war glücklich, dass Eric ihre Beförderung so gut aufgenommen hatte. Natürlich war er innerlich gekränkt, dass Niclas nicht ihn auserwählt hatte, so gut kannte sie ihn. Aber letztendlich war seine Enttäuschung der Freude gewichen, die er nun mit seiner Frau teilte.

Eric kam mit einer Flasche Wein zurück. Sie stießen an. Auf Kates baldigen neuen Posten, ihre Liebe, den Urlaub, der vor ihnen lag, und das Leben im Allgemeinen. Sie saßen einfach nur da, unter der Decke, und betrachteten den Sternenhimmel. Es war herrlich! Die Stunden verrannen und erst als Eric eine neue Flasche öffnen wollte, drängte sie zum Schlafengehen. Sie wollten früh aus den Federn, um der ärgsten Hitze bei ihrer ersten Wanderung zu entgehen. Wenn Kate gewusst hätte, dass dies ihr letzter Urlaub sein würde und die folgenden Tage bald so dunkel wie die Nacht hier draußen – sie hätte ohne Bedenken eine zweite Flasche geleert.

Noch war es friedlich. Aber der Sturm würde kommen.

Kapitel 7

Das Wartezimmer war bis auf den letzten Sitzplatz gefüllt. Ein Junge im Volksschulalter stand vor einem Poster und beobachtete höchst interessiert die überdimensional große Aufnahme des menschlichen Auges. Ein älterer Herr las in einer Zeitschrift, alle anderen Patienten sahen gelangweilt aus dem Fenster oder starrten genervt zur Tür des Behandlungsraumes. Kate schielte auf die Uhr. Ihr Termin hätte bereits vor rund einer Stunde sein sollen und sie fragte sich, wie eine derartige Verzögerung so früh am Morgen zustande kommen konnte. Immerhin hatte sie keinen Zeitdruck. Der Vormittag stand frei und bis zum Meeting mit Kent, Niclas und Arnold würde sie es leicht schaffen. Sie nahm eines der abgegriffenen Modemagazine und blätterte durch die bunt bedruckten Seiten.

Vor einer Woche waren sie und Eric noch am Flussufer gelegen, eingehüllt in ihre Schlafsäcke und hatten Brot und Würstchen ins lodernde Feuer gehalten. Es kam ihr wie eine Ewigkeit vor, doch die Erinnerung daran wirkte wie ein Aufputschmittel. Das Wetter hatte bis zu ihrer Abreise mitgespielt und die Hälfte der eingepackten Kleidung war unberührt geblieben. Leichtere Touren war Kate mitgegangen und die Landschaft hatte sie ungemein beeindruckt. Vor allem diese Ruhe. Nur vereinzelt waren sie anderen Wanderern begegnet. Den Aufstieg zum Black Willow war Eric allein gegangen und Kate hatte die Gelegenheit genutzt, um die paar Kilometer nach Barton Niles hinunterzufahren und Einkäufe zu tätigen. Dabei war sie Mrs. Walters begegnet, die ihren Hund spazieren führte und sie hatten eine Weile miteinander geplaudert. Am Abend holte Eric seine Kamera hervor und zeigte ihr begeistert seine Aufnahmen. Sie hatten Brennholz aus dem Schuppen geholt, sich vor den Kamin gekuschelt und sich die ganze Nacht lang geliebt. Es hatte keinen Platz in der Hütte gegeben, an dem sie es nicht getan hatten. „Tage wie Schokolade", hatte Eric geflüstert. Süß. Unglaublich süß. Und sie hatte seinen Kopf zwischen ihren Schenkeln gekrault und an nichts anderes mehr gedacht. Tage wie Schokolade.

Niclas Starnitz hatte sie bereits am zweiten Tag nach ihrer Ankunft angerufen und ihre Einwilligung in die Nachfolge bekanntgegeben. Er schien erleichtert. Aber das war sie selbst auch, denn seit dem Gespräch mit ihrem Mann kam es ihr so vor, als wäre eine große Last von ihren Schultern gefallen. Von da an hatte sie den Urlaub erst so richtig genießen können.

„Mrs. Falling bitte!" Die pummelige Sekretärin stand in der Tür des Wartezimmers und deutete auf den Behandlungsraum. „Dr. Rothlingen wartet auf Sie."

Ich auch, dachte Kate belustigt, ich auch.

Er war ihr auf Anhieb unsympathisch. Sie fand keine plausible Erklärung dafür, denn noch hatten sie kein einziges Wort gewechselt. Doch es gab Menschen, deren Auftreten allein genügte, um zu wissen, dass man mit ihnen keinen näheren Kontakt haben wollte. Die Chemie stimmte einfach nicht.

Dr. Rothlingen saß hinter einem wuchtigen Schreibtisch und kritzelte etwas auf einen Notizblock. Sein Oberkörper war kaum zu sehen, was vermuten ließ, dass er von sehr kleiner Statur war. Seine Hände waren schlank und zierlich, wie bei einem Virtuosen. Im Gegensatz dazu war sein Kopf außergewöhnlich groß und von der rechten Schläfe bis zu seinem Haaransatz zog sich ein dunkelrot geflecktes Feuermal. Kate schätzte ihn um die sechzig und wunderte sich über seinen dichten Haarwuchs. Als sie eintrat, würdigte er sie keines Blickes. Er saß über seine Unterlagen gebeugt und murmelte etwas Unverständliches. Sie vermutete eine Begrüßung und sagte laut: „Guten Tag!"

„Ich sagte doch in ein paar Minuten!", blaffte er zurück.

„Oh, Entschuldigung."

Da ihr kein Stuhl angeboten wurde, blieb sie mitten im Raum stehen. Sie fühlte sich unwohl und trat von einem Fuß auf den anderen. Dabei begutachtete sie die zahlreichen Urkunden und Zertifikate an der gegenüberliegenden Wand. Er schien viel im Ausland gearbeitet zu haben und soweit Kate erkennen konnte, waren seine Referenzen ausgezeichnet.

Dr. Rothlingen stand auf. Er reichte ihr gerade mal bis zur Schulter. Selbst als er ihr die Hand zum Gruß entgegenstreckte, schaffte er es nicht, ihr in die Augen zu blicken. Herrgott, hatte diesem Mann denn niemand Umgangsformen beigebracht?! Sein unhöfliches Benehmen verstärkte Kates Aversion nur noch mehr.

„So, dann wolln wir mal, Mrs...äh..." Er suchte in seinen Unterlagen. „Verzeihung. Dr. Falling. Nehmen Sie doch bitte Platz!"

Angesichts der Tatsache, dass auch sie einen Doktortitel trug, hellte sich seine missmutige Stimmung etwas auf. Nicht wesentlich, aber immerhin. Kate nahm in dem Behandlungsstuhl Platz.

„Also, was kann ich für Sie tun? Wie ich sehe, sind Sie zum ersten Mal hier."

„Das ist richtig. Eine Bekannte hat Sie mir empfohlen."

„Soso..."

„Ich habe das Gefühl, dass meine Sehschärfe abnimmt. Nur das rechte Auge."

„Und seit wann ist Ihnen das aufgefallen?"

„Schwer zu sagen. Vielleicht seit einigen Wochen, ich weiß nicht genau. Grundsätzlich seh ich ja alles, es ist nur etwas verschwommen. In der Nähe ist es besser. Es ist ja nur, wenn ich das andre Auge zuhalte, dann fällts mir bewusst auf. Und neulich beim Federball spielen mit einem Nachbarkind. Ich hab gezielt, aber den Ball nicht getroffen."

„Hmm. Schon richtig, das gesunde Auge kompensiert die eingeschränkte Funktion des geschädigten Auges."

Dr. Rothlingen setzte Kate eine Brille auf und verdunkelte ein Glas. „So, versuchen Sie mal, die Buchstaben und Zahlen an der Tafel zu lesen. Zuerst das gesunde Auge. Beginnen wir ganz oben."

Kate blickte zur gegenüberliegenden Wand. Die Entfernung schien ihr nicht allzu groß und die Zeichen waren gut ersichtlich. Sie las mühelos vor.

„Und jetzt die beiden unteren Reihen. Geht das auch noch?"

Sie las etwas langsamer, aber fast fehlerfrei.

„Gut. Wirklich sehr gut. Und jetzt das zweite Auge." Er verdunkelte erneut das Glas, diesmal auf der anderen Seite.

Als Kate die Tafel betrachtete, fiel ihr sofort die Unschärfe in den Zeichen auf. Alles war verschwommen. Die erste Reihe ging noch, die zweite einigermaßen, doch dann geriet sie ins Stottern: „Vier...E...nein F...K...vielleicht sieben...könnte aber auch ne eins sein...ach ich weiß nicht...mir verschwimmt alles." Sie kniff die Augen zusammen.

„Weiter unten geht gar nichts mehr?"

Kate konzentrierte sich. Sie starrte auf die Tafel, doch alles was sie erkennen konnte, waren schwarze Punkte und Striche, die sich unmöglich zu einem sinnvollen Zeichen zusammenfinden ließen. „Nein, keine Chance."

Dr. Rothlingen setzte ein anderes Glas ein. „Versuchen Sie es jetzt einmal. Das müsste besser gehen."

Kate blickte zur Wand. Alles war so trüb und unscharf wie zuvor. Sie schüttelte den Kopf.

Dr. Rothlingen tauschte noch zwei weitere Male die Gläser, dann nahm er ihr die Brille ab, untersuchte Kates Augen mittels eines Vergrößerungsglases und träufelte ihr schließlich eine Flüssigkeit in die Augen. Es brannte höllisch.

„Hmm", meinte er und beugte sich ein wenig vor, „eine Entzündung des Sehnervs."

Kate sah ihn aus tränenden Augen an.

„MS. Dr. Falling, ich lege Ihnen nahe, sich umgehend ins Krankenhaus zu begeben. Die Neurologie im Poreb County Hospital ist sehr gut auf diesem Gebiet."

„Wie bitte?"

„Multiple Sklerose."

Der Raum um sie herum begann sich zu drehen. Alles wirbelte wie wild durcheinander. Dr. Rothlingens Stimme klang weit entfernt, so als wäre er in einem anderen Zimmer. Ihr Puls beschleunigte sich. Als sie sprach, war ihre Stimme belegt: „Was...äh...was sagten Sie? Was habe ich?"

„Hören Sie, ich kann Ihnen wirklich nicht weiterhelfen. Es war lediglich eine erste Diagnose von mir. Im Krankenhaus wird man Sie genau untersuchen und auch entsprechend behandeln. Dort sind die Spezialisten." Er stand auf. „Haben Sie jemanden, der Sie abholen kann? Ihr Mann vielleicht? Verwandte? Es wäre besser, wenn Sie nun nicht alleine sind. Setzen Sie sich ruhig für ein paar Minuten ins Wartezimmer und versuchen Sie, jemanden zu erreichen."

„Aber..."

„Ich weiß, das ist alles sehr viel auf einmal. Aber im Krankenhaus wird man Sie aufklären. Von meiner Seite ist alles gesagt. Kommen Sie." Er streckte ihr die Hand entgegen.

Kate erhob sich. Ihre Beine fühlten sich an wie Blei. Ihr Kopf wummerte. Wie in Trance folgte sie Dr. Rothlingen zur Tür. Jede Bewegung erschien wie ferngesteuert. Es ist nur ein Traum, sagte sie sich, ein böser Traum. Gleich wirst du aufwachen und alles ist wieder gut.

„Meine Sekretärin wird Ihnen etwas zu trinken bringen. Ich wünsche Ihnen alles Gute, Dr. Falling."

Kate trat aus dem Behandlungsraum und steuerte den nächstgelegenen Stuhl an. Erst jetzt bemerkte sie, dass ihre Augen nicht von den verabreichten Tropfen tränten. Dicke Perlen kullerten über ihre Wangen und hinterließen eine durchsichtig schimmernde Spur. Die Worte des Arztes dröhnten noch immer in ihren Ohren. „Multiple Sklerose. Begeben Sie sich umgehend ins Krankenhaus." Mein Gott, wie konnte er so etwas nur sagen?! Sie war doch keine Nummer! Komm schon, wach auf!

Die pummelige Sekretärin reichte ihr ein Glas Wasser. „Es tut mir sehr leid. Trinken Sie einen Schluck, das beruhigt."

„Was tut Ihnen leid?", schnappte Kate zurück. Sie leerte das Glas in einem Zug. Die Sekretärin senkte beschämt den Kopf und wandte sich wieder den anderen Patienten zu. Ich muss hier raus, dachte Kate, ich bekomme keine Luft!

Unten an der Straße lehnte sie sich gegen eine Hauswand und kramte ihr Handy hervor. Sie wählte Erics Nummer. Es läutete. „Nun geh schon ran, verdammt!", schrie sie. Ein Fußgänger drehte sich verwundert um. Sie probierte es erneut. Mobilbox. Okay, nur die Ruhe Kate, denk nach! Er hat heute keinen Termin bei Gericht, also muss er im Büro sein. Vielleicht bei einer Besprechung. Bitte mach, dass er dort ist!

Sie hatte Glück. Margret bestätigte, dass Eric gerade einen Mandanten bei sich hatte und daher nicht gestört werden wollte. Sie bemerkte sofort Kates Aufregung und erkundigte sich, ob etwas nicht stimmte.

„Margret, ich muss dringend meinen Mann sprechen! Es ist sehr wichtig. Holen Sie ihn bitte ans Telefon!"

„Ich weiß nicht, ob er..."

„Bitte!"

Es knackte in der Leitung, dann hörte sie Margrets Schritte, die sich entfernten. Kate wartete. Sie konnte sich kaum mehr auf den Beinen halten.

Dann endlich Erics vertraute Stimme. „Was ist los?! Ich hab grad einen sehr wichtigen Termin! Kann das denn nicht bis später warten?"

Kate heulte los. „Ich hab MS. Multiple Sklerose. Das hat der Augenarzt gesagt. Ich weiß doch nicht mal, was das ist! Und jetzt muss ich sofort ins Krankenhaus."

Stille.

„Eric, bist du noch da?"

„Ja, Schatz. Bleib, wo du bist! Ich komme sofort!"

Das Poreb County Hospital lag im Zentrum der Stadt und war ein moderner Glaskomplex mit hohen Fenstern, breiten Gängen und einem angrenzenden kleinen Park, in welchem Patienten in farbigen Morgenmänteln ihre Runden drehten. Manche gestützt an die Hand eines Angehörigen, andere im Rollstuhl.

Während der Fahrt hatten sie kein einziges Wort gewechselt. Eric hatte angestrengt durch die Windschutzscheibe gestarrt und war mit mindestens siebzig Sachen durch die Ortschaft gerast. Kate hatte es ein Mal hell aufblitzen sehen, aber selbst dies hatte sie nur wie durch einen trüben Schleier wahrgenommen. Sie saß zusammengekrümmt in ihrem Sitz und schniefte in ein weiteres Taschentuch.

Eric steuerte den Wagen direkt vor den Haupteingang. „Steig schon mal aus. Ich fahr rechts ran, sonst steh ich mitten im Halteverbot."

Sie gingen durch die riesige Drehtür und der penetrante Geruch von Desinfektionsmittel trieb ihnen in die Nase. Eric erkundigte sich nach der Neurologie, Kate fühlte sich dazu nicht in der Lage. Das letzte Mal, als sie einen Fuß in ein Krankenhaus gesetzt hatte, war lange her. Sie erinnerte sich, einmal eine Nachbarin nach ihrer Entbindung besucht zu haben, aber das war zweifelsohne ein freudiges Ereignis gewesen. Und Joanna hatte aufgrund einer allergischen Reaktion ein paar Tage hier verbringen müssen. Aber sie selbst? Es musste bei ihrer Mandeloperation gewesen sein, mit sieben, acht Jahren.

Sie gingen zu einem der Fahrstühle und fuhren in den dritten Stock. Die Neurologie befand sich noch im alten Trakt, doch die Renovierungsarbeiten waren voll im Gange. An den Außenmauern waren hohe Gerüste befestigt, Planen flatterten im Wind und das Hämmern und Schleifen der Bauarbeiter war noch durch die schalldichten Fenster zu hören. Kate wunderte sich, wie ein Patient hier überhaupt schlafen konnte.

Die Ambulanz war halb leer. Zwei Sanitäter schoben ein Krankenbett vor sich her. Der junge Mann darin hatte einen Schlauch aus seinem Hals ragen. In einem Rollstuhl saß eine Frau und sah zu, wie eine klare Flüssigkeit aus der Infusionsflasche über ihr tropfte. Eine weitere Frau humpelte den Gang auf und ab. Kate wäre am liebsten umgekehrt. Sie schmiegte sich in Erics Arm. Er strahlte eine Wärme aus, die ihr guttat und sie ein wenig zu beruhigen schien. Es kam ihr so vor, als dauerte der Tag bereits zwölf Stunden. Eine endlose Aneinanderreihung von Wartezeiten. Sie musste nicht auf die Uhr sehen, um zu wissen, dass dies ein Trugbild war. Ein drahtiger Mann mit dicken Brillengläsern schritt energisch aus einem der Zimmer. Sein Kittel hatte dasselbe sterile Weiß wie die Wände und Fußböden. Um seinen Hals baumelte ein Stethoskop. „Mrs. Falling bitte!"

Kate wischte sich über die Augen und griff nach Erics Hand. Sie war feucht.

„Dr. Limberic. Guten Tag. Man sagte mir, Verdacht auf Multiple Sklerose, richtig?" Er schloss die Tür hinter sich und bot ihnen einen Platz an.

„Ja. Meine Frau kommt gerade vom Augenarzt. Sie war wegen einer Sehstörung dort. Wie kann er nur so eine Diagnose stellen und sie dann einfach entlassen?! Ohne Näheres zu sagen? Das ist doch unverantwortlich!"

„Hmm. Nicht alle Ärzte besitzen das gewisse Feingefühl. Leider." Er rückte seine Brille zurecht. „Aber wir wollen keine voreiligen Schlüsse ziehen, um eine Diagnose stellen zu können, bedarf es mehrerer Untersuchungen. Dann sehen wir weiter. Wie ich Ihren Worten entnehmen kann, wissen Sie nicht über diese Krankheit Bescheid."

Kate nickte.

„Nur so viel: MS ist eine entzündliche Erkrankung des Nervensystems. Die Entzündungsherde, auch Läsionen genannt, können wir im Gehirn und Rückenmark feststellen. Erstmals werde ich eine neurologische Untersuchung bei Ihnen vornehmen, danach eine MRT, sie wird uns mehr Aufschluss über ihr tatsächliches Krankheitsbild geben. In weiterer Folge ist eine Lumbalpunktion notwendig, dann wird eine Kortisontherapie verabreicht. Aber dazu später."

Ein tiefer Seufzer entfuhr Kate.

Der Arzt klopfte ihr aufmunternd auf die Schulter. „Machen Sie sich keine Sorgen. Sie sind hier in besten Händen. Es ist allerdings wichtig, dass wir schnell reagieren." Er wandte sich an Eric. „Wären Sie so freundlich, einstweilen draußen Platz zu nehmen und Ihre Frau im Anschluss zur MRT zu bringen? Ich werde sofort unten Bescheid geben und eine Behandlung veranlassen. Zweiter Stock, Abteilung vier. Sie sehen ein großes Schild an der Tür: CT, MRT. Danach kommen Sie wieder hierher und wir sehen uns die Auswertung an."

„Natürlich. Es ist nur so, Dr. Limberic, wir sind gerade völlig durcheinander und wissen nicht, was soeben mit uns geschieht."

„Glauben Sie mir, ich kann Sie gut verstehen. Das geht allen Betroffenen so. Versuchen Sie trotzdem, Ruhe zu bewahren."

Eine Etage tiefer war deutlich mehr los. Ärzte und Krankenschwestern tummelten sich auf den Gängen und hinter der Glastüre warteten bereits einige Patienten. Sie steuerten auf eine Frau hinter einem Schiebefenster zu. „Mrs. Falling. Dr. Limberic schickt mich."

„Ah ja. Sie können sofort hineingehen. Zimmer eins. Ihr Mann kann mir einstweilen Ihre Daten durchgeben."

Kate warf Eric einen traurigen Blick zu. Er strich sanft über ihr Haar. „Keine Angst, Liebling. Das wird schon. Ich warte hier auf dich."

Im Inneren wies man sie an, Schmuck und Kleidung abzulegen und in eines der üblichen Nachthemden zu schlüpfen. Kate fröstelte.

„Ich werde Ihnen eine Nadel setzen, damit wir das Kontrastmittel spritzen können", sagte ein junger Assistenzarzt. „Danach legen Sie sich bitte in die Röhre. Es wird ein bisschen laut werden. Falls Sie sich zu sehr eingeengt fühlen und in Panik geraten, drücken Sie bitte diesen Knopf hier." Er zeigte auf ein Kabel, an dessen Ende ein kleiner Schalter befestigt war. „Sie bekommen es in die

Hand und wenn etwas ist, holen wir Sie sofort heraus. Wichtig ist, dass Sie so wenig wie möglich schlucken und sich ruhig verhalten."

„In Ordnung."

Er klopfte auf ihre Armbeuge. „Sie haben gute Venen", meinte er lächelnd. Kate sah zur Seite, als die Nadel in ihr Fleisch drang.

Von dem Kontrastmittel wurde ihr sofort übel und sie hatte Mühe, sich nicht auf der Stelle zu übergeben. Eine Schwester schob sie in die Röhre. Es hämmerte wie wild. Kate versuchte, sich nicht zu bewegen und an etwas Schönes zu denken. Doch auf Abruf kam ihr nichts in den Sinn. Die Ereignisse der vergangenen Stunden waren zu präsent in ihrem Kopf. Nach einiger Zeit verstummten die Geräusche schlagartig und sie wurde wieder aus der Röhre geholt. „So, Mrs. Falling, das wars. Wenn Sie bitte draußen Platz nehmen. Ich bringe dann Ihre Sachen."

Kate taumelte nach draußen. Ihr Mann schloss sie in die Arme. „Na, wars schlimm?"

„Ach nein. Mir ist nur etwas flau im Magen. Ich hab ja seit dem Frühstück nichts mehr gegessen. Weißt du, wo die Toiletten sind?"

„Komm, ich führ dich hin!"

Kate übergab sich, sowie sie den Deckel hochgeklappt hatte. Sie blieb noch kurz auf den Fliesen sitzen, dann trat sie ans Waschbecken und hielt ihren Kopf unter fließend kaltes Wasser. Stöhnend richtete sie sich auf und betrachtete ihr Spiegelbild. Mein Gott, dachte sie, du siehst schrecklich aus! Ihre Augen waren gerötet, die Schminke verwischt, das Gesicht kreidebleich. Sie klopfte auf ihre Wangen, um an Röte zu gewinnen. Dann reinigte sie die Augen notdürftig mit Toilettenpapier.

„Warum hast du mir nicht gesagt, wie furchtbar ich aussehe? Lauf ich denn schon die ganze Zeit so durch die Gegend?"

Eric zuckte mit den Schultern. „Spielt doch keine Rolle."

Die Krankenschwester von vorhin brachte Schmuck und Kleidung und reichte ihr eine dünne Mappe. „Hier sind die Bilder für Dr. Limberic. Alles Gute!"

Sie nahmen erneut den Aufzug. Mittlerweile waren die beiden Sanitäter mit dem jungen Mann verschwunden und die Frau im Rollstuhl bekam die Infusion abgehängt. Die Tür zu Dr. Limberics Zimmer stand offen. Er hielt den Telefonhörer an sein Ohr gepresst und lauschte. Eric klopfte vorsichtig, auch wenn es unhöflich war. Dr. Limberic winkte ihnen einzutreten und beendete das Telefonat.

„Ah, Sie sind schon zurück. Na dann wollen wir mal sehen." Er pinnte die Bilder an eine beleuchtete Wand und studierte sie eingehend. „Tja", sagte er nach einer Weile und legte seine Brille ab, „ich kann Ihnen leider keine erfreuliche Mitteilung machen, der Verdacht hat sich erhärtet. Sie haben MS, Mrs. Falling. Sehen Sie hier die Entzündungsherde?" Er zeigte auf einige Flecken.

„Mein Gott!" Kate sank in sich zusammen. Damit war auch der letzte Funke Hoffnung geschwunden, einem Irrtum unterlegen zu sein.

„Klären Sie uns auf. Worum handelt es sich genau?" Eric versuchte, die Fassung zu behalten.

„Also, es handelt sich um eine Autoimmunerkrankung, das heißt, das eigene Immunsystem richtet sich gegen den Körper. Die isolierende Schicht, welche die Nervenzellen umgibt, wird dabei zerstört. Die Folge sind schubweise auftretende Symptome wie Taubheitsgefühle oder Kribbeln, Sehstörungen, Lähmungen, Schmerzen oder Gleichgewichtsprobleme, die sich mit entsprechender Behandlung meist wieder zurückbilden. Bei schwereren Formen bleiben jedoch Störungen zurück, der Zustand der Patienten verschlechtert sich zusehends."

„Ich hatte schon mal Gefühlsstörungen. Ja, während meiner Studienzeit. Und meine Beine funktionierten nicht richtig, als ich noch laufen ging. Aber das ist ewig her. Und es verging wieder. Ich dachte, ich hätte mich überarbeitet. Danach kam es bei mir nie wieder zu derartigen Beschwerden. Ich wusste ja nicht...mein Gott!"

„Ja, es ist gut möglich, dass die Krankheit schon viel früher ihren Lauf genommen hat. In den meisten Fällen tritt sie Anfang, Mitte zwanzig auf. Traumatische Ereignisse können dabei oft der Auslöser sein. Ich weiß nicht, ob das in Ihrem Fall zutrifft..."

Kate schwieg. Eric drückte ihre Hand. „Welche Behandlungsmöglichkeiten gibt es?"

„Nun ja, ich will nichts beschönigen", Dr. Limberic verschränkte die Arme vor der Brust, „bislang ist diese Krankheit unheilbar."

Kate hielt die Hand vor den Mund, um einen Aufschrei zu unterdrücken. Die Worte trafen sie hart, wie ein Faustschlag mitten ins Gesicht.

„Mittels Kortison lassen sich die Entzündungen in der Regel gut stoppen und bilden sich großteils wieder zurück", schwächte Dr. Limberic ab, „und mit verschiedenen Medikamenten, die sich der Patient selbst spritzt, gelingt es, die Anzahl und Schwere der Schübe zu mindern. Sie müssen individuell auf den Patienten abgestimmt werden, da sich die Krankheit bei jedem unterschiedlich äußert. Daher auch der Name *Die Krankheit der tausend Gesichter*."

„Heißt das, man kann nicht sagen, wie diese Krankheit im Weiteren bei meiner Frau verlaufen wird?"

„So ist es. MS ist eine sehr variable, unterschiedlich verlaufende Erkrankung. Grob kann in schubförmige und fortschreitende Verläufe eingeteilt werden."

Kate nahm nur die Hälfte seiner Worte wahr. „Unheilbar" dröhnte es fortwährend in ihren Ohren. Sie versuchte, den Gedanken abzuschütteln und sich auf die unmittelbare Umgebung zu konzentrieren. Die erleuchteten Bilder der MRT, das Stahlbett und der Medikamentenschrank links neben ihr, Dr. Limberics sonore Stimme, die dumpfen Geräusche der Bauarbeiten draußen. Es gelang nicht. Das Wort, nur dieses einzige Wort, hatte sich unmittelbar bei seiner Aussprache in ihr Gehirn eingebrannt. Mit immenser Tiefe. Unheilbar.

„Mrs. Falling, Multiple Sklerose ist kein Todesurteil. Sie werden damit leben können. Sie werden sehen."

„Hmm", murmelte Kate abwesend.

„Weiß man denn, woher diese Krankheit kommt? Also in der Familie meiner Frau waren immer alle gesund, nicht wahr?"

„Ja. Zumindest kann ich mich an keinen offiziellen Fall erinnern. Es wurde nie etwas erzählt."

Dr. Limberic schüttelte den Kopf. „Nein, MS ist nicht vererbbar. Das heißt unter anderem, dass es möglich ist, Kinder zu bekommen. Es gibt die unterschiedlichsten Thesen. Von Ernährung angefangen, schädlichen Umwelteinflüssen, bis über Impfungen und Erkrankungen im Kindesalter. Tja, die Liste ist lang. Interessant ist allerdings, dass MS in manchen Ländern nicht vorkommt. Letztendlich weiß man aber nicht, was Auslöser und Ursache ist." Er räusperte sich. „Es wird viel geforscht, glauben Sie mir. Die Wissenschaft bleibt nicht stehen."

„Und wie geht es jetzt weiter?", fragte Kate vorsichtig.

„Wie gesagt, als Nächstes müssen wir eine Lumbalpunktion zur Untersuchung des Nervenwassers durchfüh-

Gute!" Dabei drückte sie ihn fest an ihre Brust und tätschelte seinen Rücken. „Hier", sagte sie und zog einen Umschlag aus der Tasche, „das ist für dich."

„Aber Mutter, das wär doch wirklich nicht nötig gewesen!" Die Geldscheine schimmerten durch das helle Papier. „Du sollst doch nicht so viel hergeben."

„Ach, für dich ist mir doch nichts zu teuer. Das weißt du ja. Und im Auto hab ich noch einen Kuchen stehen. Vielleicht könnte Kate ihn holen?" Doreen warf ihr einen auffordernden Blick zu. „Apfelkuchen. Selbstgebacken. Den isst du doch so gern."

„Mutter, das ist wirklich lieb von dir. Aber du hättest dir nicht so viel Mühe machen müssen. Kate hat Kirschkuchen und Sahneschnitten gemacht."

„Ja, aber von den Kirschen bekommst du doch Bauchweh. Das war schon als Kind so. Und die fette Sahne, naja..." Sie wiegte den Kopf und dabei klimperten ihre goldenen Ohrringe. „Du kannst ihn doch wenigstens kosten, hm? Tu deiner lieben Mutter einen Gefallen. Ich habs ja nur gut gemeint."

Eric lächelte. „Ich weiß, Mutter, ich weiß. Natürlich werd ich ein großes Stück essen. Ist es der mit den leckeren Streuseln oben drauf?"

Kate warf ihm einen vernichtenden Blick zu. Eric hob entschuldigend die Schultern. Kate drehte sich um und ging zum Wagen. Widerstrebend nahm sie den in Alufolie eingewickelten Kuchen.

Erics Mutter war nicht einfach. Nein, das war sie bei Gott nicht! Bereits bei ihrem ersten Aufeinandertreffen hatte sie deren Abneigung deutlich gespürt, doch Kate hatte sich nicht aus der Ruhe bringen lassen. Sie hatte geglaubt, wenn Doreen sie erst einmal besser kannte, dann würde sich das angespannte Klima entschärfen und möglicherweise sogar eine Art Freundschaft entstehen. Was für ren, um das Vorliegen von Entzündungszellen festzustellen und auch, um andere Krankheiten ausschließen zu können. Gleich morgen früh. Dann Kortison mittels Infusionen. Wir werden Sie stationär aufnehmen. Begleitend dazu rate ich zu einer psychologischen Gesprächstherapie, die Sie auch zu Hause weiterführen sollten. In der ersten Zeit werden Sie mit einer Vielzahl an Gefühlen zu kämpfen haben: Wut, Trauer, Resignation. Wir haben sehr gute Therapeuten hier im Haus."

„Wie lange muss ich bleiben?"

„Ich denke, ungefähr eine Woche. Sie bekommen von mir einige Broschüren zum Thema MS, daheim werden Sie bestimmt Zeit dafür haben. Ich gebe Ihnen auch die Adresse einer Selbsthilfegruppe, oft ist es hilfreich, sich mit Gleichgesinnten auszutauschen. Aber ob Sie das möchten, entscheiden Sie."

Kate seufzte. Ihre Verzweiflung war unübersehbar. Sie griff nach einem Taschentuch. „Aber ich will das doch alles gar nicht!"

„Ich weiß, Schatz. Aber wir wollen auch, dass du bald wieder gesund wirst und richtig sehen kannst", flüsterte ihr Mann beruhigend.

Dr. Limberic rief nach einer Krankenschwester und geleitete die beiden vor die Tür. Der Gang war nun völlig leer. „Schwester Hilda wird Sie auf Ihr Zimmer bringen. Ich komme morgen früh um acht. Sie brauchen sich nicht zu fürchten. Versuchen Sie, etwas zu schlafen."

Zimmer dreizehn. Was für eine Unglückszahl, dachte Kate, als sie den schmalen Raum betrat. Wie sie an dem Namensschild erkennen konnte, hatte sie nur eine einzige Bettnachbarin. Die ältere Frau grüßte freundlich, wandte sich aber gleich wieder ihrem Kreuzworträtsel zu. Auf dem Nachtkästchen standen frische Blumen. Kate ließ sich geräuschvoll aufs Bett fallen.

„Du musst mir meine Sachen bringen. Pyjama, Bürste, Zahnputzzeug. Nimm die gelbe Toilettentasche, da ist auch ein kleiner Spiegel drin. Mein Morgenmantel hängt im Bad. Ach und vergiss nicht die Hausschuhe und warme Socken. Mich friert immer so."

„Keine Sorge. Ich find schon alles. Und sonst hast du ja dein Handy dabei." Er schob das Laken zurück und setzte sich an die Bettkante.

„Ach Eric, ich bin so unglücklich! Was passiert nur mit mir? Sag, dass das alles nicht wahr ist!"

Er nahm sie schützend in den Arm. „Sei nicht traurig, mein kleiner Engel. Ich bin ja bei dir. Wir stehen das gemeinsam durch!"

Kate schluchzte. Sie krallte ihre Finger in seine Anzugjacke. „Kannst du nicht hierbleiben?"

„Das geht leider nicht. Aber ich komme so oft es geht vorbei. Und in der restlichen Zeit denke ich ganz fest an dich. Versprochen!"

„Ich hab solche Angst vor morgen."

Schwester Hilda kam mit einem Tablett herein und stellte es auf Kates Nachttisch. „Ich hab Ihnen Hühnersuppe und Früchtejoghurt gebracht. Essen Sie ein wenig, Sie brauchen jetzt viel Kraft. Die Schlaftablette können Sie gleich nach dem Essen nehmen. Wenn Sie irgendetwas brauchen, Mrs. Falling, dann läuten Sie."

„Danke." Kate beugte sich über die dampfende Suppe.

„Mahlzeit! Die schmeckt ganz lecker. Die hatte ich mir auch zum Abendessen bestellt", meinte die ältere Dame.

Eric nickte ihr höflich zu, dann flüsterte er seiner Frau ins Ohr: „Ich bleib noch so lange, bis du eingeschlafen bist, ja?"

Kapitel 8

„Beugen Sie sich nun nach vorne. Ganz locker bleiben." Kate saß auf einem Metallstuhl und wartete auf den Einstich. Ihr dünnes Nachthemd lag vor ihren Füßen und obwohl sie lediglich einen Slip trug und die Kälte bereits ihre Beine heraufkroch, standen ihr Schweißperlen auf der Stirn. Ihr Kopf glühte hochrot. Trotz Schlaftablette hatte sie eine sehr unruhige Nacht verbracht, denn abgesehen von den schockierenden Ereignissen des Tages hatten sie die Schnarchgeräusche ihrer Bettnachbarin und das grelle Licht der Straßenlaterne vor dem Fenster wach gehalten. Sie konnte sich nicht erinnern, wie lange Eric geblieben war, aber es musste kurz nachdem sie die Tablette genommen hatte gewesen sein. Sie hatte ihn gebeten, in der Kanzlei Bescheid zu geben, ebenso Joanna. Sonst niemandem. Die anderen würden es ohnehin früh genug erfahren.

Die lange Nadel drang tief in ihren Rücken. Kate biss die Zähne zusammen. Entspann dich, komm schon, entspann dich! Sie zuckte unwillkürlich zusammen. Man hatte einen Nerv getroffen. Es fühlte sich an, als stünde sie unter Strom. Sie stöhnte. Wie lange noch? Wie viele Kanülen würden ihr wohl entnommen? Schwester Hilda strich ihr über den Kopf. „Gleich ist es vorbei."

Sie spürte, wie die Nadel zurückgezogen wurde und Dr. Limberic die Wunde verklebte. „So, Mrs. Falling, das hätten wir. Jetzt legen Sie sich bitte flach hin und ruhen sich aus. Sie müssen liegen bleiben, ja? Ich werde Sie über die Untersuchungsergebnisse informieren."

Kate schlüpfte in ihr Bett und zog das Laken bis über beide Ohren. Dunkelheit. Vollkommene Dunkelheit. Und damit würde auch der Schlaf kommen, dachte sie.

Doch es dauerte nicht lange, da hörte sie die schwere Tür ins Schloss fallen und die schlurfenden Schritte der älteren Dame. „Ach, Sie Ärmste. Wars denn sehr schlimm?"

Kate lugte unter der Decke hervor. Der Einstich pochte und brannte. „Es geht schon."

„Was haben Sie denn eigentlich, wenn ich fragen darf? Gehirnhautentzündung?"

„Nein. Multiple Sklerose."

„Ach herrje!" Sie schüttelte bekümmert den Kopf. „Das tut mir wirklich leid. Wissen Sie, ich bin wegen eines Schlaganfalls hier. Eines Morgens, wir saßen gerade beim Frühstück, brachte ich plötzlich kein einzig ordentliches Wort mehr heraus. Mein Mann hat zum Glück sofort reagiert und die Rettung gerufen. Tja, ich bin eben nicht mehr die Jüngste, in meinem Alter kommt sowas schon mal vor. Ich geh ja schon auf die achtzig zu. Aber Sie...mein Gott...", ihre krummen Finger tasteten nach dem Rätselheft, „Sie sind noch so jung. Viel zu jung."

„Ja", stammelte Kate verstört. Sie wusste nicht, was sie sagen sollte. Aber die alte Frau hatte sich bereits ihrem Heftchen zugewandt und wartete nicht auf eine Antwort. Ihr Mitleid war ehrlich gewesen, das hatte Kate gespürt. Es traf sie ungemein. Sie wollte nicht bemitleidet werden, nicht die arme Kranke sein. Sie war doch noch ein vollwertiger Mensch! Derselbe wie zuvor. Oder?

Ihre Gedanken wurden jäh unterbrochen, als ein Rollstuhl ins Zimmer geschoben wurde. „Mrs. Falling? Ich soll Sie zum EKG bringen."

Die aufgesetzte Fröhlichkeit des Sanitäters war mehr als unpassend. Kate richtete sich auf. „Aber Dr. Limberic sagte doch, ich solle liegen bleiben."

„Davon weiß ich nichts. Ich habe nur die Anweisung bekommen, Sie abzuholen."

„Von wem?"

„Na, vom EKG oben. Die meinten, sie würden auf Sie warten. Es wird schon seine Richtigkeit haben. Kommen Sie, ich helfe Ihnen." Er griff unter ihre Arme und zog sie in den Rollstuhl.

Obwohl ihr Erscheinen angekündigt worden war, musste Kate eine längere Wartezeit hinnehmen, selbst bei der anschließenden elektrophysiologischen Untersuchung saß sie mehr als eine halbe Stunde auf dem Gang. Dort war es auch, wo sie das beklemmende Gefühl zum ersten Mal befiel. Es kroch durch sämtliche Gliedmaßen, verweilte kurz auf ihrem Brustkorb und blieb schließlich in ihrem Hals verankert. Sie fühlte sich matt und ausgelaugt und konnte die aufsteigende Übelkeit kaum unterdrücken. Der Weg zurück auf ihr Zimmer war wie eine Achterbahnfahrt auf dem Jahrmarktgelände. In jeder Kurve hob es ihren Magen aus. Die Räder des Rollstuhls ratterten über den Linoleumboden und es kam ihr vor, als würden sie mit enormem Tempo durch die Abteilungen rasen. Ärzte und Personal flogen nur so an ihnen vorbei, die Gesichter verschwammen zu hässlichen Fratzen und das künstliche Licht der Deckenleuchten brannte grell in ihren Augen. Wie das Fegefeuer, dachte sie. Als sie auf den Fahrstuhl zusteuerten, überkam sie ein schrecklicher Hustenanfall. Der Sanitäter klopfte ihr auf den Rücken. Es erschütterte den gesamten Körper. Bittere Säure stieg in ihr hoch, sie keuchte. Mit einem feinen Klingelton öffneten sich die Aufzugtüren. Die Fahrt zur Hölle.

Auf dem Zimmer übergab sie sich. Sie schaffte es gerade noch, auf den Waschraum zu deuten und hatte Glück, dass sie der Sanitäter sofort verstand. Er trocknete ihren Mund ab und hob sie ins Bett. Kate sah, wie sich seine Lippen bewegten, verstand jedoch seine Worte nicht. Sie stieß ein krächzendes Danke hervor, konnte aber nicht mit Sicherheit sagen, ob überhaupt ein Ton aus ihrer Kehle gedrungen war oder ihr Bewusstsein ihr dies nur vorgegaukelt hatte. Sie schloss die Augen. Und verlor jegliches Zeitgefühl.

Erics Besuch nahm sie wie durch einen Schleier wahr, ebenso die Anwesenheit von Dr. Limberic oder der Krankenschwester, die ihr Essen brachte und dieses später unangerührt wieder mitnahm. Der Schwindel verging auch die folgenden Tage nicht. Sobald sie aufstand, schwankte der ganze Raum und ihr wurde erneut übel. Vom steten Liegen schmerzte nicht nur ihr Rücken, sondern bald auch die gesamte Muskulatur. Sie schluckte Tabletten und nahm kaum etwas anderes als Flüssigkeit zu sich. Ihr Kopf wummerte unentwegt. Das lange Weinen machte sie unsagbar müde und sie versuchte in einen Schlaf zu fallen, den sie nicht fand. Die Nächte waren lang und grausam. Sie dachte unentwegt ans Sterben.

Irgendwann, sie wusste es nicht genau, kam sie wieder zu Kräften. An der Hand von Eric ging sie einige Schritte den Gang entlang, jeden Tag ein bisschen mehr. Kate spürte, wie ihr Kreislauf in Schwung kam, der Appetit zurückkehrte und das Blut in ihr wallte. Dr. Limberics Diagnose hatte sich letztendlich bestätigt und er setzte die ausschleichende Kortisonbehandlung an, beginnend mit der höchsten Dosis.

„Was machst du nur für Sachen, hm?", meinte Joanna besorgt. „Ich wollte schon viel früher kommen, aber Eric sagte, es ginge dir so schlecht und du bräuchtest Ruhe." Sie hielt die Hand ihrer Freundin.

„Ja, ich war alles andere als in der Verfassung auch nur mit irgendwem zu sprechen. Du kannst dir gar nicht vorstelln, wie mies es mir ging."

„Und jetzt?"

„Naja, geht so. Der Schwindel ist zumindest weg. Ich hoffe nur, das mit dem Auge wird bald wieder."

„Merkst du denn noch nichts?"

Kate schüttelte den Kopf. „Aber Dr. Limberic meint, es würde eine Weile dauern, bis das Kortison anschlage. Man solle die Schübe sofort behandeln, damit die Chance größer sei, dass sie sich vollständig zurückbilden. Das war ja in meinem Fall nicht so. Nur noch fünfzig Prozent Sehkraft. Ich hab viel zu lange gewartet. Aber ich wusste doch nicht..." Ihre Stimme begann zu zittern.

„He, das wird schon wieder!" Joanna drückte ihre Hand.

„Ich kanns einfach nicht begreifen, verstehst du? Warum gerade ich? Ich hatte doch sonst nie was!"

„Ich weiß auch nicht. Als mich Eric angerufen hat, war ich mächtig geschockt, glaub mir. Eine frühere Bekannte von mir hatte MS, aber im Grunde kenn ich das nicht. Jedenfalls hab ich deinen Mann pausenlos mit Anrufen bombardiert, um zu erfahren, wies dir geht. Zum Schluss war er schon ziemlich genervt."

Kate lachte.

„So gefällst du mir schon viel besser!" Joanna hielt ihr die mitgebrachte Pralinenschachtel hin. „Nimm noch eine! Ist sicher keine Fünf-Sterne-Küche hier."

Kate griff dankend zu. „Findest du eigentlich, dass mein Gesicht schon recht angeschwollen ist? Man hört ja immer, dass sowas vom Kortison kommen soll."

Joanna beäugte sie kritisch. „Ein bisschen vielleicht. Aber nicht schlimm. Und ich dachte schon, du hättest dir Botox spritzen lassen."

Jetzt mussten sie beide lachen und die ältere Dame warf ihnen einen neugierigen Blick zu.

„Sag mal, soll ich dir zu Hause irgendwas helfen? Einkaufen? Gießen?"

„Nein, das erledigt Eric. Die Blumen werdens schon überleben und sonst kauf ich eben neue. Außerdem komm ich ja bald heim."

„Gott sei Dank! Eric hat sich große Sorgen gemacht. Er klang am Telefon immer ganz furchtbar. Sehr traurig."

„Ich weiß. Ohne ihn würd ich das alles nicht schaffen."

„Hmm." Joanna äugte auf die fast leere Infusionsflasche. „Soll ich ne Schwester holen?"

„Ja, bitte. Wenn ich läute, dauert es immer so lange."

Sie verschwand mit leichtfüßigem Schritt. Kate sog die Luft geräuschvoll ein. Sie war froh, ihre Freundin bei sich zu haben. Es tat gut, wieder von der Außenwelt zu hören, dadurch wurde sie zumindest ein wenig aus ihren trüben Gedanken gerissen.

Es klopfte leise. Kate sah zur Tür. Als diese aufging, konnte sie ihre Verwunderung nicht verbergen. Hinter einem bunten Strauß Freesien lugte Martins Kopf hervor.

„Hallo Herr Staatsanwalt! Was für eine Überraschung!"

„Tja, ich dachte, meine Kollegin vermisst mich schon." Er küsste sie auf die Wange. „Außerdem ist es ohne dich ganz schön langweilig vor Gericht. Die jungen Anwälte sind so einfallslos."

„Ich hoffe, du bist nicht zu hart mit ihnen."

„Ach was, daran müssen sie sich eben gewöhnen. Aber immer gewinnen macht auch keinen Spaß."

Kate kicherte. „Du eingebildeter Gockel." Ein Außenstehender hätte sich vermutlich gedacht, dass er dies tatsächlich war, doch Kate wusste viel zu gut um die Wahrheit in seinen Worten. „Danke für die schönen Blumen."

Martin betrachtete kritisch den Strauß in seiner Hand. „Ich hätte dir gern Lilien gebracht, die magst du doch so gerne. Aber das ging nicht, wegen dem starken Duft. Naja...", er wickelte das Papier von den Stielen, „ich hol schnell eine Vase, ja?"

„In Ordnung."

In diesem Moment kam Joanna herein, Schwester Hilda im Schlepptau. Sie begrüßte Martin freundlich und während die Infusion abgehängt wurde, plauderten sie über die Arbeitswelt, die Baustelle an der Dine-Kreuzung und das Stadtfest am kommenden Wochenende. Kate lauschte gespannt. Im Grunde war es nur ein belangloses Geschwätz unter zwei Bekannten und unter anderen Gegebenheiten hätte sie dem wahrscheinlich keinerlei Aufmerksamkeit geschenkt. Aber nun erschien es ihr wie eine höchst wichtige Information, eine in jeder Hinsicht interessante Unterredung, die sie auf keinen Fall verpassen durfte.

Schwester Hilda presste einen sterilen Mulltupfer in die Armbeuge und fixierte ihn mit einem Streifen Klebeband. „Sie habens bald geschafft. Morgen ist Visite." Sie wandte sich zum Gehen. „Ach ja, Mrs. Falling, Sie haben noch nichts zum Abendessen angekreuzt."

„Oh." Kate überflog eilig die Menükarte. „Dann nehm ich eben die kalte Platte." Und an die beiden Freunde gerichtet: „Ganz gleich, was es gibt, es schmeckt alles scheußlich." Aber da war die Krankenschwester schon außer Hörweite.

„Ich muss langsam los", sagte Joanna mit einem raschen Blick auf die Uhr, „hier ist überall Kurzparkzone und ich hab schon mächtig überzogen. Also wenn ich nen Strafzettel drauf hab, dann wend ich mich an dich." Sie umarmte Kate. „Pass auf dich auf, Süße! Und meld dich, sobald du zu Hause bist." Sie hakte sich bei Martin unter und führte ihn nach draußen. Wenig später kam er mit einer hohen Vase zurück.

Kate richtete sich auf und schlüpfte in ihre Pantoffeln. „Wollen wir uns in die Kantine setzen?"

„Wie du möchtest." Martin stellte die Blumen auf ihr Nachtkästchen.

„Dann ja. Auf dem Zimmer bin ich schließlich die ganze Zeit und ich würd mir gerne die Beine vertreten."

Sie schlenderten durch die Klinik. In der Kantine war es ungewöhnlich leer, sodass sie mühelos einen Tisch bekamen.

„Möchtest du auch ein Stück Kuchen?"

„Nein, danke", lehnte Kate ab, „nur Kaffee."

Martin bestellte und ging zur Glasvitrine, in welcher Kuchen- und Tortenstücke aufbewahrt wurden. Er kam mit zwei Schokolade-Donuts zurück und stellte sie vor sich ab.

„Also, wie geht es dir?"

Die Stimmung war umgeschlagen und die Ernsthaftigkeit in seinem Tonfall war deutlich zu erkennen. Kate passte sich widerstrebend an, das scherzhafte Geplänkel war ihr lieber gewesen. „Nicht gut. Ich nehme an, Eric hat dir bereits alles erzählt?"

„Ja. Ich hol ihn gegen fünf vom Büro ab. Sein Auto ist noch bis morgen in der Werkstatt, ein Teil musste erst geliefert werden. Also fahr ich ihn nach Hause." Er wischte die Krümel aus seinen Mundwinkeln. „Ich möchte es aber von dir wissen."

„Tja, was soll ich sagen? Ich steh völlig neben mir. Es fühlt sich so an, als wär ich in einem fremden Körper, als würde er nicht zu mir gehören. Ich weiß auch nicht...es kam alles so plötzlich, die Diagnose, die ganzen Untersuchungen. Mir gings wirklich dreckig. Ich muss das erst mal verarbeiten."

„Ich weiß, was du meinst."

„Nein, das tust du nicht", sagte sie etwas zu laut, „das kannst du gar nicht wissen! Du hast keine unheilbare Krankheit! Mal Angina, ein bisschen Fieber oder ein gebrochener Arm, ja. Aber davon wirst du wieder völlig gesund. Ich nicht. Verstehst du?! Ich hab diesen Scheiß ein Leben lang!" Ihre Augen glänzten. Vor Wut, Trauer, Enttäuschung. Martin konnte es nicht eindeutig sagen, wahrscheinlich alles zusammen.

„Du hast recht", lenkte er ein, „es tut mir leid."

„Was?! Dass ich das habe?", fauchte sie.

„Nein, dass ich das vorhin gesagt habe."

Kate verstummte augenblicklich. Sie spürte, wie ihr die Röte ins Gesicht stieg und zupfte beschämt an ihrem Morgenmantel. „Entschuldige bitte. Ich wollte dich nicht anschreien. Du kannst ja nichts dafür. Es ist nur..."

„Schon gut. Ich nehms nicht persönlich."

Sie schwiegen eine Weile und überbrückten die Stille, indem sie den Rest aus ihren Tassen leerten.

„Du kannst immer auf mich zählen, Kate. Und wenns nur dazu dient, deinem Ärger Luft zu machen. Ich bin da, okay? Egal wann."

„Danke, Martin. Ich weiß nicht, was ich sagen soll..." Eine Träne schimmerte in fluoreszierenden Farben.

„Nichts. Das macht man so unter Freunden." Er reichte ihr ein Taschentuch. „Ich hatte noch gar nicht die Gelegenheit, dir zu deiner Beförderung zu gratulieren. Bemerkenswert, in solch kurzer Zeit! Chapeau!"

„Ich war ja selbst ganz perplex. Ich wusste, dass Niclas viel auf mich hält. Das tat er immer schon. Aber er hat nie irgendwelche Andeutungen gemacht, dass er mich für seine Nachfolge vorgesehen hat." Sie schnäuzte sich.

„Wie habens die anderen aufgenommen?"

„Ganz gut, denke ich. Klar, mir gegenüber sind alle ausnahmslos freundlich und ich weiß natürlich, dass hinter meinem Rücken getuschelt wird, aber ich kanns ihnen nicht mal verdenken. Schließlich hab ich nichts unternommen, was meinen Einstieg in die Partnerschaft rechtfertigen würde. Andre haben sich echt den Arsch aufgerissen, es war ihr größter beruflicher Wunsch. Und ich hab nicht mal nen Gedanken daran verschwendet. Fair ist also was andres."

Martin hob eine Augenbraue. „Klingt nicht gerade, als ob du dich freuen würdest."

„Doch, schon...ich hätts nur Eric so gegönnt."

„Hmm", er nickte verständnisvoll, „ich hab gehört, Niclas' Entscheidung stand schon von Beginn an."

„Woher weißt du das?"

„Ach, ich hab so meine Quellen."

Kate zögerte. „Ja, so hat er es jedenfalls gesagt."

„Dann bitte nicht so bescheiden, Frau Kollegin! Sei stolz drauf! Es wird lediglich dein Können honoriert und das ist durchaus gerecht! In meinen Augen bist du die richtige Wahl. Absolut!"

„Etwas pathetisch, meinst du nicht?"

„Nein. Eins muss dir allerdings bewusst sein: es wird eine Menge Arbeit auf dich zukommen."

„Was mir ehrlich gesagt ganz recht ist. Gerade jetzt kann ich Abwechslung gut gebrauchen."

Die Kantine hatte sich inzwischen gefüllt. Gläser und Teller klirrten, Stühle wurden gerückt und gedämpfte Stimmen schwebten disharmonisch durch die Luft. Sie beschlossen, zurück auf Kates Zimmer zu gehen.

Martin überlegte, bei einer Imbissbude anzuhalten. Er hatte noch knapp eine halbe Stunde Zeit, bevor er Eric abholen würde. Sein Magen gab bedenkliche Geräusche von sich und die zwei Donuts hatten ihn erst recht auf den Geschmack gebracht. Die Luft im Krankenhaus war stickig gewesen und hatte ihn unglaublich schläfrig gemacht. Am liebsten hätte er sich in eines der Betten gelegt, aber das hatte er Kate nicht sagen können, die ohnehin schon viel zu lange darin gelegen und schlaflose Nächte verbracht hatte. Er drosselte die Geschwindigkeit und kurvte den

Wagen in eine der freien Parklücken. Die Dame in dem hell erleuchteten Häuschen hantierte am zischenden Grill, während sie mit halbem Ohr den anzüglichen Witzen eines ihrer – wie Martin fand schon recht angeheiterten – Kunden lauschte.

„Eine Grillwurst, bitte. Mit Pommes."

„Ketchup?"

„Ja."

Ihre fleischigen Hände fischten nach einer der Flaschen und drückten eine großzügige Portion herunter. Martin zahlte und ging mit dem Pappteller Richtung Wagen zurück. Er hatte keine Lust, auch nur eine Sekunde länger an der Imbissbude zu verweilen. In den nächsten Tagen würde er wieder mehr Zeit dem Essen widmen, insbesondere seinen Qualitäten als Koch. Was gab es Schöneres als einen vollen Kühlschrank mit frischem Obst, Gemüse und Kräutern? Fisch, der in der Pfanne schwitzte, Thymian-Hähnchen, das im Ofen schmorte, und Düfte, die unsichtbar verlockend durchs Haus strichen. Ein Mal in der Woche war am Hafengelände Markttag und allein die bunte Vielfalt an regionalen Köstlichkeiten machten einen Besuch zu einem Erlebnis. Für einen Liebhaber guten Essens jedenfalls. Doch im Augenblick ließ es die Arbeit nicht zu und er würde sich mit schnellen Zwischenmahlzeiten und der lausigen Gerichtskantine begnügen müssen. Martin seufzte tief und biss in die Wurst. Sie schmeckte erstaunlich gut.

Wie immer gab es um diese Zeit keinerlei Möglichkeit, vor der Kanzlei oder in einer der umliegenden Straßen zu parken. Martin fuhr zwei Runden um Gericht und Häuserblocks und wollte soeben die dritte anschließen, als er Eric aus dem Portal treten sah. Er hupte kurz und setzte den Blinker. Hinter ihm trat jemand quietschend auf die Bremse. Im Rückspiegel sah er einen jüngeren Mann wild gestikulieren.

„Du mich auch!", zischte Martin.

Eric schwang den Aktenkoffer auf die Rückbank und zog den Gurt straff. „Ganz schön viel los, was?"

„Lauter Spinner!"

„Du sagst es. Ein Mandant eröffnete mir heute kurz vor Abschluss des Verfahrens, er würde nun freiwillig auf seine Firmenanteile verzichten, weil er nicht länger mitansehen könne, wie seine künftige Exfrau unter dem ganzen Streit leide."

„Wow!"

„Ja, das dachte ich auch. Aber es kommt noch besser! Er will sogar die Scheidung zurückziehen. Von einer Frau, die ihn nachweislich mit vier Männern beschissen hat. Verstehst du? Wir sind gerade am Gewinnen und dann sowas! Ich meine, wie verrückt ist das denn?!" Er schüttelte den Kopf. „Danke übrigens, dass du mich mitnimmst."

„He, geht schon klar. Wie stehts mit deinem Wagen?"

„Morgen früh abholbereit. Ein defektes Radlager. Läuft aber noch alles unter Garantie. Was ist mit dir?", er klopfte aufs Armaturenbrett, „nicht auch endlich mal was Neues?"

„Hmm", brummte Martin, „vielleicht." Aber es klang mehr nach einem Nein. Er hielt ruckartig vor einer Ampel, die gerade auf Rot schaltete. Der zähflüssige Verkehr ließ nur Schritttempo zu.

„Kate hat sich sehr über deinen Besuch gefreut. Wir haben vorhin miteinander telefoniert. Es war eine gute Idee von dir, es nicht groß anzukündigen. Sonst hätte sie bestimmt abgelehnt. Sie wollte ja eigentlich niemanden sehen, aber im Grunde hat es ihr sicher gut getan. Davon bin ich überzeugt."

„Joanna war auch dort."

Eric verdrehte die Augen. „Diese Frau! Eine richtige Nervensäge! Du glaubst gar nicht, zu welch unmöglichen Zeiten sie mich angerufen hat. Ständig wollte sie wissen, wie es Kate geht und ob es was Neues gibt. Naja...", er fuhr sich mit gespreizten Fingern durchs Haar, „nun weiß sie es ohnehin aus erster Hand."

„Typisch Frauen."

Eric nickte. „Sag mal, wie gehts eigentlich deiner scharfen Braut?"

„Tanja? Gut, nehm ich an."

„Das heißt, du weißt es nicht?"

Martin zuckte die Achseln.

„Ok, alles klar Kumpel." Eric lachte und klopfte seinem Freund auf die Schulter.

Sie verließen die Innenstadt und bogen auf den Highway. Es hatte längst zu dämmern begonnen und als in der Ferne die Umrisse des Venaro Hill auftauchten, verabschiedete sich auch der letzte Sonnenstrahl. Das Land wurde in tiefes Schwarz getüncht und schlagartig gingen hunderte von Lichtern an. Martin lenkte seinen Taunus durch die Lynet Street und hielt in der Einfahrt zu Erics Haus.

„Möchtest du noch mit reinkommen?"

Ehe Martin antworten konnte, wurde die Haustür aufgerissen und Erics Mutter winkte ihm energisch zu.

„Sie macht den Haushalt, solange Kate im Krankenhaus ist", meinte Eric entschuldigend.

„Aha", Martin zog eine Augenbraue hoch, „ich nehme an, sie weiß nichts davon."

Eric schenkte ihm ein gequältes Lächeln und stieg aus. Der Kies knirschte unter seinen schweren Schritten. Martin folgte ihm.

„Hallo Martin, schön dich zu sehen!"

„Guten Abend Doreen. Wie gehts?"

„Danke. Viel zu tun, aber es geht. Ich machs ja gerne." Sie trat einen Schritt zur Seite. „Komm doch rein!"

„Sehr nett, Doreen. Aber ich bin schon am Sprung. Es war ein langer Tag."

„Schade. Ich hätte Fischsuppe gemacht."

„Hört sich gut an. Aber...", Martin griff auf seinen Bauch, „ich muss mich etwas einbremsen. Ich seh ohnehin schon viel zu gut aus."

„Und wenigstens auf ein Gläschen Wein?"

„Lass gut sein, Mutter", lenkte Eric ein, „Martin kommt direkt vom Krankenhaus und war noch nicht zu Hause."

„Ah. Wie geht es ihr denn?"

„Sie hält sich sehr tapfer in Anbetracht der Umstände."

„Ja, eine schreckliche Geschichte", Doreen kramte ein zerknittertes Taschentuch aus ihrer Strickweste hervor. „Das arme Kind! Ich hatte noch gar nicht die Gelegenheit, persönlich mit ihr zu sprechen. Aber das hier", sie deutete auf das Haus hinter sich, „muss ja schließlich auch jemand machen. Ich versuche, ihr die Arbeit so gut es geht abzunehmen und alles sauber zu halten." Sie schnäuzte sich geräuschvoll.

„Darüber wird sie sich bestimmt sehr freuen." Martin warf Eric einen vielsagenden Blick zu und konnte ein Lachen nur mit Mühe unterdrücken. „Also dann, ich wünsch euch einen schönen Abend!" Er schüttelte Doreens Hand.

„Danke nochmals fürs Fahren. Ich lass von mir hören."

„In Ordnung. Halt die Ohren steif!" Martin schritt eilig zum Wagen und ließ den Motor an. Erst als das Haus außer Sichtweite war und er überzeugt davon, dass niemand ihn hören konnte, prustete er los. Er steckte sich eine Zigarette in den Mundwinkel und kurbelte das Fenster herunter. Im Radio erklang Metallicas *Nothing else matters* und er drehte den Lautstärkeregler bis zum Anschlag.

Kapitel 9

Die Frühjahrssonne hatte an Intensität zugenommen und schickte ihre wärmenden Strahlen ins Land. Am Himmel zogen kleine Schäfchenwolken vorbei, die sich hin und wieder vor die Sonne schoben. Während Kate durch den Stadtpark schlenderte, versuchte sie, sich in Gedanken auf die folgende Akupunktur einzustimmen. Es war ihre letzte Behandlung und sie war sich nicht sicher, ob Freude oder Wehmut überwog. Dr. Chom war ein kompetenter und überaus freundlicher Arzt. Mit seinem einnehmenden Lachen und der dezenten Verbeugung zur Begrüßung hatte er Kates Sympathien schnell für sich gewonnen. Das Entscheidende aber war, dass er eine ungeheure Ruhe auf sein Gegenüber ausstrahlte und jedes Mal, wenn Kate seine Praxis betrat, fühlte es sich so an, als würde sie in eine fremde Welt eintauchen. Die Möbel waren aus hellem Bambusholz, die Wände in warmen Rottönen gestrichen und in einer Schale im Empfangsbereich lag frisches Obst bereit. Aus einem kleinen Springbrunnen plätscherte Wasser in stets wechselnden Farben und in allen Räumen vernahm man leise, meditative Klänge. Bevor Dr. Chom nach Poreb County gekommen war, hatte er über einen längeren Zeitraum eine Klinik in Shanghai geleitet. Sein Wissen über Kräuterheilkunde und chinesische Medizin im Allgemeinen versuchte er in Vorträgen weiterzugeben und war beeindruckend. Seine Aussprache weniger. Aus diesem Grund hatte er eine Dolmetscherin engagiert, die eine sinnvolle Kommunikation überhaupt erst möglich machte. In den ersten beiden Sitzungen hatte Kate die feinen Nadeln in ihrer Haut zwar skeptisch beäugt, sich jedoch vollkommen entspannen können. Dann kamen die Schmerzen. An manchen Stellen fühlte es sich so an, als würde Dr.

Chom durch ihren Körper stechen. Dieses Gefühl hielt selbst Tage nach der Behandlung an. Es genügte die Berührung an den entsprechenden Punkten. Dr. Chom meinte, sie hätte äußerst empfindsame Nerven, was er wiederum mit ihrer Krankheit in Verbindung brachte. Die naheliegende Folge war, dass sie die Dauer der einzelnen Sitzungen reduzierten.

Unter einer knorrigen Linde stand eine freie Parkbank. Kate zögerte. Sie hatte eigentlich vorgehabt, in der Kanzlei vorbeizuschauen und die ein oder andere Akte durchzugehen. Die Behandlung bei Dr. Chom fing erst in einer guten Stunde an und seine Praxis lag gleich in der Nähe. Andererseits war heute ein so herrlicher Tag, ihr freier noch dazu, und es wäre wohl ein Frevel, bei diesem Wetter über staubigen Akten zu brüten. Sie krempelte die Ärmel ihrer honigfarbenen Bluse hoch und setzte sich. Nach den langen Wintertagen tat es gut, die farbenprächtigen Blütenteppiche zu sehen, deren Duft einzusaugen und den Vögeln beim Balzen zu lauschen. Kate suchte nach ihrer Sonnenbrille und lehnte sich zurück. Der Verkehr drang mit gedämpftem Hupen und Rauschen an ihr Ohr, aber es störte sie nicht.

Mehr als zwei Jahre war es nun her, dass man ihr die erschütternde Diagnose MS gestellt hatte. Seitdem war kein Tag vergangen, an dem die Krankheit nicht in irgendeiner Form präsent gewesen war. Sei es durch Gefühlsstörungen, Antriebslosigkeit oder die verminderte Sehkraft des rechten Auges, die selbst nach der Kortisonbehandlung nur geringfügig verbessert, jedoch nicht vollständig wiederhergestellt werden konnte. Eine Einschränkung, mit der Kate zwar gut zurechtkam, die sie zugleich aber auch schmerzlich an ihre Krankheit erinnerte. Für immer. Nach dem Aufenthalt in der Klinik war sie sehnsüchtig in die eigenen vier Wände zurückgekehrt. Das Kortison und die Punktion hatten ihr sehr zu schaffen gemacht. Schwindel, Herzrasen, Schlafstörungen, Schmerzen. Zu guter Letzt waren ihr auch noch unnatürlich viele Haare ausgefallen und sie war heilfroh gewesen, die Behandlung endlich beenden zu können. Zu Hause hatte sie ihr Bett, in das sie sich kuscheln konnte, Essen, das ihr schmeckte, einen Mann, der sie liebevoll umsorgte, und Zeit zum Erholen. Aber das war ein Irrglaube. Denn es war auch eine Zeit des Nachdenkens und Grübelns. Und wenn man tagsüber meist alleine war, krochen die Stunden zäh und qualvoll dahin und Kate war schnell in einen depressiven Dauerzustand verfallen, in dem sie ihre Umwelt und sich selbst nur noch als negativ und trostlos wahrnahm. Alles schien gleichgültig und aussichtslos. Selbst Doreens Besuche und Anstalten, ihren gesamten Tagesablauf inklusive Haushalt umkrempeln zu müssen, ließ sie ohne jegliche Gefühlsregung über sich ergehen. In ihrem Kopf hämmerte immer nur dieselbe Frage: Warum ich?

In Büchern, Broschüren und Internet las sie seitenweise über ihre Krankheit nach und verfiel regelrecht in eine Sucht, alles in sich aufsaugen zu müssen. Foren, in denen sich Betroffene und Angehörige austauschten, aktuelle Forschungsergebnisse und Medikamente, positive und negative Einflüsse auf MS und natürlich auch alternative Heilmethoden. Und davon gab es eine Menge. Es war nicht einfach gewesen, aus dieser unglaublichen Vielzahl jene herauszufiltern, die einerseits in ihrer Nähe lagen und andererseits – was noch viel wichtiger war – einen seriösen Eindruck machten. Denn vielversprechend klangen sie alle. Joanna hatte sich diesbezüglich als große Hilfe erwiesen, da sie selbst schon einige dieser Behandlungen ausprobiert hatte und letztendlich hatte sich Kate für drei Energetiker, einen Geistheiler, zwei Masseure und Dr.

Chom entschieden, die sie während der letzten beiden Jahre mehr oder weniger oft aufgesucht hatte. Dazu kamen alle möglichen Kräutersäfte, Wässerchen und Nahrungsergänzungsmittel aus Apotheke, Internet oder den Behandlungsräumen ihrer Heilpraktiker.

Für das Spritzen eines Medikaments hatte sie sich vorerst noch nicht entscheiden können. Vielleicht lag es an ihrer allgemeinen Aversion gegen Ärzte und Krankenhäuser, auch wenn sie zugeben musste, dass Dr. Limberic sehr einfühlsam reagiert hatte, der gespaltenen Meinung Betroffener, die sie mit großer Aufmerksamkeit gelesen hatte, oder einfach nur an der Tatsache, dass sie nicht gerne von jemandem oder etwas abhängig war. Dazu kam, dass sich ihre Sehschärfe nur zu einem geringen Teil gebessert hatte, was Kates Vertrauen in die Schulmedizin nicht gerade stärkte.

Nach sechs Wochen Krankenstand hatte sie wieder zu arbeiten begonnen und die neue Position in der Kanzlei angetreten. „Viel zu früh", hatte Eric gesagt. Aber für sie war es Teil der Genesung gewesen, eine willkommene Ablenkung von all den schwermütigen Gedanken. Sie hatte an Energie und Lebensmut gewonnen, aber vor allem war ihr alter Kampfgeist zurückgekehrt. Ihre Arbeitskollegen hatten sie zunächst sehr bedauert und mit Gute-Besserungs-Wünschen überhäuft, schnell aber gemerkt, dass Kate keine Sonderstellung, sondern gleich wie alle anderen behandelt werden wollte. Das erste Jahr war hart gewesen und hatte ihr alles abverlangt. Der erste Gehaltszettel war dafür umso erfreulicher gewesen. Niclas hatte sie in all seine Tätigkeiten eingewiesen und zu zahlreichen Meetings, Geschäftsessen und Veranstaltungen geschleppt. Kate war überzeugt, dass er die Kanzlei selbst im Ruhestand noch des Öfteren mit einem Besuch beehren würde. Aber man konnte es ihm schwer verübeln, wenn man bedachte, dass er diese in jungen Jahren aufgebaut und zu seinem Lebenswerk gemacht hatte. Sein Baby, wie er immer so schön sagte.

Das Läuten der Kirchenglocke weckte sie aus ihren Gedanken. Kate konnte ein Gähnen kaum unterdrücken, die Sonne hatte sie schläfrig gemacht. Schwerfällig erhob sie sich von der Bank, klemmte die Tasche unter den Arm und machte sich auf den Weg zu Dr. Chom.

Kapitel 10

Dann kam der zweite Schub. Diesmal waren nicht die Augen betroffen, sondern die Beine. Schon Wochen zuvor hatte er sich durch ein Kribbeln und Taubheitsgefühl im linken Oberschenkel angekündigt. Taube Stellen an den unterschiedlichsten Körperteilen hatte Kate schon öfters gehabt, aber immer waren sie nach wenigen Tagen wieder vergangen. Dieses Mal nicht. An jenem Morgen hatte sie gleich nach dem Erwachen gewusst, dass etwas nicht stimmte. Ihre Beine fühlten sich steif an und als sie aus dem Bett stieg, sackte ihr linkes Bein völlig in sich zusammen und Kate landete erschrocken auf dem Fußboden. Nach wenigen Schritten war offensichtlich gewesen, dass ein erneuter Krankenhausbesuch bevorstand. Sie hatte Mühe, das Gleichgewicht zu halten und konnte sich nur vorwärts bewegen, indem sie besagtes Bein nachzog. Ihre Schritte waren unsicher und plump und sie verspürte eine allgemeine Schwäche. Eric hatte sie ohne Umschweife in die Klinik gebracht und während der gesamten Autofahrt beruhigend auf sie eingeredet. Kate hatte kein einziges Wort verstanden. Sie hatte nur stumm aus dem Fenster geblickt und geweint. Dr. Limberic bestätigte einen weiteren Schub und veranlasste erneut eine Kortisontherapie. Dieses Mal ambulant, was Kates Stimmung zumindest ein klein wenig aufhellte. Jeden Morgen fuhr Eric sie in die Klinik, wo sie die Infusion erhielt. Er blieb immer noch so lange, bis sie in einer kleinen Nische am Gang Platz genommen und er sie mit Tee und Zeitung versorgt hatte, dann eilte er in die Kanzlei und holte sie zwei Stunden später wieder ab. Die Zeit dazwischen war für Kate das Schlimmste. Wenn sie Glück hatte, saß sie alleine auf einem der unbequemen Stühle und konnte sich auf das Warten und den schlechten Geschmack in ihrem Mund konzentrieren. Alle paar Minuten lugte sie auf den Inhalt der Infusionsflasche oder die leise tickende Uhr an der Wand. Aber jedes Mal schien die Zeit still zu stehen. Wenn sie Pech hatte, saßen ein oder mehrere Patienten neben ihr und erzählten ihre Lebensgeschichte oder, was noch viel schlimmer war, wollten über Kates Krankheit Auskunft bekommen. Dann gab es mitleidvolle Blicke und gute Ratschläge. Kate hasste diese Gespräche. Sie wollte einfach nur ihre Ruhe haben und hätte sich am liebsten in einem kleinen Mauseloch verkrochen.

„Noch eine Tasse Kaffee?"
„Ja, warum nicht." Kate rutschte mit ihrem Sessel zurück und stand auf.
„Halt!", wehrte Joanna ab. „Du bleibst sitzen."
„Aber..."
„Keine Widerrede. Ich mach das schon." Joanna nahm beide Tassen vom Küchentisch und stellte eine davon unter die Kaffeemaschine. „Du sollst dich schonen!"
„Aber es geht doch schon wieder einigermaßen."
„Eben. Die Betonung liegt auf 'einigermaßen' und so lange du dich nicht richtig fit fühlst, helfe ich dir, wo ich kann. Und sei es nur beim Kaffeemachen." Sie lächelte und drückte einen der Knöpfe. Das Mahlwerk knackte und rumpelte.
„Ach Joanna", seufzte Kate, „was täte ich nur ohne dich?"
Seit mehr als einer Stunde schon saßen sie am hübsch gedeckten Tisch in der angenehm kühlen Küche. Kate hatte am südseitigen Fenster den Rollladen zur Gänze heruntergelassen und das Licht fiel nur durch ein im Schatten liegendes Doppelfenster. Es war ein herrlich warmer Frühsommermorgen, aber Kate wusste um die drückend heiße

Luft des Tages. Sie trugen beide Sommerkleider, Kate ein tailliertes, ihre Freundin ein weit fließendes, und ließen ihre nackten Fußsohlen am dunklen Holzboden kühlen. Joanna hatte Blumen und selbst gemachtes Tiramisu mitgebracht. Sie hatte sich zwei Tage frei genommen und gemeint, ihre Überstunden würden längst schon explodieren.

„Kommt Doreen heute auch noch vorbei?"

Kate schüttelte den Kopf. „Gott bewahre! Ich konnte es ihr in letzter Minute ausreden. Du glaubst gar nicht, wie viel Zeit es mich kostet, nach jedem ihrer Besuche wieder alles in Ordnung zu bringen."

„Aber ich meins doch nur gut mit dir", äffte Joanna Doreen mit schriller Stimme nach.

Kate hielt sich vor Lachen den Bauch. „Zum Glück hält sie sich dieses Mal etwas zurück. Aber damals, als ich aus der Klinik kam...", Kate verzog die Mundwinkel, „Mann, ich erkannte mein Haus nicht wieder! Alles, und ich meine wirklich alles, hat sie auf den Kopf gestellt. Das Geschirr war nicht mehr dort, wo es hingehörte, Bücher und CDs völlig durcheinander und überall lagen ihre komischen Duftsäckchen herum. Sogar in meinem Kleiderschrank hat sie herumgewühlt."

Joanna hob eine Augenbraue. „Ehrlich?"

„Ja. Es war das reinste Chaos. Außerdem mag ich es nicht, wenn jemand in meinen Sachen schnüffelt, ohne mich vorher zu fragen!"

„Da geb ich dir vollkommen recht. Das Einzige, was man ihr zugute halten muss, ist, dass sie sich zumindest um dich gesorgt hat. Auf ihre Art eben."

„Oder um Eric."

Sie schwiegen eine Weile und Kate schnitt sich noch ein dickes Stück Tiramisu ab. „Sehr lecker. Kompliment!"

Joanna grinste. „Hauptsache, du isst wieder ordentlich. Ein paar Kilos mehr auf den Rippen könntest du echt gut vertragen." Ihre Blicke wanderten an Kates Körper hinab. „Seltsam, beim ersten Mal hattest du noch ein richtiges Mondgesicht, du warst total aufgeschwemmt. Und jetzt das genaue Gegenteil."

„Tja, ich kanns mir auch nicht erklären. Jedenfalls hab ich vier Kilo abgenommen. Und wenn man bedenkt, wie schwer ich immer zunehme, weiß ich nicht, ob das die idealere Variante ist."

„Zumindest ist das Gehen schon um einiges besser geworden", meinte Joanna aufmunternd.

Inzwischen neigte sich die fünfte Woche nach den Kortisoninfusionen dem Ende zu und Kate hatte ihr Gleichgewicht fast vollständig wiedererlangt. Auch das Gangbild hatte sich verbessert. Die Schwäche im linken Bein hielt allerdings noch an und Kate hatte das Gefühl, dass zur Zeit alles stagnierte. Wenn sie mit Eric spazieren ging oder zum Supermarkt einkaufen, konnte sie sich nur über eine gewisse Strecke freuen, die sie leichtfüßig voranschritt. Danach wurden ihre Beine müde und schwer und ihr Gang war hölzern und unkontrolliert. Am vergangenen Wochenende waren sie ins Grüne gefahren. Eine reich bewaldete Gegend, in der sie früher die ein oder andere Wanderung unternommen hatten. Es gab gut ausgebaute Forstwege und genügend Bänke zum Rasten. Kate hatte sich an jenem Tag voller Energie gefühlt, zwischen all den Düften und Geräuschen des Waldes. Sie hatte die klare Luft tief eingesogen und hätte am liebsten jeden Baum umarmt. Sie waren um einiges weiter gegangen als die Tage zuvor und hatten erst Rast gemacht, als Eric sie dazu drängte. Am Rückweg kam dann das böse Erwachen, als sie ihren linken Fuß kaum noch heben konnte und bei Eric untergehakt über den Waldboden stolperte. Sie hatte geschrien und getobt, geflucht und geheult. Die Verzweiflung war in diesem Moment so groß gewesen, dass sie am liebsten auf der Stelle tot umgefallen wäre.

„Ich weiß, du möchtest mich aufheitern", sagte Kate und nahm einen großen Schluck, „das liebe ich auch so wahnsinnig an dir. Aber ich hab einfach Angst, dass es nicht mehr so wird wie früher und dass ich nicht mehr tanzen und springen und wandern kann. Ich muss mich ja schon beim Treppensteigen anhalten." Sie ließ deprimiert die Schultern hängen.

Joanna ging um den Tisch herum und legte behutsam den Arm um sie. „He, Süße. Das wird schon wieder, ganz bestimmt. Du darfst den Glaube nicht verlieren." Sie gab ihr einen Kuss auf die Wange. „Und wenns ums Tanzen geht...sieh mich an! Meine Beine funktionieren zwar noch einwandfrei und trotzdem beweg ich mich wie ein Mehlsack."

Kate lächelte gequält.

„Hast du dir überlegt, Dr. Chom wieder aufzusuchen?"

„Ich weiß nicht. Ich meine, ich hab die Sitzungen doch erst vor drei Monaten beendet. Und obs was bringt...", sie zuckte mit den Achseln, „keine Ahnung."

„Aber es hat dir doch gut getan, oder?"

„Auf jeden Fall! Wie gesagt, ich weiß noch nicht. Vielleicht probier ichs mal mit Massagen, die sind angenehmer. Dr. Limberic meinte, Physiotherapie wäre in meiner Situation sinnvoll."

„Als Tom damals den Motorradunfall hatte, ging er auch zu so nem Therapeuten. Der war richtig gut. Wenn du willst, kann ich dir seine Nummer raussuchen." Joanna stand noch immer dicht bei Kate und tätschelte ihre Schulter. Diese ergriff ihre Hand und drückte sie dankbar. „Soll ich dir noch was zu essen machen? Hast du überhaupt was im Haus?"

„Danke, der Kühlschrank ist voll. Aber ich glaube, ich werd mir ne Tiefkühlpizza reinhauen. Eric isst ohnehin in der Kanzlei."

„Das heißt, wenn ich dich jetzt alleine lasse, kommst du klar?"

„Ja, Mama."

Joanna verpasste ihr einen sanften Klaps, stellte das restliche Tiramisu in den Kühlschrank und räumte das Kaffeegeschirr in die Spülmaschine. Als sie die Haustür hinter sich zuzog, wäre ihr Kate gerne gefolgt. Stattdessen streifte sie den ganzen Nachmittag planlos durchs Haus und versuchte, die Zeit mit Fernsehen oder Kreuzworträtsellösen totzuschlagen. Dazwischen machte sie halbherzig ein paar Turnübungen oder lag gedankenverloren auf der Couch. Für nichts konnte sie sich länger als eine halbe Stunde begeistern und sie hatte keine Lust, die unzähligen gesammelten Berichte über MS erneut zu durchforsten. Gegen sechs ließ sie schließlich Badewasser einlaufen, steckte ihr Haar hoch und stieg in die duftende Wanne. Sie wusste, dass sie nicht allzu lange bleiben durfte, da der Dampf und die Hitze ihr mit der Zeit zusetzten. Das war ihr schon die letzten Male aufgefallen. Das Gehen war danach immer schlechter gewesen. Kate legte den Kopf auf das Nackenkissen und schloss die Augen. Es roch nach Wacholder und Fichtennadeln. Hin und wieder platschte ein Wassertropfen aus der Handbrause oder der Schaum auf ihrem Körper knisterte. Sonst nichts. Keine Gedanken, kein Lärm. Nur Ruhe. Als der Spiegel im Bad beinahe vollkommen angelaufen war, gab sich Kate widerstrebend einen Ruck, wusch sich und ließ das Wasser aus. Der Abfluss gurgelte. Sie öffnete das kleine Fenster einen Spalt und begann, sich einzucremen. Aus den unteren Räumen drangen Geräusche an ihr Ohr. Erst fiel die Haustür ins

Schloss, dann klingelte ein Schlüsselbund und schließlich Erics Stimme.

„Ich bin noch im Bad, Schatz. Ich komm gleich runter." Kate schlüpfte in ihren Bademantel und zog sich dünne Söckchen an. Dann spülte sie die Wanne aus und polierte gründlich die Armaturen blank.

Eric stand vor dem geöffneten Kühlschrank und lugte in die Dose mit dem Tiramisu.

„Hallo Schatz." Kate gab ihm einen Kuss.

Er hob sie ein Stück vom Fußboden und drehte sich mit ihr um die eigene Achse. „Wie war dein Tag, Liebling?"

„Ach, geht so." Sie deutete auf das Tiramisu. „Joanna war hier. Vielleicht möchtest du ein Stück?"

„Ich nehm erst lieber was Saures." Er stellte die Plastikdose in den Kühlschrank zurück und suchte nach Wurst und Käse. „Und was spricht sie?"

„Sie hat sich zwei Tage freigenommen oder besser gesagt müssen, wegen ihrer vielen Überstunden. Sie haben ein großes Projekt am Laufen. Der Stadtbahnhof soll neu renoviert werden."

„Ich hab davon gehört. Wird angeblich ne ziemlich lange Baustelle."

Kate reichte ihrem Mann die Brotdose. „Und ihre Agentur hat den Auftrag dazu."

Eric pfiff durch die Zähne. „Nicht schlecht."

„Außerdem möchten sie und Tom in ein paar Wochen verreisen, aber sie streiten noch über das Urlaubsziel. Tom will unbedingt in den Norden und Joanna das genaue Gegenteil." Sie lachte. „Naja, Gegensätze ziehen sich ja bekanntlich an."

Eric hatte sein Brot dick mit Schinken und Käse belegt und schnitt nun eine Tomate in Scheiben. „Hattest du heute auch wieder Krämpfe im Bein?"

Kate schüttelte den Kopf. „Wahrscheinlich hab ich mich gestern überanstrengt. Heute bin ich nicht so viel gegangen." Sie setzte sich zu ihm an den Tisch und sah ihm beim Essen zu. „Und bei dir? War viel los?"

„Hielt sich in Grenzen", meinte Eric kauend, „ich hatte nur zwei Auswärtstermine und aus der Kanzlei hab ich kaum wen gesehn, die warn alle bei Gericht oder sonst wo." Er hob die vom Brot gerutschte Tomate auf. „Bevor ichs vergesse: Nic hat nach dir gefragt. Du sollst ihn, sobald es dir möglich ist, in der Kanzlei aufsuchen. Und schöne Grüße und blabla."

„Was will er denn?"

„Keine Ahnung. Er hat mir nichts erzählt."

„Seltsam."

„Ich hab ihm gleich gesagt, dass es dir nicht gut geht und es auf die Tagesverfassung ankommt. Außerdem bist du noch im Krankenstand und die brauchen dich erst gar nicht mit irgendwelchen Problemen zu belästigen! Solln zusehen, dass sie selber klarkommen!"

Kate seufzte. „Ich ginge lieber schon morgen wieder zur Arbeit. Hier fällt mir echt noch die Decke auf den Kopf."

„Untersteh dich!" Eric hob warnend den Finger. „Du hast selbst gehört, was Dr. Limberic gesagt hat. Erst, wenn du dich wirklich fit fühlst."

„Aber es wird nicht mehr besser."

„Natürlich wird es das! Das Kortison soll ja angeblich auch noch nachwirken."

„Aber es geht mir nicht gut, Eric!" Sie legte den Kopf in die aufgestützten Hände. „Gar nicht gut. Ich will, dass das alles aufhört! Ich will, dass alles so wird, wie es war." Sie sah ihn aus flehenden Augen an. Eine Träne lief ihre Wange hinab. Dann noch eine. „Warum nur werde ich so gestraft? Warum?!"

„Ich weiß es nicht..."

„Aber ich hab doch niemandem was getan!"

„Wir stehen das gemeinsam durch. Du darfst jetzt nicht verzweifeln."

„Das tu ich aber! Ich weiß überhaupt nicht, wie es weitergehen soll. Sieh mich an! Vielleicht werd ich nie wieder einen Berg mit dir besteigen können. Ich kann ja nicht mal ordentlich gehen." Sie lachte bitter.

Eric schob den Teller beiseite und strich ihr übers Haar.

„Die ganze Zeit muss ich an diese Scheiß Krankheit denken. Ich hab keine Kraft in den Beinen, manchmal auch Schmerzen und bin ständig müde. Das ist doch kein Leben!"

„Ich liebe dich so, wie du bist."

Kate sprang auf. „Aber das reicht nicht!" Jetzt rannen die Tränen in Strömen herab. „Verstehst du denn nicht?! Ich muss mich lieben. Ich. Ich. Ich."

„Komm her, Liebes." Eric zog sie auf seinen Schoß und hielt sie so fest, dass sie tief Luft holen musste. Kate wusste nicht, wie lange sie in dieser Haltung dasaßen, aber sie wünschte, es würde niemals enden. Erics gleichmäßiger Herzschlag und die Wärme seiner Umarmung beruhigten sie langsam.

Sie hob den Kopf. „Es tut mir leid."

„Psst...", machte Eric und küsste sie zärtlich, „lass uns heute nicht mehr daran denken." Seine Finger krallten sich tief in ihren flauschigen Bademantel. „Du riechst so verdammt gut." Er öffnete den Gürtel und streifte ihre Brüste. Sein Puls beschleunigte sich.

„Lass das, Eric! Bitte!"

Er saugte an ihrem Ohrläppchen.

„Ich bin nicht in Stimmung."

„Komm schon", hauchte er, „lass es uns tun. Hier am Küchentisch." Seine Hand rutschte zwischen ihre Beine und begann, sie zu massieren.

Kate stieß ihn von sich. „Ich sagte, du sollst das lassen, verdammt!"

„Jetzt hab dich nicht so."

„Sag mal, spinnst du?", schrie sie ihn an. „Wie kannst du jetzt überhaupt nur an Sex denken?! Ich weiß nicht, wo mir der Kopf steht, erzähl dir noch, wie beschissen es mir geht, und du hast nichts Besseres zu tun, als an mir herumzufummeln. Ich fass es nicht!"

„Seit das Ganze wieder angefangen hat, hatten wir vielleicht zwei Mal was miteinander. In fünf Wochen bitte! Mann, ich hab halt auch Bedürfnisse!"

„Dann machs dir doch selbst!" Sie funkelte ihn wütend an und stapfte aus der Küche. Am Ende des Flurs schloss sie sich im Gästezimmer ein. Wie konnte er nur so verletzend sein?! Ohne jedes Gefühl. Gerade jetzt, wo sie sein Verständnis mehr als alles andere brauchte. Begriff er denn nicht, was mit ihr passierte, was in ihr vorging?! Dass sie keine Lust auf Intimitäten hatte, weil sie ganz andere Dinge beschäftigten, denen sie sich einfach nicht gewachsen fühlte. Zudem empfand sie sich derzeit weder als schön noch weiblich. Kate war viel zu aufgewühlt, um schlafen zu können. Also fing sie an zu beten. Nicht zu Gott. Der existierte für sie schon lange nicht mehr. Zu ihrer Familie.

Kapitel 11

Es klopfte zaghaft an der Tür. Dann Erics Stimme: „Bist du schon wach?"

Kate starrte mit versteinerter Miene zur Decke. Sie hatte die Nacht kaum geschlafen. Ihre Augen waren verquollen und der Kopf brummte.

„Bitte, Liebling. Mach auf! Was ich gestern getan habe, tut mir furchtbar leid. Ich hab mich echt wie ein Vollidiot benommen."

Kate lag still unter der Decke und fragte sich, wie spät es wohl war. Sollte Eric nicht längst im Büro sein?

Er klopfte erneut. Dieses Mal lauter. „Ich weiß, dass du da drin bist und ich kann auch verstehn, wenn du nicht mehr mit mir reden willst. Aber ich kanns nicht rückgängig machen, selbst wenn ich wollte. Bitte verzeih mir!"

Widerstrebend wälzte sie sich aus dem Bett und schlurfte zur Tür. Als sie öffnete, war Erics Kopf hinter einem riesigen Strauß Rosen versteckt. Sie sprach kein Wort.

„Ich weiß, dass ich nen Fehler gemacht habe und ich kann mich nur immer wieder bei dir entschuldigen."

Sie hörte ihm schweigend zu.

„Bitte sprich wieder mit mir. Sag mir, was ich tun soll!" Er ließ den Strauß sinken und sah erschrocken in Kates Gesicht. „Mein Gott, was hab ich nur gemacht?"

„Jetzt gib schon her!" Kate griff nach den Rosen. „Gelbe wärn mir lieber gewesen."

Eric lachte. „Heißt das, du verzeihst mir?"

„Sieht wohl so aus."

„Danke", stieß er erleichtert hervor und faltete die Hände vor der Brust, „krieg ich nen Kuss?"

Er sah so erbarmungswürdig und leidend aus, dass Kate nicht anders konnte und ihn in die Arme schloss. In dem Moment schien es ihr, als würde eine schwere Last von ihm fallen. Seine Muskeln entspannten sich und jegliche Steifheit wich aus seiner Haltung. Sie konnte ihm nicht böse sein. Dafür liebte sie ihn zu sehr. Und doch wusste sie, dass etwas in ihr gebrochen war. „Musst du nicht zur Arbeit?"

„Es genügt, wenn ich um zehn bei Gericht bin, viel gibt es vor der Verhandlung sowieso nicht zu besprechen. Ich dachte, wir könnten noch gemeinsam frühstücken."

„In Ordnung."

In der Küche war alles fein säuberlich aufgeräumt und der Tisch bereits mit Brötchen, Eiern, Marmelade und frischem Obst gedeckt. Auf Kates Teller lag eine Praline in Herzform.

„Da hast du dich ja richtig ins Zeug gelegt", staunte sie. Sie füllte eine Vase mit Wasser und stellte die Blumen in die Mitte. „Und was hättest du getan, wenn ich deine Entschuldigung nicht angenommen hätte?"

„Aus Frust wahrscheinlich alles selbst aufgegessen." Er schmunzelte. „Möchtest du Orangensaft dazu?"

„Lieber Wasser."

Eric ging zur Vorratskammer.

„Hör mal", Kate schnitt ein Brötchen auf und bestrich es mit Butter, „ich hab mir überlegt, heute schon mit Nic zu sprechen."

„Keine gute Idee."

„Ich möchte wissen, worum es geht."

„Du bist krank gemeldet und musst nicht gleich springen, wenn er was von dir will."

„Schon...aber es lässt mir ja doch keine Ruhe."

Eric nahm den Eierwärmer ab. „Du sollst dich schonen und auf dich..."

„Ich weiß", unterbrach sie ihn, „aber heute fühl ich mich ganz gut."

Er seufzte tief und klopfte auf sein Ei. „Kann ichs dir ausreden?"

„Nein."

Der Dotter leuchtete in einem satten Orange. Eric streute Salz darüber, für Kates Geschmack etwas zu viel. „Also gut. Aber wenn es dir zu viel wird, rufst du mich sofort an. Dann komm ich dich holen. Versprochen?"

„Ja."

„Ich meins ernst, Kate." So nannte er sie nur, wenn er besorgt um sie war. Oder im Streit.

„Versprochen. Bei der kleinsten Kleinigkeit." Kate schob die Herzpraline in den Mund und ließ sie genüsslich auf der Zunge zergehen.

„Gut. Dann nehm ich dich nachher mit. Und jetzt lass uns in Ruhe frühstücken."

Es war ungewohnt, die Büroräume wieder zu betreten. Kate kam es so vor, als wäre sie nicht Wochen, sondern Jahre ferngeblieben. Eine halbe Stunde zuvor hatte sie Margret angerufen und sich vergewissert, dass Niclas Starnitz in der Kanzlei anwesend war. Eric hatte sie direkt vor dem Gebäude abgesetzt und ihr noch einmal eingeschärft, ihn anzurufen, falls es ihr nicht gut ginge. Als sie daraufhin die Stufen zur Kanzlei mühevoll erstiegen hatte, war sie bereits knapp davor gewesen, seiner Bitte nachzugehen. Sie fühlte sich alles andere als wohl. Was würden ihre Kollegen sagen, wenn sie ihr begegneten? Würden sie ihre unsicheren Schritte kommentieren oder nur verstohlen beobachten?

Arnold Avelson war der Erste, dem sie über den Weg lief. Ein großgewachsener, drahtiger Mann mit perfekt gescheiteltem, dunklem Haar. Alles an ihm schien genau so zu sein, wie es sein sollte. Alles hatte seinen korrekten Platz. Die Anzughose war nie verknittert, der Knoten seiner Krawatte exakt gebunden, sein Kinn immer glatt rasiert und die Zähne blitzten in einem dezenten Weiß. Selbst die unter seinen Arm geklemmte Aktenmappe wirkte in Farbe und Form perfekt.

„Was für eine Überraschung!" Er küsste sie imaginär auf die Wange. „Wie geht es dir? Und was machst du hier?"

Kate strich ihr helles Leinenkleid zurecht. „Mein Mann sagte, Niclas wolle mich sprechen."

„Ach so...", Arnold machte ein gespielt enttäuschtes Gesicht, „ich dachte schon, du hattest Sehnsucht nach mir."

Kate lachte auf. Aus seinem Mund klang selbst der plumpste Spruch noch unglaublich charmant.

„Musst du noch Medikamente nehmen?"

„Nein, das hab ich hinter mir. Jetzt hoffe ich, dass das Ganze noch besser wird."

„Nicht so einfach alles, hm?"

„Nein."

Da war er wieder. Dieser mitleidige Blick, diese 'Du tust mir so schrecklich leid'- und 'Zum Glück hab ich das nicht'-Gedanken, die man förmlich hören konnte. Kate versteifte sich innerlich und bemühte sich, möglichst schön und locker an ihm vorbeizugehen. Aber je mehr sie es wollte oder sich unter Druck gesetzt fühlte, desto schlechter wurde es.

„Ich hoffe, du kommst bald wieder, wir freun uns alle schon! Kurier dich aus und alles Gute!"

„Danke Arnold. War schön, dich zu sehn!"

Der Empfangsbereich war leer. Im Raum hinter der Anmeldung tuckerte das Kopiergerät und so vermutete Kate, dass sich Margret dort befand. Sie setzte sich ans äußere Ende der Couch und stellte die Handtasche neben sich. Viertel vor zehn stand in digitalen Ziffern auf der beleuchteten Wanduhr. Die Türen zu den Büros der Anwälte waren allesamt geschlossen, was Kate mit Erleichterung wahrnahm. Nur ein Mal kam eine junge Frau den Gang entlang und bog zu den Toiletten links von Kate ab. Aber da sie neu war und sie sich kaum kannten, nickten sie sich lediglich höflich zu.

Margret kam mit einem Stapel bedrucktem Papier. „Mrs. Falling!" Sie eilte zu Kate und schüttelte herzlich ihre Hand. „Wie geht es denn?"

„Ach ja, könnte besser sein. Ist alles sehr langwierig."

Margret nickte verständnisvoll. „Sind Sie denn in guter ärztlicher Betreuung? Meine Cousine war kürzlich im Krankenhaus. Gallensteine. Sie hat sich fürchterlich beschwert, wie unfreundlich und gehetzt die Ärzte dort waren. Niemand hat sich Zeit genommen. Jedenfalls waren die Gallensteine dann draußen, meine Cousine aber noch über vier Wochen drinnen, weil sie nun eine schwere Lungenentzündung an der Backe hatte. Bestimmt bei der OP verkühlt."

„Oje. Nein, ich kann nicht klagen. Mein Arzt ist wirklich sehr nett."

„Das ist gut." Sie blickte an Kate hinab. „Und wie gehts den Beinen?"

„Hauptsächlich ist das linke betroffen. Nun, durch das Kortison hat es sich auf jeden Fall gebessert, aber gut ist es bei weitem nicht. Ich hätte mir mehr erwartet."

„Hmm, das kann ja noch kommen. Jedenfalls sehen Sie so gut aus wie immer!"

„Na, übertreiben Sie mal nicht!" Kate klopfte auf ihre Wangen. „Wenigstens ähnelt mein Gesicht diesmal nicht wieder dem eines Aliens."

Margret gluckste. „Mr. Starnitz erwartet Sie übrigens in Ihrem Büro. Ich hab ihm Bescheid gegeben, dass Sie kommen."

Niclas Starnitz saß wie gewohnt hinter seinem schweren Schreibtisch und telefonierte. Kate zog behutsam die Tür hinter sich zu und grüßte ihn lautlos. Er bedeutete ihr, Platz zu nehmen und seine blassgrünen Augen folgten jedem ihrer Schritte. Nachdem Niclas seinen Ruhestand angetreten hatte, war Kate in dessen Büro übersiedelt. Zwar hatte sie Blumen, Bilder und persönliche Dinge mitgenommen und die Vorhänge mit bunten Bändern zusammengerafft, ansonsten jedoch nichts verändert. Irgendwie war es immer noch sein Büro und sie brachte es nicht übers Herz, die letzten sichtbaren Zeichen seiner Arbeit auszulöschen. Sein ehrwürdiger Geist schwebte wie ein unsichtbares Band durch die Sphären der Kanzlei und steckte hinter jedem Regal, in jedem Buch, Diktiergerät und Ordner, einfach in jeder noch so kleinen Ritze. Der Perserteppich, auf dem ihre Füße nun ruhten, und die Geräumigkeit des Zimmers waren das Einzige, das sie mit Wohlwollen aufgenommen hatte.

Niclas beendete das Telefonat und erhob sich. „Komm her, meine Liebe!" Er breitete seine Arme aus. „Schön, dass du kommen konntest." Er drückte sie kurz an sich und setzte sich ihr gegenüber. „Möchtest du was trinken?"

Kate verneinte.

„Na, dann erzähl mal! Was tut sich?"

„Mir geht die Arbeit schon ab."

Niclas lachte und schlug die Beine übereinander. „Das dachte ich mir. Und sonst?"

„Könnte besser sein, aber es wird schon. Muss ja. Wenigstens bekam ich die Infusionen diesmal ambulant und musste nicht im Krankenhaus bleiben."

„Oh ja, das kann ich gut verstehen. Ich hab eine panische Angst vor Spritzen und allem, was in weißen Kitteln herumläuft. Bei meinem Bandscheibenvorfall damals musste mich meine Frau regelrecht zu einem Arzt schleifen."

„Wie gehts Laura?"

„Gut. Sie genießt es, dass ich jetzt viel Zeit für sie habe. Wir unternehmen viel, gehen mit unserer Enkeltochter auf den Rummelplatz oder mit den Hunden spazieren. Langweilig wird mir jedenfalls nicht. Außerdem lässt mich die Kanzlei, wie du ja weißt, noch nicht völlig los." Ein verschmitztes Lächeln huschte über sein Gesicht, erstarb jedoch bereits bei seinen nächsten Worten. „Wie kommt eigentlich Eric mit der Situation zurecht?"

Kate starrte ihn an. „Ganz gut", sagte sie und dachte in Wahrheit: Was soll diese Frage? Warum fragst du nicht, wie ich das alles schaffe?!

Niclas kratzte sich am Kinn. „Ich meinte nur, bestimmt ist das alles auch für ihn nicht leicht."

„Ja, bestimmt." Kate rutschte auf ihrem Sitz hin und her. Das Gespräch drohte unangenehm zu werden.

„Gut", sagte Niclas und klatschte auf die Schenkel. „Das Plaudern mit dir ist zwar nett und immer wieder äußerst erfrischend, aber nicht der eigentliche Grund, weshalb du hier bist."

Kate richtete sich etwas auf und lauschte gespannt.

„Ich bin auch im Alter noch kein Mann großer Worte. Ich machs also kurz: Kent und Arnold haben angerufen, sie wollten meinen Ratschlag. Es geht um dich und deine Zukunft in der Partnerschaft."

Kate hing an seinen Lippen.

„Du weißt, dass die Arbeit zuweilen sehr anstrengend und nervenaufreibend sein kann. Das hast du ja selbst erlebt. Wir hegen die Befürchtung, dass du in deinem jetzigen Gesundheitszustand den Anforderungen nicht gewachsen bist und dich bei dem ganzen Stress schnell überfordert fühlen würdest."

„Was heißt das, Nic?"

„Das heißt, dass wir dich für eine Zeit lang beurlauben."

Kate sprang auf. „Das ist nicht dein Ernst, oder? Ihr wollt mich rausschmeißen?!"

„Aber nein." Niclas hob beschwichtigend die Hand. „Nur so lange, bis du wieder gesund bist."

„Also doch! Ich glaubs einfach nicht!" Sie schüttelte fassungslos den Kopf. In ihren Hals stieg Magensäure auf. Sie schluckte.

„Kate, wir alle wollen nur das Beste für dich."

„Einen Scheiß wollt ihr!", schrie sie ihn an. Ihre Stimme war so laut, dass sie gewiss auch in den Nebenräumen noch gut verständlich war. Es kümmerte sie nicht.

„Psst! Beruhige dich doch."

„Beruhigen? Pah!" Kate schnaubte. „Hast du überhaupt eine Ahnung, was du gerade anrichtest? Du machst alles kaputt!"

„Kate", begann Niclas und bemühte sich, möglichst ruhig zu sprechen, „ich habe deine Arbeit und deinen Fleiß immer sehr geschätzt, das weißt du. Sonst hätte ich dir den Posten nie angeboten. Aber mehr noch schätze ich dich als Menschen und es liegt mir am Herzen, dass es dir gut geht. Und zur Zeit tut es das nicht, das hast du ja vorhin selbst gesagt."

„Also ist die Krankheit schuld?"

„Schuld, Schuld, darum geht es doch gar nicht! Um diesen Job machen zu können, muss man sowohl psychisch als auch körperlich belastbar sein, Ausdauer haben, Kondition. Unsere Kanzlei ist eine der besten im Land, wir beschäftigen hochqualifiziertes Personal und genießen den

Ruf, besonders in heiklen Prozessen nie zu verlieren. Wir haben einen hohen Status, bei Kollegen, Politikern und in den Medien."

„Ach so, das ist es." Kate funkelte ihn an. „Ich bin nicht mehr vorzeigbar in der Schickimicki-Gesellschaft." Diese arroganten Vornehmtuer, die sich mit ihrem Gehabe von allen anderen abheben wollten und glaubten, jeden belehren und missionieren zu müssen, waren ihr schon immer verhasst gewesen! Die meinten, alles, was teuer wäre, wäre automatisch gut: setzte man ihnen jedoch billige Ware aus dem Supermarkt vor und behauptete, sie käme von einem Fünf-Sterne-Koch, sie würden den Unterschied nicht merken. Ihr Verhalten, das vor Oberflächlichkeit nur so triefte, empfand sie schlichtweg als peinlich. Sie spürte, dass ihre Augen feucht wurden und rang nach Worten. „Über zwei Jahre und ich hab meine Arbeit verdammt gut gemacht. Nur zur Erinnerung: Ich hatte damals schon MS, trotzdem hab ich es geschafft. Du und die andren haben nie geklagt!"

Niclas seufzte und ging hinter den Schreibtisch zurück. „Ich verstehe, dass du wütend bist und ich könnte noch stundenlang mit dir diskutieren. Aber es ändert nichts an der Tatsache. Die Entscheidung steht. Arnold, Kent und ich haben uns lange beraten, es war nicht einfach, aber letztendlich hielten wir es für das Beste, dir eine Möglichkeit auf Genesung zu geben. Wir haben uns für deine Gesundheit entschieden, Kate."

Sie lachte hysterisch. „So was Dämliches hab ich noch nie gehört!" Langsam begann der Raum zu verschwimmen. Der Perserteppich schmolz zu einem einzigen roten Klumpen und Kate hatte das Gefühl, in einer Lache aus Blut zu stehen. Ihre Beine zitterten.

„Wir haben beschlossen, dass dein Mann deine Stelle übernehmen wird. So bleibt es in der Familie und es gibt keine lästigen Namensänderungen."

„Na prima!" Sie verlor den Kampf mit den Tränen und wischte sich unbeholfen über die Wangen. „Sag mir nur eins, Nic: Warst du auch dafür?" Sie sah ihm dabei fest in die Augen.

Er erwiderte ihren Blick. „Ja."

Kate unterdrückte ein Schluchzen. Ihre Stimme klang heiser. „Ihr seid sowas von verlogen! Alle."

„Ich weiß, dass dich das..."

„Einen Dreck weißt du!" Sie taumelte benommen zur Tür.

„Kate, bitte..."

„Lass mich! Ich hab dir immer vertraut. All die Jahre." Sie griff nach der Klinke. „Du warst immer mehr als nur ein Vorgesetzter, Nic. Ich hab zu dir aufgeschaut. Für mich warst du wie ein Vater."

Sie knallte die Tür hinter sich zu, dass das Holz in seinen Angeln wackelte. In ihrem Kopf surrte es wie in einem Bienenstock. Sie konnte keinen klaren Gedanken fassen. Alles brach wie eine gewaltige Sturmflut über sie herein und spülte das Adrenalin durch ihre Venen. Ihr Herz pochte wie verrückt.

Margret saß mit einem Kopfhörer vor dem PC und tippte in die Tasten. Ihre Augen fixierten den flimmernden Bildschirm. Als Kate wortlos an ihr vorbeiging, wandte sie den Blick. „Mrs. Falling!"

Kate reagierte nicht. Sie wollte nur weg von hier.

„Es tut mir so leid, Mrs. Falling. Alles Gute!"

Kate blieb abrupt stehen. Etwas an Margrets Aussage ließ sie innerlich erstarren. Die Worte hallten teuflisch in ihren Ohren nach: „Es tut mir leid." Kate machte auf ihrem Absatz kehrt. „Sie wussten davon?"

Margret sah verlegen zur Seite. Der Bildschirmschoner hatte sich eingeschaltet und bunte Kringel flogen nun wie wild durcheinander.

„Seit wann, Margret?" Kate wurde lauter.

„Ein paar Wochen. Aber ich weiß nichts Genaues. Nur, was man sich hier so erzählt, da hab ich ein paar Worte aufgeschnappt."

„Ich fass es nicht!" Kate griff sich an die Stirn. „Wusste mein Mann auch Bescheid?"

Margret schwieg.

„Wusste Eric davon?"

„Ich weiß es nicht", stammelte sie schließlich, „ja, vielleicht."

Kate nickte. „Alles klar. Ich hab verstanden."

Sie drehte sich um und verließ die Kanzlei, die Treppe hinab, hinaus ins Freie. Weg, weg, weg. Sie keuchte, als hätte sie einen Hundert-Meter-Sprint hinter sich. Ihr Handy brummte. Eric. Sie drückte ihn weg. Was hatten sie sich noch zu sagen? Er, der sie genau wie Niclas und die anderen Kollegen belogen und ihr Vertrauen missbraucht hatte. Sie fühlte sich von allen verraten. Zeit ihres Lebens hatte sie in einer Welt mit Idealen und Werten gelebt, Toleranz, Ehrlichkeit, Nächstenliebe und auch wenn sie mit der Kirche wenig am Hut hatte, so waren die Zehn Gebote doch zu einem Leitsatz in ihrem Leben geworden, eine Richtlinie, der treu zu bleiben sie versuchte. Kate bog in die nächste Seitenstraße ab. Vor der Auslage eines Friseursalons lehnte sie sich an die Wand. Ihr war übel. Sie suchte die Straße nach einer Sitzgelegenheit ab, doch alles, was ihre Augen erfassten, waren ein paar Stufen zu einem Hauseingang auf der gegenüberliegenden Seite. Sie hielt sich den Bauch und überquerte die Straße. Auf dem Gehsteig spazierte eine Taubenfamilie und pickte eifrig nach fallengelassenen Krumen. Ihr Handy vibrierte erneut. Kate griff in die Tasche, um es auszuschalten. Sie kauerte sich auf die oberste Stufe, legte den Kopf auf die Knie und fing an zu weinen. Am liebsten hätte sie alle Wut und Enttäuschung hinausgeschrien. Mit einem einzigen, nicht endenden langen Schrei. Aber dazu fehlte ihr die Kraft. Alles, was sie in der Vergangenheit an Stärke und Selbstbewusstsein aufgebaut hatte, war mit einem Schlag zerstört worden, von Menschen, für die sie ohne Zögern die Hand ins Feuer gelegt hätte. Sie fühlte sich um alles betrogen, leer, verbraucht und wertlos. Anstatt ihr Mut zu machen und Unterstützung anzubieten, hatte man sie hinauskomplimentiert. Niemand hatte Partei für sie ergriffen und an sie geglaubt. Nicht einmal ihr eigener Mann! Mit ihrer Krankheit entsprach sie nicht mehr dem Bild einer leistungsstarken, vitalen Frau, die obendrein noch schön und anmutig war und in allen Lebenslagen perfekt agierte. Ohne Makel. Kate wusste im Moment nicht, wen sie mehr hassen sollte: ihre Krankheit oder die Menschen, die sie damit alleine ließen.

„Kate?"

Sie horchte auf.

„Was ist mit dir? Ich hab dich vorhin aus der Kanzlei kommen sehn." Martin stand in gebückter Haltung vor ihr, das Jackett über den Arm geschlagen.

Sie sah kurz zu ihm auf. „Lass mich!", fauchte sie und vergrub den Kopf noch tiefer in ihren Schoß.

„Mein Gott, du weinst ja! Was ist passiert?"

Sie antwortete nicht.

„Geht es dir nicht gut?"

„Ich sagte, du sollst mich in Ruhe lassen! Geh weg!"

Martin blieb einen Moment lang unschlüssig stehen, dann setzte er sich zu ihr auf die Treppe. „He, was ist denn los?"

„Du machst dich schmutzig", stieß sie unter Schluchzen hervor.

„Macht nichts. Du bist es schon."

Kate drehte sich etwas zur Seite und spähte auf ihr Gesäß. Der Stoff war staubig und grau. Die Leere und Gleichgültigkeit in ihren Augen ließen Martin frösteln.

„Soll ich Eric anrufen?"

Und dann sprudelte es aus ihr heraus. „Eric? Pah! Mit dem will ich nichts mehr zu tun haben! Solange ich die tüchtige, brave Ehefrau spiele, die den Haushalt schmeißt und auch im Beruf noch erfolgreich ist, ist alles bestens. Ich hab nur zu funktionieren, sonst nichts. Aber wenn die liebe Kate selbst mal Hilfe braucht, dann ist niemand da. Schlimmer noch, sie wird einfach ausrangiert!" Kate rappelte sich auf. „Ach, ihr seid doch alle gleich! Du und Eric und in der Kanzlei. Alle gleich verlogen! Es geht immer nur um euch, wies mir geht, interessiert keinen. Ihr zerstört mein Leben und zuckt noch nicht mal mit der Wimper!" Sie wankte die Stufen hinab.

„Warte..."

Kate drehte sich nicht um. Wie von Sinnen eilte sie den Bürgersteig entlang und wich dabei neugierigen Blicken aus. Vor einem Blumenladen holte Martin sie ein und zog sie an sich. Während er ihr gefolgt war, hatte er sich gefragt, wie er sie wohl aufhalten sollte, aber nun erschien es ihm als die einzig logische Reaktion. Kate wehrte sich heftig. Sie schlug und kratzte und Martin hatte große Mühe, sie festzuhalten. Irgendwann gab sie nach und legte sich schluchzend an seine Brust. Er wiegte sie sanft und redete beruhigend auf sie ein.

„Sie schmeißen mich raus, Martin! Nur weil ich krank bin."

Martin schob sie ein Stück von sich. „Wer schmeißt dich raus? Niclas etwa?"

„Ja, er und die andren. Alle haben davon gewusst, aber keiner hat mir etwas gesagt."

„Das glaub ich jetzt nicht! Niclas?! Du warst doch immer sein Liebkind."

„So ist es aber. Sie haben mich beurlaubt, aber du weißt ja, was das heißt. Sie meinen, ich würde mit den ganzen Anforderungen nicht mithalten können."

„So ein Blödsinn! Das hast du doch bereits in den letzten Jahren mehr als ausreichend bewiesen. Außerdem hat unser Beruf mehr mit dem hier zu tun." Er tippte sich an den Kopf. „Ich rede mit Niclas."

„Nein!"

„Aber..."

„Bitte Martin!", sagte Kate erschöpft und schmiegte sich erneut an ihn. Ihr zarter Körper bebte. „Es würde nichts mehr ändern."

Sie standen eine Weile so da, mitten am Gehweg. Leute liefen geschäftig an ihnen vorbei und die Sonne brannte unbarmherzig auf ihre Köpfe. Martin schwitzte, sein Hemd klebte an ihm. Er versuchte, seine Gedanken zu ordnen. Die Geschichte, die ihm Kate zuvor unterbreitet hatte, verwirrte ihn. Sie war eine der besten Anwältinnen, die er kannte und es war ihm unbegreiflich, wie jemand auf eine Person wie sie verzichten konnte. Natürlich war ihre Krankheit mit Einschränkungen verbunden, zumal niemand wusste, inwieweit diese sich in den kommenden Jahren verschlechtern würde. Aber genau das war der Punkt: man wusste es nicht. Und selbst wenn sie eine körperliche Beeinträchtigung hätte, wäre es nicht eine Schande, in einer Zeit, in der so viel über Gleichberechtigung diskutiert wurde, keine Lösung zu finden? Sie in dieser schwierigen Lage fallen zu lassen, erschütterte ihn. Noch dazu, wo er wusste, wie viel ihr die Arbeit bedeutete. Martin kannte Niclas und seine Partner gut, zwar nicht besonders, aber doch so viel, dass ihre Gespräche über den üblichen Small Talk hinausgingen und ein derartiges Verhalten ihrerseits hätte er im Leben nicht von ihnen erwartet. Und was Eric anging, nun, er war sein Freund. Martin blickte auf das hilflose Bündel in seinen Armen. „Eric sollte dich jetzt trösten, nicht ich."

Sie schüttelte heftig den Kopf.

„Komm Kate, ihr müsst miteinander reden, das wird dir nicht erspart bleiben."

Sie seufzte tief.

„Ich bin sicher, dass sich alles aufklären wird. Eric wollte dich gewiss nicht verletzen. Vielleicht wusste er selbst nicht, wie er mit der Situation umgehen soll und hat deshalb nichts gesagt."

„Er bekommt meinen Posten, Martin."

Er hob überrascht die Augenbrauen. „Ok, ich ruf ihn jetzt an. So geht das nicht weiter."

Er stellte sich einige Schritte abseits und wählte Erics Nummer. Kate sah ihm resigniert dabei zu. Auf der Vorderseite seines Hemdes, dort, wo sie sich weinend an ihn gelehnt hatte, prangte ein großer, dunkler Fleck. Das Telefonat war kurz.

„Gut. Hör zu, Eric hat in wenigen Minuten Verhandlung, ich hab ihn gebeten, danach sofort zu dir nach Hause zu kommen."

„Hast du ihm gesagt, worum es geht?"

„Nein, das ist eure Sache. Pass auf, du wartest hier und ich hol inzwischen den Wagen."

Kate nickte stumm. Während Martin in schnellem Schritt davoneilte, drehte er sich mehrmals zu ihr um, so, als müsste er sich vergewissern, dass sie auch tatsächlich noch am selben Platz stand.

Er hupte kurz und öffnete von innen die Beifahrertür. Hinter ihm hatte sich schnell eine Kolonne gebildet.

„Kannst du mich denn überhaupt so ohne weiteres fahrn? Hast du nicht noch Termine?" Kate schnallte sich an und warf die Tasche auf den Rücksitz.

Martin trat aufs Gaspedal. „Nein, passt schon. Bei mir wirds erst am Nachmittag stressig."

Als sie auf den Highway auffuhren, klappte Kate die Sonnenblende herunter und betrachtete sich im Spiegel. Der Anblick, der sich ihr bot, war nicht besonders schmeichelhaft. Die Wimperntusche war bis zu ihrem Kinn heruntergelaufen und klebte in dicken Ringen unter ihren geröteten Augen. Es machte wenig Sinn, sie jetzt noch zu beseitigen, zum einen waren sie in wenigen Minuten zu Hause und zum anderen hatte Martin sie ohnehin schon die ganze Zeit über in diesem erbärmlichen Zustand gesehen.

„Danke", sagte sie, als er in die Hauseinfahrt einbog, „du hast echt was gut bei mir."

„He, ist doch selbstverständlich." Er nahm ihre Tasche und begleitete sie zur Tür. „Kommst du klar? Ich lass dich jetzt nur ungern allein."

„Ja, geht schon. Hast du eine Zigarette für mich?"

„Was?!" Er sah sie verdutzt an. „Aber du rauchst doch gar nicht!"

„Bitte! Ich brauch jetzt eine."

Martin nickte und lief zum Wagen zurück. Er kannte dieses Gefühl nur zu gut und wusste, dass ein Versuch, sie davon abzuhalten, nichts bringen würde. Wie oft hatte er selbst mit dem Rauchen aufhören wollen und in Stresssituationen erst recht wieder zum Glimmstängel gegriffen. So, als könne man mit einer Zigarette alle Probleme wegblasen. Ein dummer Irrglaube! Er wusste, dass Kate während des Studiums geraucht hatte, später angeblich nur noch bei Festen und Besuchen in diversen Tanzlokalen. Er selbst hatte sie nie gesehen. Er reichte ihr eine volle Packung und zog zwei Zigaretten heraus. „Hier. Den Rest kannst du behalten."

Kate nahm sie dankend entgegen, bestimmt würde sie den restlichen Tag noch öfter auf eine zurückgreifen. Die ersten Züge schmeckten scheußlich. Sie hustete wie wild und ihr Hals brannte. Martin grinste.

„Scheiß Zeug!", fluchte sie, „Ich versteh nicht, wie mir sowas jemals schmecken konnte."

„Warts ab, aber ich hoff natürlich, du fängst nicht wieder damit an." Martin dämpfte seine Zigarette aus. „Ich muss los." Er steckte den Stummel in ein Taschentuch und verstaute es in seiner Hosentasche. „Versprich mir, dass du nichts Dummes anstellst und mit Eric redest!"

„Ja." Kate gab ihm einen Kuss auf die Wange und griff nach seiner Hand. „Wenn du nicht gewesen wärst..." Sie schniefte. „Tut mir leid, was ich vorhin zu dir gesagt hab, du kannst ja am wenigsten dafür."

„Schon gut, mach dir keine Gedanken. Und ruf mich an, wenn du was brauchst." Er wartete, bis Kate im Haus verschwunden war, dann ging er zum Wagen zurück und ließ den Motor an.

Kate saß im Wohnzimmer und starrte ins Leere. Vor ihr auf dem Couchtisch stand ein Glas Rotwein, daneben eine halb geleerte Flasche. Der Aschenbecher war bereits gefüllt. Seit ihrer Heimkehr waren über zwei Stunden vergangen und alles, was sie getan hatte, war, ihren Kummer mit Alkohol und Zigaretten zu betäuben. Funktioniert hatte es nicht, in ihrem Kopf drehte sich alles nur noch schlimmer.

Der Schlüssel knackte im Schloss. Kate hörte Erics Rufe. Sie antwortete nicht. Er trabte durch Diele und Küche, die Treppe rauf und runter und schließlich stand er vor ihr im Wohnzimmer.

„Liebling, was ist mit dir? Ich hab mir solche Sorgen gemacht! Ich bin gekommen, so schnell ich konnte!" Er sah die Weinflasche und den vollen Aschenbecher. „Was ist das?"

„Siehst du doch. Ich trinke und rauche."

„Verdammt noch mal, Kate, ich will eine ordentliche Antwort von dir! Du rauchst nie. Also, was ist los?"

„Was los ist? Sag dus mir, Eric!" Als sie zu ihm aufsah, war ihr Blick eiskalt.

„Ich weiß nicht, was du meinst..."

„Ach ja? Dann denk mal scharf nach!" Sie füllte ihr Glas auf und nahm einen kräftigen Schluck. „Die im Büro sehen das nämlich ganz anders."

„Jetzt krieg dich erst mal ein. Was sehen sie anders?"

„Hör auf, mich zu verarschen! Gestern hast du mir noch weismachen wollen, du wüsstest nicht, weshalb ich zu Niclas ins Büro soll, aber in Wahrheit wusstet ihr alle Bescheid! Ich werde rausgeschmissen und mein eigener Mann hält es nicht mal für nötig, mir das zu sagen!"

„Das stimmt nicht! Niemand will dich rausschmeißen, es war immer nur von Beurlauben die Rede."

Kate sprang auf. „Das ist doch dasselbe! Sag mal, für wie bescheuert hältst du mich eigentlich?!"

„Kate, bitte beruhige dich. Ja, du hast recht", lenkte er ein, „ich hab davon gewusst. Arnold und Kent haben es mir gesagt. Aber..."

„Wann?", unterbrach sie ihn.

„Als du gerade deinen zweiten Schub hattest." Er lief nervös im Zimmer auf und ab.

Kate schnappte nach Luft. „Das glaub ich jetzt nicht! Und du hast kein einziges Wort gesagt?"

„Ich wollte dich nicht noch mehr aufregen, es ist ohnehin schon alles schlimm genug für dich. Außerdem hab ich versucht, es den andren auszureden. Bitte, glaub mir!"

„Glauben? Eric, du hast mich belogen! Es handelt sich ja nicht um irgendeine Kleinigkeit, es geht um meine ganze Zukunft, verstehst du? Ich saß heute wie ein Vollidiot in Niclas' Büro, du hättest mich vorwarnen müssen!"

„Ok, das war nicht richtig", sagte er kurzatmig, „aber ich wollte dir nicht weh tun. Ich wusste, dass du so reagieren würdest."

Kate schnaubte. Sie nahm das Weinglas und prostete ihm zu. „Gratuliere übrigens zu deiner Beförderung!"

Eric verdrehte die Augen. „Es ist doch nur so lange, bis es dir wieder besser geht! Kate, du bist beurlaubt, nicht gekündigt worden. Auch wenn du jetzt alles nur negativ siehst, es wird dir guttun, mal etwas Abstand von allem zu haben."

„Natürlich! Eigentlich sollte ich dankbar sein." Sie lachte zynisch. „Danke Niclas, dass du so freundlich warst, mir meine Arbeit wegzunehmen, auf die ich mich zwar schon sehr gefreut hatte, aber mit meiner Krankheit wär ich natürlich nicht länger zumutbar für die Kanzlei. Wie schön, dass du mir die Augen geöffnet hast. Danke Arnold, dass du mich heut so herzlich begrüßt hast und selbstverständlich stört es mich nicht, dass du mir wie alle anderen mitten ins Gesicht lügst. Ach ja, vielen Dank auch meinem so rücksichtsvollen Mann. Ich dachte zwar immer, dass man sich in einer Ehe nichts verheimlichen sollte, aber das war natürlich dumm von mir, schließlich wolltest du mich nur schützen und danke, dass du mich einstweilen in der Kanzlei vertrittst, wirklich sehr aufmerksam!"

„Hör auf! Ich werde diese blöde Stelle nicht annehmen, wenn dir das so wichtig ist..."

Dann passierte es.

Eric stolperte über den Teppichrand, verlor wankend das Gleichgewicht und donnerte mit dem Kopf gegen den Glastisch. Er schrie auf.

„Mein Gott!" Kate schlug die Hände vors Gesicht und hastete zu ihrem Mann. „Hast du dich verletzt?"

Eric stöhnte und hielt sich die Stirn. Blut sickerte durch seine Finger.

„Komm, lass mal sehn."

Als Eric die Hand hochhob, quoll das Blut in Strömen aus der Wunde. In Sekundenschnelle hatte sich eine rote Lache auf dem Fußboden gebildet.

„Drück wieder drauf!", schrie Kate hysterisch.

„Scheiße! Ich glaub, das muss genäht werden."

Kate zögerte, ihr Alkoholspiegel war gewiss über dem Limit. „Ich ruf die Rettung!" Sie eilte zum Telefon und bemühte sich, deutlich zu sprechen. Jetzt nur nicht die Nerven verlieren! Mit Druckverband und Eisbeutel kehrte sie zu ihrem Mann zurück. „Schön dagegen pressen. In zehn Minuten sind sie da."

Aus zehn Minuten wurden zwanzig und als endlich der Krankenwagen eintraf, fauchte sie die Sanitäter wütend an: „Warum kommen Sie erst jetzt?! Haben sie Gas und Bremse verwechselt? Mein Mann verblutet fast und Sie fahren wie die Schnecken!"

Während Eric versorgt wurde, streifte Kate sich ein frisches Kleid über und steckte Erics Papiere in die Handtasche.

Im Krankenwagen schmiegte sie sich an ihn. „Es tut mir so leid, Schatz."

„Du kannst doch nichts dafür."

Der Sanitäter zwinkerte ihnen aufmunternd zu. „Das wird schon wieder. Halb so schlimm."

Wenn du wüsstest, dachte Kate.

Kapitel 12

Die Sonne schien hell ins Zimmer und durchflutete den Raum. Kate schlug die Decke zurück. Sie trug ein kurzes Seidennachthemd, ihr Haar war zerzaust. Aus der Küche schepperte Geschirr und ein zarter Essensduft strich in ihre Nase. Ihr Magen zog sich krampfartig zusammen. Die letzten Tage hatte sie kaum einen Bissen hinuntergebracht, zu sehr hatten die Ereignisse an ihr gezehrt.

Eric polterte die Treppe herauf und erschien mit einem Tablett. „Ich hab dir was zu essen gemacht, Hühnersuppe von meiner Mutter. Schmeckt ganz gut."

„Ich hab keinen Hunger."

Eric stellte das Tablett auf Kates Nachtkästchen. „Bitte, Liebling, wenigstens ein paar Löffel." Er setzte sich an die Bettkante und strich ihr übers Haar.

„Ich mag aber nichts", stöhnte Kate und betrachtete ihn aus trüben Augen. Seine Stirn zierte noch immer ein breites Pflaster. Zum Glück hatte die Platzwunde mit wenigen Stichen genäht und eine Gehirnerschütterung ausgeschlossen werden können. Ihr graute, wenn sie an diesen Tag zurückdachte, auch wenn sie sich spätabends noch in Ruhe ausgesprochen und versöhnt hatten.

Eric tauchte den Löffel in die Suppe. „Bitte, Kate. Mir zuliebe."

Sie drehte den Kopf zur Seite. „Ich kann nicht."

Eric stand auf und ging zum Fenster, kein Wölkchen trübte den strahlend blauen Himmel. Im Garten, neben dem Brunnen, ließen die Lilien ihre Köpfe hängen. Er sollte sie abends gießen.

„Seit Tagen isst du kaum, sprichst nur das Nötigste und kommst überhaupt nicht mehr aus dem Bett. So kann das doch nicht weitergehn! Ich dachte, die Sache zwischen uns wäre bereinigt."

„Ist sie auch."

„Aber was verdammt noch mal ist dann los?! Ich weiß echt nicht mehr, was ich tun soll!"

„Mir geht es nicht gut."

„Ja, das sehe ich und mir ist klar, dass dich das alles sehr mitnimmt, aber ich kann auch nicht mehr! Kate, du bist mir von allem das Wichtigste auf der Welt und wenn ich könnte, würde ich dir diese Krankheit abnehmen. Aber ich kann es nicht." Er stützte sich auf das schmale Fensterbrett. „Kate, ich bin am Ende, verstehst du?"

Sie gab keine Antwort. Was sollte sie auch sagen? Sie wusste ja selbst nicht, was in ihr vorging. Alles, was sie fühlte, war eine tiefe, innere Leere. Sonst nichts.

Das Telefon klingelte. Eric ließ es läuten. „Ich möchte, dass du wieder lachst und fröhlich bist und Freude am Leben hast, dass du malst, dich mit Freunden triffst und dass wir gemeinsam auf Urlaub fahren."

„Was du verlangst, ist eine Zumutung! Ich kann nicht einfach zur Tagesordnung übergehen und so tun, als wäre nichts gewesen."

Eric stöhnte. „Unser Leben kann doch nicht..." Das Handy in seiner Brusttasche summte. Genervt zog er es heraus. „Ach du bists...ja, ich habs gehört...ja...nein, sie liegt im Bett...ich weiß nicht...ja, warte..." Er hielt die Hand vor die Sprechmuschel und flüsterte: „Joanna."

Kate schüttelte heftig den Kopf. Eric sah sie eindringlich an und presste das Telefon gegen ihr Ohr. Sie stieß ihn von sich und verkroch sich unter dem Laken.

„Tut mir leid, Joanna. Sie will nicht mit dir reden", hörte sie ihn sagen und aus dem Schlafzimmer stampfen.

Kate holte tief Luft, unter der Decke war es heiß und stickig. Aber auch angenehm ruhig. Sie hatte keine Lust auf große Erklärungen und Ratschläge, selbst wenn es ihre beste Freundin war. Joanna, so war sie sich sicher, würde das verstehen und ihr abweisendes Verhalten nicht persönlich nehmen. Dazu kannte sie Kate viel zu gut und wusste um ihren Stellenwert in deren Leben. Manchmal bedeutete Freundschaft eben auch, sich zurückzunehmen, still zu sein, zu warten. Warten, bis der andere seine Nähe von selbst wieder suchte. Abstand war in einer Freundschaft mitunter völlig legitim.

„Ich fahr dich jetzt ins Krankenhaus." Eric war zurückgekommen. „Die werden dir dort helfen." Er zog die Decke von ihrem Kopf und streichelte ihre Wange. „Ich will dir nichts Böses, Liebling. Ich hab einfach nur große Angst um dich!"

Aus dem Schrank holte er eine kleine Reisetasche, ein Weihnachtsgeschenk seiner Mutter, und packte Socken, Unterwäsche und Nachthemden ein, dazu ein bequemes T-Shirt und eine Jogginghose. Dann ging er ins Bad und füllte die Toilettentasche. Nachdem er ihr beim Anziehen geholfen und das Haar gekämmt hatte, stützte er sie die Treppe hinunter, hinaus zum Wagen.

Kate war es gleichgültig.

Die Station war klein, nur vier Betten, und voll belegt. Kate stand barfuß vor dem vergitterten Fenster und beobachtete die untergehende Sonne. Man hatte sie in die geschlossene Abteilung gebracht. Sie vermutete, dass Eric etwas aus ihrer Vergangenheit erzählt hatte und die Ärzte kein Risiko eingehen wollten. Eine Patientin war bereits auf der Station, die versucht hatte, sich die Pulsadern aufzuschneiden. Sie lag in einem gläsernen Kobel gegenüber Kates Bett. Heute war eine neue Bettnachbarin gekommen, aber sie hatte sie nur kurz am Morgen gesehen: eine pummelige, kleine Frau mit ungepflegtem Aussehen. Kate schätzte sie Mitte vierzig. Sie hatte zornig um sich geschlagen und jeden angebrüllt, der sich ihr näherte. Kate war froh gewesen, ihr durch Termine beim Psychologen und Ergotherapeuten aus dem Weg gehen zu können.

Nun schlurfte sie aus dem Waschraum, gefolgt von einer Krankenschwester. „Fass mich ja nicht an!", fauchte sie.

„Ich leg Ihnen die Tabletten hier hin."

„Wollt ihr mich umbringen?!"

Die Krankenschwester ignorierte die Anfeindung und wandte sich an Kate. „Zu Ihnen komm ich später noch."

Kate nickte. Sie würde die Pillen, so wie die Tage zuvor, in der Toilette entsorgen.

Die Krankenschwester setzte ein geübtes Lächeln auf und entfernte sich.

„Blöde Schlampe!", murmelte die Frau im Nebenbett.

„Das hab ich gehört, Ms. Stone."

Die Frau hob ein Stück die Bettdecke an und zeigte Kate ihren ausgestreckten Mittelfinger. Dabei grunzte sie zufrieden. „Wie heißt du?"

„Kate."

„Aha. Und wieso bist du hier?"

„Keine Ahnung."

Die Frau musterte sie eine Weile, dann brach sie in gackerndes Gelächter aus.

„Ruhe!", ertönte die Stimme einer Krankenschwester. Ob es dieselbe war, die zuvor die Pillen gebracht hatte, konnte Kate nicht zuordnen.

„Ach, halt doch dein Maul!", keifte die Frau zurück. „Darf man denn hier nicht mal lachen?!" Sie streckte Kate ihre Hand entgegen. Ihre Finger waren wulstig und verschwitzt und aus ihrem Mund drang übel riechender Atem. „Ich bin Tracy."

Kate ekelte.

„Hier drinnen kannst du fast alle vergessen, aber du bist in Ordnung. Wie lange bist du schon hier?"

„Sechs Tage."

„Hmm, bei mir werdens schon zwölf. Heute haben sie mich wieder hier raufgebracht, weil ich unten ne andre vermöbelt hab. Hat sich beim Essen einfach zu mir an den Tisch gesetzt, ohne zu fragen! Ich meine, das gehört sich doch nicht für eine Lady! Da musste ich sie doch zurechtweisen, oder?" Sie blickte empört.

Kate traute sich nicht zu widersprechen.

Tracy ballte ihre Finger zu einer Faust und schlug einige Male in die Luft. „Peng, peng, peng! Du hättest sie sehen sollen, diese kleine Heulsuse. Und wer muss wieder alles ausbaden? Ich natürlich! Obwohl es ihre Schuld war!" Sie schüttelte den Kopf. „Haben gesagt, ich wäre aggressiv und gewalttätig und könne mit Konflikten nicht umgehen und lauter so Scheiß eben. Nur was die immer vergessen...", sie legte eine kunstvolle Pause ein, um sicherzugehen, dass Kates Aufmerksamkeit voll und ganz ihr gehörte, „ich bin jetzt schon zum fünften Mal hier und helfen konnte mir bislang keiner. Wenn mich wer blöd anmacht, gibts eben eins auf die Fresse."

Die Krankenschwester kam mit Kates Tabletten. „Die hier ist zur Beruhigung und diese, damit sie besser schlafen können."

„Danke." Sie fühlte sich völlig fehl am Platz.

Am folgenden Morgen erschien Dr. Limberic. Tracy lag nicht in ihrem Bett. „Wie geht es Ihnen, Mrs. Falling?"

„Schon besser."

Er wusste, dass sie log. „Wie ich hörte, schmeckt Ihnen das Essen nicht. Nun, unsere Küche ist gewiss nicht die Beste, aber genießbar ist sie allemal und Sie sollten zusehen, nicht noch mehr an Gewicht zu verlieren."

Kate schwieg.

„Mrs. Falling, ich würde Sie gerne in die Robert Cole Klinik überstellen, natürlich nur, wenn Sie damit einverstanden sind."

„Ich verstehe nicht..."

„Die Robert Cole Klinik ist eine Art...naja, wie soll ich sagen...", er überlegte angestrengt, „eine Art Kur- und Erholungsheim. Sie bietet erstklassige Therapien und hat sich auf neurologische sowie psychische Krankheiten spezialisiert. Schlaganfall, Parkinson, Multiple Sklerose, Epilepsie, Essstörungen, Panikattacken, Depressionen, Burnout...die Liste ist lang. Wie Sie wissen, können wir Sie hier nur eine Zeit lang behalten, unsere Kapazitäten sind begrenzt." Er hob entschuldigend die Arme. „Die Krankheiten häufen sich, unsere Betten leider nicht."

„Was sagt mein Mann dazu?"

„Wir haben uns gestern unterhalten, für die Angehörigen ist es ebenfalls keine leichte Situation, sie fühlen sich hilflos, wissen nicht, wie sie dem Betroffenen gegenüber reagieren und mit der Krankheit umgehen sollen. Ich denke, Ihr Mann würde es genauso wie ich begrüßen."

Zwei gegen einen, dachte Kate. „Wo ist die Klinik?"

„In Port Island, etwa fünf Autostunden von hier. Eine wirklich sehr schöne Anlage mit Park und Schwimmbad für Unterwassertherapien. Ich kenne den Gründer persönlich, mittlerweile hat sein Sohn Steve die Leitung übernommen."

„Aber das ist doch so weit weg! Ich meine, wie soll das funktionieren?! Mein Mann kann mich unmöglich alle paar Tage hin- und herfahren."

„Dazu ist es auch nicht gedacht." Dr. Limberic trat näher an ihr Bett. „Ein Aufenthalt umfasst zwei Monate. Sie haben Ihr eigenes Zimmer, Verpflegung und können jederzeit Besuch empfangen. Darüber hinaus besteht die Möglichkeit, um einen weiteren Monat zu verlängern. Sinn des Ganzen ist, einen gewissen Abstand von allem zu bekommen, sich mit der Krankheit bewusst und in Ruhe auseinandersetzen zu können, möglicherweise auch ein Stück mehr zu sich selbst zu finden. Sie werden Menschen mit Ihrer oder anderer Krankheit begegnen, mit denen sie sich austauschen können, vielleicht auch gegenseitig Mut machen und voneinander lernen können."

Kate machte ein wenig überzeugtes Gesicht.

„Die Klinik ist sehr klein und das ganze Jahr über belegt. Man muss sich Monate zuvor anmelden, um einen Platz zu bekommen. Aber ich könnte da etwas für Sie tun."

Kate seufzte. „Hab ich eine Wahl?"

Dr. Limberic lächelte, sagte aber nichts.

2. Teil

„Vom wahren Schatz" (Lk. 12, 33-34)

Verkauft eure Habe und gebt den Erlös den Armen! Macht euch Geldbeutel, die nicht zerreißen. Verschafft euch einen Schatz, der nicht abnimmt, droben im Himmel, wo kein Dieb ihn findet und keine Motte ihn frisst. Denn wo euer Schatz ist, da ist auch euer Herz.

Kapitel 13

Sie fuhren auf dem Highway Richtung Süden. Port Island lag am äußersten Zipfel des Landes und trug seinen Namen aufgrund seines schönen Hafens. Die Klinik lag allerdings im Landesinneren. Je näher sie ihrem Ziel kamen, desto mehr veränderte sich auch die Landschaft. Wiesen und Bäume erschienen in einem satteren Grün und die Berge von Poreb County wichen einem sanften Hügelland. Dazwischen gab es immer wieder lange Ebenen mit nur kärglichem Bewuchs.

„Möchtest du mal eine Pause machen?" Kate hatte die Landkarte auf dem Schoß liegen und sah zu ihrem Mann hinüber, der bislang ohne Unterbrechung gefahren war.

„Ja, beim nächsten Rastplatz fahr ich ab."

Wider Erwarten war der Highway dicht befahren. Es war Dienstag und schwere Lastwägen tummelten sich auf der Straße. Eric hatte sich frei genommen und würde auch am nächsten Tag erst gegen Mittag zur Arbeit gehen, immerhin musste er die gleiche Strecke heute Abend noch einmal fahren. Kate hatte die Vorstellung, eine derart lange Zeit von zu Hause getrennt zu sein, von Anfang an nicht gefallen und mit Widerwillen ihren Koffer gepackt. Sie empfand es als Strafe.

Eric wechselte die Spur und schwenkte in die Ausfahrt. Während er auf die Toilette eilte, zündete sich Kate eine Zigarette an. Es ärgerte sie, dass sie wieder angefangen und Martin recht behalten hatte. Vor Eric versuchte sie natürlich, es möglichst zu unterlassen, er war nicht gerade angetan, dass seine Frau nun wieder dem Laster nachhing.

Nach zwei Stunden erreichten sie Port Island. Das Zentrum war lediglich eine breite Durchzugsstraße mit Lokalen, Geschäften und Ferienunterkünften zu beiden Seiten, einen Stadtplatz gab es nicht. Kirche und Rathaus lagen direkt nebeneinander, die meisten Wohnhäuser dicht dahinter, einzelne weit im Land verstreut. Port Island war mäßig besiedelt und jene, die nicht vom Tourismus lebten, fanden im Hafen Arbeit. Kate fragte sich, welche finanzielle Rolle die Klinik hierbei spielte und wie viele Gelder wohl an die Stadt flossen.

Der Weg dorthin betrug eine weitere halbe Stunde Autofahrt, war aber überraschenderweise gut beschildert. Die Gegend hier war sehr idyllisch. Eric lenkte den Wagen über eine staubige Schotterstraße und passierte das schmiedeeiserne Tor an der Einfahrt zur Klinik. Zur rechten Seite erstreckte sich ein sehr gepflegt wirkender Park, linker Hand war nur Gebüsch, dahinter Wald. Überall waren kleine Buchsbäumchen angepflanzt, die durch geschulte Hand zu gleichmäßigen Kugeln geschnitten worden waren. Kate erinnerten sie an Friedhöfe.

„Ich hasse es jetzt schon."

„Ich weiß", Eric legte die Hand auf ihr Knie, „machs mir doch nicht so schwer."

Das Gebäude war in einem freundlichen Gelb gestrichen und zeigte nicht die leiseste Spur vom typischen Baustil eines Krankenhauses. Alles erschien sehr verwinkelt mit Säulen und Bögen, das Dach war eine Kuppel aus schimmerndem Kupfer und an den Fenstern waren Blumenkästen mit weißen Geranien befestigt.

Die Dame am Empfang nahm Kates Personalien auf und führte sie anschließend zu Dr. Coles Büro. In Stühlen aus Rattan saßen zwei ältere Herren und spielten Karten. Sie nickten Kate höflich zu. „Haben Sie Lust?"

„Vielleicht ein andermal", erwiderte Kate und klopfte an eine Tür mit der Aufschrift 'Ärztliche Leitung – Dr. Steve Cole'.

„Herein!"

Kate und Eric betraten das Büro.

„Ah, Mrs. Falling, richtig? Ich hab Sie schon erwartet." Er schüttelte Ihnen die Hand. „Dr. Cole. Herzlich willkommen in unserem Haus! Wie war die Anreise?"

„Danke gut, etwas lang zwar, aber wir haben sofort hergefunden", antwortete Eric.

„Gut, wir liegen hier ja etwas abseits. Bitte setzen Sie sich doch." Er deutete auf eine rustikale Sitzgruppe.

Kate musterte ihn ungeniert. Sein Gesicht war kantig, die Augen blau wie der Ozean und sein dunkelblondes Haar fiel schelmisch in die Stirn. Dr. Cole mangelte es nicht an Charisma und Attraktivität und Kate war überzeugt, dass er sich dessen auch bewusst war. Bestimmt war er kein Kostverächter und konnte dem gewöhnlichen Leben eines Familienvaters nichts abgewinnen. Aber vielleicht irrte sie sich auch.

„Dr. Limberic hat Sie gewiss schon mit der Philosophie unseres Hauses vertraut gemacht."

„Ein wenig, ja."

„Anhand seiner Unterlagen und eines ausführlichen Gesprächs plus Untersuchung wird ein Therapieplan für Sie erstellt, ein Grundkonzept sozusagen, das gewöhnlich für die gesamte Dauer Ihres Aufenthalts gilt."

„Was sind das für Grundtherapien?", wollte Kate wissen.

„In Ihrem Fall denke ich Physiotherapie, psychologische Betreuung, Heilmassagen, Unterwassertherapie. Wir legen dabei großen Wert auf Rücksprache, denn letzten Endes kann nur jeder Patient für sich entscheiden, ob ihm etwas guttut oder nicht. Das soll nicht heißen, jeder Anstrengung aus dem Weg zu gehen, sondern vielmehr, seinen Körper kennen und einschätzen zu lernen und damit ein gesundes Körperbewusstsein aufzubauen."

„Wie stehen die Chancen?", fragte Eric.

„Sie meinen auf Heilung?" Dr. Cole lachte. „Mr. Falling, Sie haben ein falsches Bild von uns. Wir sind keine Wunderklinik! Fakt ist, dass Ihre Frau eine unheilbare Krankheit hat und es kein Medikament für eine Heilung gibt. Auch von uns nicht. Wir sind Unterstützer, wenn Sie so wollen. Unsere Aufgabe sehen wir darin, Körper und Geist unserer Patienten zu stärken und sie auf ihrem Weg zurück in ein Alltagsleben zu begleiten. Ich nenne an dieser Stelle ein Zitat einer unserer Patientinnen: Ich habe gebückt diese Klinik betreten und sie als aufrechter Mensch wieder verlassen."

„Hmm, schöner Spruch. Ich möchte einfach nur das Beste für meine Frau, verstehen Sie? Wie lange gibt es die Klinik schon?"

„Zu Ihrer ersten Frage: Ja, ich verstehe Sie sehr gut und wir werden wie immer unser Bestes geben. Zur zweiten Frage: Mein Vater hat die Klinik in den Siebzigern gegründet. Natürlich wurde im Laufe der Zeit einiges verändert und überholt, aber sein Konzept ist bis heute geblieben. Wir sind eine sehr familiär geführte Klinik, unser Schwerpunkt liegt neben den physikalischen Therapien auf der Psyche. Wir haben ausgezeichnete Psychologen und Psychiater im Haus. Mein Vater war der Auffassung, dass bei allen Leiden die Psyche eine Rolle spielt. Schicksalsschläge, schlechte Gewohnheiten oder traumatische Erlebnisse, die wir nicht entsprechend verarbeitet haben, stauen sich in uns auf und kommen irgendwann in anderer Form zum Ausbruch." Dr. Cole ging zu seinem Schreibtisch und holte aus einer der Schubladen eine Broschüre. Er reichte sie Kate. „Wir bieten außerdem diverse Workshops an, die Sie selbst auswählen können. Sehen Sie sich die Liste in Ruhe durch und tragen Sie sich ein, ich bin sicher, das ein oder andere ist nach Ihrem Geschmack."

Kate nahm sie dankend entgegen, warf jedoch keinen Blick hinein.

„Wenn Sie wollen, können Sie nun Ihr Zimmer beziehen. Alles Weitere wird Ihnen Schwester Mirjam erklären."

„Wie sieht es mit den Besuchszeiten aus?"

„Wir sperren um sieben auf und schließen um zehn. Dazwischen sind Sie immer willkommen. Unser Besucherparkplatz bietet ausreichend Platz, Sie können also den ganzen Tag mit Ihrer Frau verbringen. Aber bitte bedenken Sie dabei, dass Ruhe sehr wichtig ist. Ach ja, zu essen gibt es natürlich auch in unserer Kantine."

Dafür zahlen wir ja auch genug, wäre Kate beinahe herausgerutscht. Sie biss sich auf die Lippen.

Dr. Cole erhob sich. „Gut, ich werde dann Schwester Mirjam Bescheid geben. Wenn Sie so freundlich wären, einstweilen draußen Platz zu nehmen." Er griff nach Erics Hand. „Gute Heimreise, Mr. Falling. Und wir", er wandte sich an Kate, „sehen uns morgen Vormittag."

Kate stieß die Tür auf. Gläser klirrten, Wasser spritzte. Im Gang stand eine verdutzte Frau, in ihren Händen ein leeres Tablett.

„Oh!", rief Kate, „Verzeihung!" Sie bückte sich, um der Frau beim Einsammeln der Scherben zu helfen.

„Scherben bringen Glück", sagte diese lächelnd.

Das war ihre erste Begegnung mit Mirjam.

Mirjam war nicht einfach nur eine Frau, sie war eine Erscheinung. Der weiße Arbeitskittel spannte über ihren ausladenden Hüften, ihre Schultern waren breit, das krause Haar im Nacken zu einem Zopf gebändigt. Ihre Haut war samtig braun, cappuccinofarben, und wenn sie einen ansah, leuchteten ihre schwarzen Augen wie zwei glühende Kohlen. Sie strahlte so viel Wärme aus, dass man das Bedürfnis hatte, immerzu in ihrer Nähe zu bleiben. Wenn Mirjam lachte, war sie die Sonne.

„Was ist passiert?" Dr. Cole kam herbeigeeilt. „Ah, Mirjam! Wir haben schon von Ihnen gesprochen. Wie ich sehe, haben Sie bereits Bekanntschaft mit unserer neuen Patientin gemacht." Er grinste.

Kate war es peinlich.

„Ach, halb so schlimm." Mirjam türmte die Scherben auf das Tablett. „Ich bringe Ihnen gleich was Frisches."

„Nein nein, lassen Sie nur. Mir wäre lieber, Sie zeigten den Herrschaften die Räumlichkeiten."

„Ja, gut. Ich bin Mirjam." Sie drehte sich zu Kate und drückte sie herzlich zur Brust.

Kate war etwas perplex. „Kate Falling", stammelte sie.

„Und Sie müssen Mr. Falling sein!" Sie umarmte Eric mit der gleichen Selbstverständlichkeit. „Folgen Sie mir einfach, beim Gepäck helf ich Ihnen später."

Eric nahm Kate an der Hand und sie trotteten hinter Mirjam her, die bewusst langsam ging und alle paar Meter stehenblieb, um ihnen etwas zu erklären. „Dort hinten, wo es so gut riecht, ist unser Speisesaal. Die meisten unserer Patienten essen sicher noch, am besten ich zeige Ihnen den dann morgen. Unsere Küche ist von halb zwölf bis zwei geöffnet, es stehen immer zwei Menüs zur Auswahl. Unsere Köche sind sehr bemüht, kochen nur saisonal und das wirklich erste Klasse." Sie rieb sich den Bauch und lachte. „Umsonst sähe ich nicht so gut aus."

Ein junger Mann im Rollstuhl kam aus dem Speisesaal. Als er Mirjam erblickte, winkte er ihr zu. Diese deutete mit erhobenem Daumen zurück und der Mann nickte eifrig.

„Natürlich besteht auch die Möglichkeit, das Essen auf dem Zimmer einzunehmen. Wer nicht hierher kommen kann oder möchte, der muss es auch nicht."

Sie drehte sich um und steuerte auf eine Glastür mit der Aufschrift 'Therapiebereich' zu. „Hier wird geplaudert, massiert, geturnt. Wie Ihnen vielleicht schon aufgefallen ist, ist in unserem Haus alles ebenerdig angelegt, es gibt also keine lästigen Barrieren. Außerdem befinden sich überall Geländer zum Festhalten und Sitzgelegenheiten, wenn man sich ausrasten möchte."

„Toll", entfuhr es Eric, „sonst gibt es immer irgendwo ne Stufe, die für manchen unüberwindbar ist. Das ist leider ein generelles Problem in unserer Gesellschaft, nicht wahr, Liebling?"

„Ja", antwortete Kate knapp.

Sie kamen zu einer undurchsichtigen Schiebetür am Ende des Ganges. „Bitte warten Sie hier einen Augenblick. Ich muss erst sehen, ob frei ist." Mirjam schlüpfte durch die Tür und kam kurz darauf wieder zum Vorschein. „Wir haben Glück!"

Das Becken hatte die Form einer Bohne und war erstaunlich groß. Soweit Kate erkennen konnte, senkte sich der Boden erst ab der Mitte ab, jener Bereich war somit ausschließlich Schwimmern vorbehalten. Am Beckenrand standen hölzerne Truhen mit Bällen, Seilen und Schwimmhilfen. Die Halle war hell verfliest und durch eine breite Glasfront schienen einzelne schwache Sonnenstrahlen. Kate liebte Wasser, es war ihr Element. Das Training darin war mit Abstand das Einzige, worauf sie sich freute. Auf die Massagen auch.

Sie verließen den Therapiebereich und steuerten auf einen Torbogen zu, über den aus bunten Mosaiksteinen das Wort 'Workshops' angebracht worden war. Die Räume dahinter waren in einem Halbkreis angeordnet, jede Tür hatte eine andere Farbe.

„Hat Ihnen Dr. Cole schon eine Liste gegeben?"

Kate deutete auf ihre Handtasche.

„Die Workshops sind bei allen sehr beliebt, Sie können sich auch für mehrere eintragen."

„Mal sehen."

„Wenn Sie wollen, komm ich abends auf ihr Zimmer und erklär Ihnen das ein oder andere. Unsere Kursleiter sind alle sehr nett und wirklich gut in dem, was sie tun." Sie wandte sich an Eric. „Sollen wir gleich das Gepäck holen? Wenn Sie nichts dagegen haben, würde ich Ihnen jetzt nämlich gern das Zimmer zeigen."

„Nein, das hol ich später, kein Problem."

Sie folgten Mirjam zur Rückseite des Gebäudes. An den Wänden hingen selbst gemalte Bilder, Kate konnte es anhand der Namensschilder unterhalb dieser ableiten. Die meisten wirkten sehr skurril. „Aus unseren Workshops", sagte Mirjam. „Gefallen Sie Ihnen?"

Kate lächelte verlegen. „Teilweise."

Der Boden unter ihren Füßen stieg sanft, aber stetig an.

„Warum liegt dieser Trakt höher?", wollte Kate wissen.

„Wegen des Elmons. Er fließt unterhalb der Einzelzimmer. Dr. Robert Cole war derart fasziniert von Wasser, dass er am liebsten alle Zimmer am Fluss gebaut hätte, aber das war bautechnisch nicht möglich. Jedenfalls glaubte er an eine beruhigende Wirkung und positive Energie, die von Wasser ausginge." Mirjam zuckte die Schultern. „Wie auch immer, der Ausblick ist besonders." Sie fischte aus ihrer Brusttasche einen Schlüsselbund und blieb vor einer der ersten Türen stehen. „Hier sind wir. Nummer vier." Sie sperrte auf. „Sie hatten wirklich Glück, so kurzfristig einen Platz zu bekommen. Der Herr musste aus privaten Gründen absagen, ein Trauerfall in der Familie."

Das Zimmer war zweckmäßig, aber durchaus gemütlich eingerichtet. Es gab eine kleine Garderobe mit Hutablage und Schuhregal, eine Kommode mit Spiegelaufsatz, Eckbank und Tisch aus Fichtenholz und einen, wie Kate fand, viel zu klein geratenen Kleiderschrank. Neben dem Fernseher stand eine fleischige Pflanze, deren Namen sie nicht kannte. Die Bettwäsche war hellgrün, der Teppich eine Nuance dunkler. Das Badezimmer war sauber. Auf dem Tisch lagen Speiseplan und Trockenfrüchte zur Begrüßung.

„Ist doch schön hier", meinte Eric und testete das Bett.

„Die Doppelzimmer sind zwar bedeutend größer, aber man hält sich ohnehin nicht allzu lange hier auf."

Kate guckte aus dem Fenster. Mirjam hatte recht gehabt, die Aussicht war einzigartig. Der Elmon, ein schmales Flüsschen, plätscherte gemächlich dahin, am anderen Ufer waren weiße Steine aufgeschichtet und die Böschung, die nicht so steil war, wie die unter ihrem Fenster, war üppig bewachsen. Man hatte also im wahrsten Sinne des Wortes ein Blumenmeer vor Augen. Kate entspannte sich, vielleicht lag Dr. Cole mit seinem Glauben ja doch nicht so falsch. Als Abschluss hatte man an den oberen Rand der Böschung hohe Sträucher gepflanzt. An einer Stelle schimmerte zwischen den Zweigen ein Stück Eisen hindurch.

„Was ist das dort?"

Mirjam stellte sich hinter sie. „Wo?"

„Na das, was so glänzt."

„Ach so, das ist ein Zaun. Damit wurde die ganze Klinik eingezäunt. Haben Sie das noch gar nicht bemerkt?"

Kate schüttelte den Kopf.

„Naja, ich muss zugeben, den wenigsten fällt das auf. Es wurde versucht, den Zaun durch Sträucher und Bäume sowohl inner- als auch außerhalb der Klinik abzudecken. Wir hatten früher des Öfteren Probleme mit Vandalismus. Jugendliche, die sich nachts aufs Grundstück schlichen und alles mit Bierflaschen, Zigarettenkippen und Müll verwüsteten. Bänke und Tische waren beschmiert und überall klebte Kaugummi. Es sah schrecklich aus und das Personal brauchte Stunden, um diesen Saustall wieder zu entfernen. Der Elmon fließt zwar nur am Rande unseres Parks entlang und wäre eigentlich als natürliche Begrenzung gedacht gewesen, aber man kann ja nie wissen, welcher Blödsinn den Jungen so einfällt und am Ende ist noch das Wasser vergiftet! Darum steht auch hier der Zaun. Wenn Sie möchten, zeig ich Ihnen jetzt noch den Park und dann bring ich Ihnen was zu essen, einverstanden?"

„Eine fabelhafte Idee, besonders das Zweite. Wir haben schon um sieben gefrühstückt und mein Magen rumort mittlerweile wie verrückt." Eric wälzte sich aus dem Bett.

Sie gingen auf demselben Weg zurück, den sie gekommen waren und bogen vor dem Speisesaal rechts ab. Ein paar Meter weiter befand sich ein kleines Besucher-Café, mit Wohlwollen nahm Kate die durch eine Glasfront abgeschirmte Raucherecke wahr.

Breite, geebnete Pfade führten durch den Park, Kies gab es hier keinen. Vielleicht wegen der Rollstuhlfahrer, überlegte Kate. Tische und Bänke aus graumeliertem Granit standen zwischen Schatten spendenden Bäumen und aus runden Tonvasen schlängelten sich weiße und blaue Petunien. Eine junge Frau lehnte mit Ohrstöpseln an einer hüfthohen Steinmauer, die am Rande des Parks entlangführte. Kate zeigte mit ausgestrecktem Finger darauf. „Wozu ist die? Hat sich denn jemand mal in den Fluss gestürzt?"

„Aber nein", Mirjam starrte sie ungläubig an, „wir sind hier kein Gefängnis, Mrs. Falling! Unsere Gäste sind gern und aus Überzeugung hier, es gefällt ihnen!"

„Hmm", murmelte Kate. Sie spürte Erics bohrenden Blick im Rücken.

„Die Mauer wurde errichtet, da wir fürchteten, es könnte jemand über die Böschung rutschen. Gerade am frühen Morgen ist das Gras hier sehr feucht und glitschig."

„Ach so."

Mirjam schielte auf ihre Armbanduhr. „Wenn es Ihnen nichts ausmacht, lass ich Sie jetzt allein. Ich seh mal nach, was die Küche noch zu bieten hat."

Der Nachmittag war viel zu schnell vergangen. Kate hatte keine Sekunde davon genießen können, da sie nur Erics immer näher rückende Abfahrt vor Augen gehabt hatte. Sie waren gemütlich durch den Park geschlendert, hatten Gemüseeintopf und Schokoladeeis gegessen und sich lange in den Armen gehalten. Als Eric gefahren war, hatte sie ihn noch bis zum Tor begleitet und ihm nachgewunken, bis sein Wagen nur mehr ein winziger Punkt in der Landschaft und nach einer Kurve schließlich ganz verschwunden war.

Nun saß sie in ihrem Zimmer und war nichts anderes als traurig. Der Koffer stand unangerührt vor dem Kleiderschrank. „Ich komme am Wochenende wieder", hatte Eric gesagt, „du wirst dich wundern, wie schnell die Zeit vergeht." Aber die Vorstellung, heute Nacht alleine in diesem Bett zu schlafen, hunderte Kilometer von ihm getrennt, reichte aus, um an seinen Worten zu zweifeln.

Es klopfte.

„Ja?" Kate wischte die Tränen ab.

„Ich bins", Mirjam steckte den Kopf durch den Türspalt, „stör ich?"

„Nein nein, kommen Sie ruhig."

„Ich wollte mit Ihnen noch mal über die Workshops sprechen." Sie setzte sich zu Kate an den Tisch. „Haben Sie schon einen Blick reingeworfen?"

„Um ehrlich zu sein, hatte ich noch gar keine Zeit dazu." Inzwischen war sie eine Meisterin im Lügen.

Mirjam breitete die Broschüre aus. „Also, da hätten wir Musik und Tanz, Nordic Walking, Qi Gong, eine Theatergruppe, kreatives Gestalten..."

„Seien Sie mir nicht böse, aber das ist alles nichts für mich. Ich bin lieber für mich allein."

„Haben Sie denn gar keine Hobbys?"

„Keine Zeit."

„Und wenn Sie Zeit hätten, was würden Sie dann am liebsten tun?"

Es war zwecklos. Mirjam ließ sich nicht abwimmeln. „Also gut, ich male und backe sehr gerne."

„Na, dann wär doch 'Kreatives Gestalten' genau richtig für Sie. Können Sie sich an die Bilder in den Gängen erinnern?"

Oh Gott!, dachte Kate.

„Malen ist nicht das Einzige, was dort angeboten wird, es wird auch getöpfert, gebastelt, geschnitzt. Letztens haben sie tolle Körbe aus Weiden geflochten."

„Was würden Sie sich aussuchen?"

„Puh, da gäbe es viel. Qi Gong und Musik auf jeden Fall, dann das Kreative und die Leserunde. Ich mag Gedichte und Geschichten." Sie hielt inne. „Was für mich noch unter den Workshops fehlt, ist was mit Handarbeit."

„Tatsächlich? Das macht doch heute keiner mehr."

„Ich weiß, aber mir macht es Spaß. Die meisten meiner Kleidungsstücke hab ich selbst genäht, auch Bettwäsche, Patchworkdecken, Taschen."

Kate nickte anerkennend.

„Jeder ist darin gut, wofür sein Herz schlägt und natürlich auch, worin sein Talent liegt. Ich bin sicher, Sie backen ausgezeichnete Kuchen und Torten und malen wie Picasso."

Kate schmunzelte. „Nicht ganz."

„Selbst wenn jemand nicht gut in einer Sache ist, wobei das ja wie bei allem sehr relativ ist, es ihm aber Freude macht, dann sollte er auf keinen Fall damit aufhören, da es letztendlich ihm selbst guttut. Und darum geht es im Leben!"

„Schön gesagt, aber viel zu einfach. Nicht immer kann man das machen, was man liebt, auch wenn man es noch so möchte. Ich würde auch gerne laufen und mich wie ein Topmodel bewegen, aber da spielen meine Beine nicht mit!"

„Das hab ich vorhin auch nicht gemeint. Natürlich wird jemand, der beispielsweise keine Beine mehr hat, keinen Mount Everest ersteigen oder Marathon laufen können. Aber das kann ich auch nicht. Ich meinte vielmehr jene Bereiche, die noch im Möglichen liegen, jeder Mensch hat mehr Begabungen und ob man darin nun gut ist oder nicht, spielt keine Rolle. Die Leidenschaft zählt!"

„Ja, mag sein", flüsterte Kate.

„Wir haben derzeit eine Schlaganfallpatientin im Nordic Walking-Kurs, sie ist sehr schlecht zu Fuß, muss sich beim Gehen sehr konzentrieren und an unserem Qi Gong-Kurs nehmen zwei Rollstuhlfahrer teil."

„Wie soll das bitteschön funktionieren?"

„Nun, nicht alle Übungen müssen im Stehen gemacht werden. Es gibt auch andere Wege, um die Energie fließen zu lassen. Am besten, Sie schauen sich das selbst mal an!"

Kate zögerte.

„Überlegen Sie es sich, Mrs. Falling", Mirjam stand auf, „ich will Sie zu nichts drängen. Sie müssen überzeugt sein, sonst bringt das nichts." Sie schenkte Kate ein mildes Lächeln. „Wenn Sie nicht möchten, dann ist das auch in Ordnung. Es wäre nur schade, Sie würden eine Menge versäumen."

Kapitel 14

„Ich freue mich, ein neues Mitglied in unserer Gruppe begrüßen zu dürfen", sagte die Kursleiterin, „wenn Sie sich bitte kurz vorstellen würden."

Kate blickte in die Runde. Fünf Männer, vier Frauen. „Ich heiße Kate. Kate Falling. Ich komme aus Poreb County und bin heute den dritten Tag hier."

Die anderen Teilnehmer gaben ihre Namen bekannt.

„Wollen Sie uns den Grund Ihres Aufenthaltes verraten?"

Kate zögerte. „Eigentlich nicht", sagte sie dann.

Die Kursleiterin verzog das Gesicht. Ihre kurzen Haare standen frech in alle Richtungen. „Wieder nicht! Naja, wenigstens passen Sie dann perfekt in unsere Gruppe."

Schallendes Gelächter brach aus.

Kate war irritiert. Der Mann neben ihr zupfte sie am Hosenbein. „Noch nie hat jemand unserer lieben Ms. Betty seine Geschichte anvertraut, zumindest behauptet sie das immer. Sie probiert es mit allen Tricks, aber es klappt einfach nie." Er lachte erneut.

„Gut, für heute habe ich große Papierbögen aufgespannt. Das Thema lautet Gefühle. Ich möchte, dass Sie ein Bild malen, das Ihren aktuellen Gemütszustand symbolisiert. Ob das nun ein lachendes oder weinendes Gesicht ist, ein Sonnenaufgang, ein Regenbogen oder ein durch die Lüfte gleitender Adler, ist Ihnen überlassen. Ihrer Phantasie sind dabei wie immer keine Grenzen gesetzt."

Jeder bekam eine Staffelei zugeteilt, dazu Farben. Während die anderen emsig begannen, ihr Papier zu bepinseln, stand Kate unschlüssig vor ihrem Bogen. Was sollte sie malen? In ihrer Gefühlswelt sah es düster aus. Sie fragte sich, ob es anmaßend wäre, das Papier einfach zu zerreißen. Verstohlen beäugte sie die Kursteilnehmer. Die Frauen waren allesamt auffallend jung. Eine davon hatte die Statur eines unterernährten Teenagers, selbst das lange, ausgeleierte T-Shirt konnte darüber nicht hinwegtäuschen. Die anderen zeigten keine sichtbaren körperlichen Beschwerden. Bei den Männern verhielt es sich umgekehrt, zwei hatten eine Fehlstellung der Beine, einer hatte seine zittrigen Hände nicht unter Kontrolle und Schwierigkeiten beim Sprechen, einer zog den Fuß nach und bei dem fünften schien die halbe Seite seines Körpers gelähmt.

Kate tauchte den Pinsel in schwarze Farbe und betupfte das Blatt. Erst ein kleiner Klecks, dann ein immer größer werdender Kreis. Die Kursleiterin ging zwischen ihren Künstlern hin und her, gab Ratschläge und Kommentare oder nickte anerkennend. Nach einer Dreiviertelstunde forderte sie alle auf, das Werk zu vollenden und die Pinsel zurückzulegen. „Einige schöne Bilder habe ich bereits gesehen und ich bin gespannt, ob meine Assoziationen mit Ihren Absichten übereinstimmen. Ich schlage vor, wir gehen gemeinsam von Bild zu Bild und der, der es gemalt hat, erzählt uns etwas darüber."

Kate war wenig begeistert.

Das erste Bild von einer der jungen Frauen zeigte einen Palmenstrand, dahinter ein tiefes Blau, durchzogen mit feinen, weißen Pinselstrichen. Die Gischt, vermutete Kate.

„Der Ozean steht für Freiheit. Ich wollte damit zeigen, dass ich mich zur Zeit unbeschwert und frei von allen Ängsten fühle und ich hoffe, dass ich dieses Gefühl in meine Zukunft mitnehmen kann."

„Sehr schön! Wirklich ausgezeichnet!" Die Stimme der Kursleiterin überschlug sich. Alle applaudierten.

„Ich dachte eher, sie freut sich auf den nächsten Urlaub", witzelte jemand hinter Kate, ein älterer Herr mit dunkler Hornbrille und weißem Haar. Trotz Temperaturen um die fünfundzwanzig Grad trug er ein Langarmhemd. Seine Füße steckten in offenen Sandalen. Der Mann, der seinen Fuß nachzog.

Ms. Betty warf ihm einen vernichtenden Blick zu. „Gut, Mr. Flynn, Sie sind an der Reihe."

Die Gruppe wechselte zur nächsten Staffelei. Mr. Flynn besaß Talent. Mit wenigen Pinselstrichen hatte er ein Selbstporträt gezaubert, ein finster blickender Mann, der vor einem gedeckten Tisch saß.

„Sie haben sich gut getroffen! Nur warum schauen Sie so streng?"

„Ich bin wütend."

„Hmm, hat Sie jemand verletzt?"

„Nein."

„Hatten Sie Streit?"

„Nein, das Essen hat mir heute nicht geschmeckt."

Die Frauen kicherten.

„Ich bin selbst schuld, weil ich mir das Falsche ausgesucht hab. Pilzragout und Grießbrei. Die Pilze waren sehr schleimig und der Grießbrei eine Suppe. Ich hätte die Hühnerbrust nehmen sollen."

„Ja, stimmt", pflichtete ihm jemand aus der Gruppe bei.

„Aber mittlerweile haben wir fünfzehn Uhr, da brauchen Sie doch nicht mehr wütend zu sein."

„Sagen Sie das mal meinem Magen!"

„Ich sags lieber unsrem Koch", lachte Ms. Betty, „ich hoffe, mit dem Abendessen sind Sie mehr zufrieden."

Als Nächstes war Kate an der Reihe. Die Gruppe stand vor ihrem Bild und sah sie erwartungsvoll an. Außer einem überdimensional großen, schwarzen Kreis war nichts zu sehen.

„Das ist ein Loch", begann Kate.

„Ein Loch?"

„Ja. Ich falle hinein, falle und falle, immer tiefer und wenn ich auf dem harten Boden aufpralle, zerspringe ich in tausend Stücke."

Niemand sagte ein Wort.

„Das ist eine ziemlich traurige Geschichte, doch wie sag ich immer: Nach Regen kommt Sonne." Ms. Betty lachte aufgesetzt, niemand lachte mit. „Nun gut, wollen wir uns lieber dem nächsten Bild widmen." Sie ging ein Stück weiter. „Ah, eine Blumenwiese..."

Kate blieb zurück. Sie hatte das Gefühl, nicht verstanden worden zu sein, und ihr Bauch füllte sich mit der altbekannten Leere.

„Es stimmt nicht."

Kate zuckte zusammen. Mr. Flynn war neben sie getreten und begutachtete nachdenklich ihr Werk.

„Was soll damit nicht stimmen?"

„Das mit dem Loch."

„Ich verstehe nicht..."

„Na, Sie sagten doch, der Boden, auf den Sie fallen, ist hart und Sie würden in tausend Teile brechen."

„Ja, das ist richtig."

„Eben nicht! Wer sagt, dass der Boden immer aus Stein oder Beton sein muss? Manchmal ist er auch aus Watte oder Federn."

Damit hatte Kate nicht gerechnet. Verblüfft starrte sie ihn an. Sie suchte nach Worten, die sie ihm entgegnen konnte, fand aber keine.

„Denken Sie darüber nach", sagte Mr. Flynn mit einem Augenzwinkern und schloss sich wieder der Gruppe an.

Die Massage gleich im Anschluss war in keinster Weise entspannend gewesen. Ständig hatten Flynns Worte in ihrem Kopf herumgespukt. Watte und Federn. Die sanften Klänge und das schummrige Licht im Raum hatten die Bedeutung seiner Worte noch verstärkt. Wie kam er überhaupt dazu, ihre Aussage derart in Frage zu stellen? Woher nahm er das Recht, sie wie ein Kind zurechtzuweisen?! Immerhin war es ihr Gefühl, niemand sonst konnte dies nachempfinden. Watte und Federn.

Kate sperrte die Tür zu ihrem Zimmer auf. In einer halben Stunde würde Mirjam oder eine der anderen Schwestern das Abendessen bringen. „Hoffentlich schmeckt es dir wieder nicht", schimpfte sie vor sich hin. Im Badezimmer ließ sie kaltes Wasser über die Handgelenke laufen und wusch sich das Gesicht. Duschen würde sie später. Aus der untersten Schublade der Kommode holte sie ihr Telefon hervor. Drei Anrufe in Abwesenheit. Mit Eric hatte sie bereits zu Mittag gesprochen, er wollte sie morgen besuchen kommen. Sie drückte eine der Tasten. Joanna. Sie wählte ihre Nummer.

„He Süße! Wie gehts? Hast du meine Anrufe gesehen?"

„Hallo. Ja, hab ich, da war ich grad massieren."

„Mmh, hört sich gut an. Frau oder Mann?"

„Frau."

„Mist!"

Kate lachte.

„Gefällt es dir schon ein wenig besser?"

Kate seufzte tief. „Nicht wirklich, ich fühl mich so verdammt einsam."

„Sind denn die andren nicht nett? Kannst du dich mit denen nicht unterhalten?"

„Doch, schon. Ich sagte ja auch nicht, dass ich allein bin. Ich sagte, ich bin einsam."

In der Leitung war es still. Kate überlegte, ob ihre Freundin wohl den Unterschied verstanden hatte.

„Und sonst? Bringen die Behandlungen was?"

„Schwer zu sagen, ich bin ja erst am Anfang. Gestern hatte ich Unterwassertherapie, spannende Sache, und vorhin war ich in nem Workshop."

„Ehrlich? Sowas machen die auch?"

„Ja, sogar ziemlich viele, aber ich hab mich nur zu einem überreden lassen. Kreatives Gestalten."

„Das passt zu dir."

Kate lümmelte sich auf die Eckbank. „Das Einzige, was ich absolut nicht verstehe, ist, weshalb mir dieser Dr. Cole so viele Psycho-Stunden eingeteilt hat."

„Vielleicht hat dein voriger Arzt was gesagt."

„Mag sein, aber ich bin doch wegen MS hier und nicht, weil ich im Kopf was hab!"

„Hmm, möglicherweise müssen die sich erst mal ein Bild von dir machen."

„Ja, vielleicht. Wie läufts bei dir?"

„Frag besser nicht. Ich ersticke fast in Arbeit, mein Chef kriegt schon die Krise wegen meinem Urlaub."

„Aber der ist doch erst in zwei Wochen..."

Joanna blies in den Hörer. „Für ihn Grund genug, mir das Leben schwer zu machen. Anstatt meinen Kollegen was davon abzugeben, brummt er mir alles auf. Er kann echt ein Giftzwerg sein!"

„Kommst du mich vorher noch besuchen? Ich würd mich so freuen, dich zu sehen!"

„Ich seh, was sich machen lässt. Versprochen!"

„Danke Jo."

„Ich drück dich ganz fest. Pass auf dich auf!"

„Du auch."

Als Kate aufgelegt hatte, wurde sie gleich wieder wehmütig. Alles könnte so einfach sein, unkompliziert. Während Joanna über ihre Arbeit stöhnte, wünschte sich Kate nichts sehnlicher, als eine zu haben. Außerdem war Sommer, die Leute gingen baden, saßen in der Eisdiele, fuhren in den Urlaub. Und sie?! Sie war in dieser dummen Klinik gefangen. Nein, das Leben war nicht fair.

Mirjam brachte das Abendessen. Es gab Vollkornbrot, Schinken, Aufstriche, Gurken- und Radieschenscheiben und ein Schälchen Pfirsichkompott.

„Wie hat Ihnen der Workshop gefallen?"

Kate verdrehte die Augen. „Schrecklich."

„Warum das denn?"

„Wir sollten ein Bild malen, das zu unserer Gefühlslage passt. Ich kam mir vor wie im Kindergarten!"

„Ich gebe zu, das klingt etwas seltsam, aber die Kursleitung wird schon ihren Grund gehabt haben. Was haben Sie gemalt?"

„Einen schwarzen Fleck." Kate bestrich eine Brotscheibe und erzählte von ihrer Begegnung mit Mr. Flynn. „Eine äußerst unverschämte Person!"

„Ach, er ist nur manchmal etwas forsch, aber da drin", Mirjam deutete auf ihre Brust, „ist er ein gutmütiger und aufrechter Kerl."

„Soll das etwa heißen, Sie finden gut, was er gesagt hat?"

„Es würde mich zumindest nachdenklich machen. Sie dürfen nicht gleich alles negativ sehen."

„Pah!" Kate biss in ein Radieschen. „Das kann ja wohl nur jemand sagen, der im Leben nie Probleme hatte, bei dem immer alles perfekt lief! Sie wissen nicht, wie es ist, wenn man so verzweifelt ist, dass man keinen Ausweg mehr sieht, wenn sich die Schwierigkeiten nur noch häufen, wenn man nie auf der Sonnenseite steht!" Kate fragte sich, ob es die Schärfe des Radieschens war, die sie so in Wallung brachte. Ihr Kopf glühte. „Ich will Ihnen mal was sagen, Schwester Mirjam, als ich achtzehn war, kam meine ganze Familie ums Leben! Sie war mein Ein und Alles! Meine Eltern und meine Schwester, die noch ihr ganzes

Leben vor sich gehabt hätte. Autounfall, bumm, aus. Von da an war ich auf mich allein gestellt und wenn ich nicht mehr weiter wusste, war niemand da!" Sie schluckte. „Also reden Sie verdammt noch mal nicht von Dingen, von denen Sie keine Ahnung haben!"

Mirjam sah betreten zu Boden. „Das tut mir aufrichtig leid, Mrs. Falling. Ich weiß gar nicht, was ich...dafür gibt es keine Worte..." Ihre Stimme brach.

Kate legte das Besteck auf den Teller.

„Meine Mutter starb bei der Geburt, mein Vater verließ mich, als ich fünf war." Mirjam hob den Kopf, ihre Augen glänzten. „Ich habe Ahnung, Mrs. Falling."

Es war wie eine Detonation. Wenn Kate nicht gesessen wäre, sie wäre gefallen. Mirjam tapste mit eingezogenem Kopf aus dem Zimmer.

„Scheiße!" Kate schlug mit der Faust auf die Tischplatte. Die Pfirsiche hüpften aus der Schüssel. Der Kloß in ihrem Hals wuchs zu einer beängstigenden Größe an. Kate torkelte ins Badezimmer und erbrach sich. Wie konnte sie nur so egoistisch sein, zu glauben, sie wäre die Einzige auf der Welt, die so Grausames erleben musste! Als sie ihren Mund säuberte, vermied sie es, dabei in den Spiegel zu sehen. Der Verbitterung in ihrem Gesicht wollte sie nicht begegnen. Sie fühlte sich erbärmlich. Morgen musste sie mit Mirjam sprechen, gleich morgen früh.

Kapitel 15

Kate wartete nicht, bis Mirjam ihr das Frühstück brachte, sondern lief ihr im Gang entgegen. Dabei wären sie fast zusammengestoßen, als Kate um eine Ecke bog und Mirjam mit dem Servierwagen anrollte.

„Mrs. Falling!", rief sie erschrocken, „Schon so viel Energie am Morgen?" Dann schenkte sie Kate eines ihrer strahlenden Lächeln, so, als wäre nie etwas vorgefallen.

„Entschuldigen Sie", keuchte Kate, „wegen gestern, ich weiß nicht, was da in mich gefahren ist, das ist sonst nicht meine Art. Ich hoffe, Sie können mir verzeihen!"

„Nein, mir tut es leid", entgegnete Mirjam, „Sie haben ein Recht darauf, wütend zu sein! Nach allem, was Sie durchgemacht haben und noch immer müssen, ist es nur zu gut verständlich, wenn Ihnen mal der Kragen platzt. Ich hätte also gar keinen Grund, beleidigt zu sein."

„Heißt das, Sie sind mir nicht böse?"

„Aber nein. Mir ist lieber, Sie machen Ihren Gefühlen Luft, als sie in sich hineinzufressen."

Kate staunte einmal mehr über diese unglaubliche Frau. Ob sie wusste, welch Größe sie besaß? Aus einem inneren Impuls heraus schloss sie Mirjam in die Arme, spürte die gegenseitige Wärme, das Vertrauen und eine tiefe Verbundenheit. Vielleicht war genau dieser Augenblick der Beginn einer einzigartigen Freundschaft.

„Ich bin Kate."

Mirjam ergriff ihre Hand. „Mirjam."

Dann kicherten sie wie zwei Teenager und küssten sich auf die Wange.

„Was hältst du davon, wenn wir uns nachher ein Schlückchen Sekt genehmigen?", fragte Mirjam gut gelaunt.

„Bekommt man denn hier in der Klinik welchen?"

„Nein, aber ich hab noch ein kleines Fläschchen in meinem Spind, ein Abschiedsgeschenk von einem Patienten. Tabletten nimmst du doch keine, oder?"

Kate schnitt eine Grimasse. „Der Psychiater hat mir gestern Antidepressiva und Schlaftabletten gegeben, ich nehm das Zeug aber nicht. Darüber wollte ich ohnehin noch mit Dr. Cole sprechen."

„Soweit ich richtig gesehen habe, hat er bis zehn keinen Termin. Klopf einfach an, er nimmt sich sicher Zeit."

„Gut, ich probiers. Treffen wir uns später? Ich will dich nicht länger aufhalten."

„Sagen wir nach dem Mittagessen im Park draußen? Ich hab um eins Pause."

„Perfekt, ich warte auf dich." Kate nahm das für sie bestimmte Tablett vom Wagen und trabte fröhlich in ihr Zimmer zurück.

Dr. Coles Bürotür war nur angelehnt. Kate trommelte mit den Fingerspitzen dagegen.

„Ja bitte?"

„Entschuldigen Sie, hätten Sie einen Moment Zeit?"

Dr. Cole saß vornübergebeugt an seinem Schreibtisch und schrieb in ein dickes Buch. Er trug sein Haar kürzer und Kate überlegte, ihn darauf anzusprechen, verwarf den Gedanken jedoch alsbald wieder.

„Natürlich, Mrs. Falling, allzu lange leider nicht, aber ein paar Minuten gehen sich immer aus." Er bot ihr einen Stuhl an und klappte das Buch zu.

„Es geht um meine Psychotherapiestunden. Mir ist unklar, weshalb ich so viele Einheiten in der Woche habe."

„Sind Sie denn nicht zufrieden mit Dr. Hoskins?", fragte er verwundert. „Er ist eine Koryphäe auf seinem Gebiet."

„Doch, schon", entgegnete Kate, „ich finde es in Anbetracht meiner Krankheit nur seltsam, dass ich mehr beim Psychiater bin als beim Physiotherapeuten."

„Nun, das eine schließt das andere nicht aus. Eine körperliche Erkrankung geht meist mit einer psychischen Belastung einher."

„Da gebe ich Ihnen recht, Dr. Cole, und ich erachte es auch als sinnvoll, dass Sie in Ihrem Behandlungsplan beides verbinden, nur die Menge stimmt in meinem Fall einfach nicht."

Dr. Cole legte die Arme mit den Handflächen nach oben auf den Tisch. Kate fragte sich, ob er diese Geste von Dr. Hoskins und sie demzufolge eine psychologische Bedeutung hatte.

„Ich will ehrlich sein, Mrs. Falling. Ich habe von Dr. Limberic einschlägige Befunde erhalten, nach denen wir uns erst mal richten." Er stand auf und ging zu einem metallenen Apothekerschrank. Kate war über den Umfang ihrer Akte erstaunt. „Depressionen, Angstzustände, aggressives Verhalten, Selbstmordgefährdung..."

„Aber..."

„Mrs. Falling", fiel ihr Dr. Cole barsch ins Wort, „Sie waren nicht ohne Grund in der geschlossenen Abteilung. Ich nehme an, ich muss Ihre Vorgeschichte nicht extra erwähnen?"

Kate schüttelte den Kopf.

Er schloss die Akte. „Haben Sie etwas mehr Vertrauen in unsere Arbeit. Alles, was wir möchten, ist, Ihnen zu helfen." Er blickte auf die Uhr. Kate verstand. „Wenn Sie mich bitte jetzt entschuldigen, wie gesagt, ich habe leider noch einiges zu tun." Er begleitete sie zur Tür. „Bei weiteren Fragen und Problemen scheuen Sie sich nicht, zu mir zu kommen."

Frustriert verließ Kate sein Büro und sperrte sich in ihrem Zimmer ein. Sie hatte das Gefühl, dass die Ärzte ein völlig falsches Bild von ihr geschaffen hatten. Vor allem von Dr. Limberic war sie schwer enttäuscht. Natürlich hatten die Diagnosen bis zu einem gewissen Grad auf sie zugetroffen, wer würde nicht mit derartigen Symptomen reagieren, wenn bei ihm eine unheilbare Krankheit festgestellt würde? Aber sie hatte keine schweren psychischen Probleme, so wie es dargestellt wurde und sie würde auch keinen Selbstmordversuch mehr unternehmen. Dafür liebte sie das Leben viel zu sehr. Die guten Seiten eines Menschen erwähnt nie jemand, das Negative aber bleibt immer haften.

Drei Stunden später saß Kate auf einer Parkbank nahe des Elmons und wartete auf Mirjam. Die Blätter über ihr rauschten und das Wasser plätscherte friedlich im Hintergrund. Auf einem der Wege stand eine Frau und warf den Vögeln, die sich um sie tummelten, kleine Krumen zu. Eine andere Frau lag auf der Wiese und las. Hin und wieder drang ein Sonnenstrahl durch das dichte Blätterdach und kitzelte Kate an der Nase.

Mirjam kam mit zwei Plastikbechern. „Die Sektflöten müssen wir uns denken."

„Macht nichts, schmeckt bestimmt genauso gut."

„Cheers!"

„Auf uns!"

Der Sekt prickelte in Kates Mund und rann leichten Sinnes die Kehle hinunter. „Mmh", machte sie und lehnte sich zurück. „Erzähl mir von dir."

„Was möchtest du wissen?"

„Alles."

„Also gut." Mirjam lachte und schlug die Beine übereinander. „Ich wurde in Südafrika geboren, mein Vater war Weißer. Er arbeitete im Management einer großen Hotelkette mit Standorten auf der ganzen Welt. Sehr luxuriös, sehr feine Leute. Meine Mutter arbeitete im selben Hotel als Küchenhilfe und so fügte sich eines zum anderen. Das Resultat kam ein Jahr später, aber leider lernte ich meine Mutter nicht mehr kennen."

„Es muss furchtbar für deinen Vater gewesen sein."

„Ich hoffe es, denn für mich hatte er nicht viel übrig. Vielleicht erinnerte ich ihn auch zu sehr an sie. Meine Mutter war noch sehr jung und sehr schön, ich besitze einige Fotos von ihr."

„Wer hat dich dann großgezogen?"

„Ich wuchs bei meiner Großmutter auf. Mein Vater hat uns sporadisch besucht und Geschenke mitgebracht. Mit fünf Jahren hat er mich dann ganz verlassen, er bekam einen Posten in einem anderen Hotel. Ich weiß nicht, ob er jemals wieder nach Afrika gekommen ist." Mirjam zuckte mit den Achseln. „Ich kann mich kaum an ihn erinnern. Meine einzige Bezugsperson war meine Großmutter. Sie war wie eine Mama für mich, hat für mich gekocht, mit mir gespielt, gesungen, mir Anstand und Werte beigebracht und vor dem Schlafengehen Geschichten erzählt. Das Handarbeiten hab ich übrigens von ihr, sie hat alle meine Kleider selbst gemacht. Ich saß oft auf ihrem Schoß und schaute ihr beim Nähen oder Weben zu. Meine Großmutter hatte eine Engelsgeduld. Die Sachen hat sie dann auf dem Markt verkauft. Wir lebten in einem Armenviertel am Rande der Stadt, unsere Hütte war klein und schäbig, aber meine Großmutter hat es immer wieder geschafft, dass wir genug zu essen hatten und zum Geburtstag bekam ich immer ein hübsches Geschenk und Schokolade. Als ich zwölf war, starb sie."

„Mein Gott!"

Mirjams Augen suchten nach einem Fixpunkt in der Ferne. Ihr verklärter Blick ließ die Sehnsucht erahnen, die sie nach so langer Zeit noch immer verspürte. „Ich habe sie sehr geliebt."

Kate musste ein Schluchzen unterdrücken. „Ich würde dir so gerne etwas Tröstendes sagen, aber ich weiß nicht was..."

„Schon gut", sagte Mirjam sanft, „ich hab sie ja immer in meinem Herzen. Es gibt da einen Spruch: Was man nicht besitzt, kann man auch nicht verlieren. Außerdem spreche ich oft von und mit ihr, das hält sie für mich lebendig. Ich finde es nicht gut, wenn Leute den Tod eines Familienmitgliedes oder Freundes ausklammern und sich in Schweigen hüllen."

„Hmm", brummte Kate. Sie wollte später darüber nachdenken. „Ist das ihr Name?" Sie deutete auf Mirjams Halskette, ein braunes Lederband, an dem ein runder Anhänger aus Ton baumelte. SIMI stand darauf, vermutlich mit einer Nadel eingeritzt.

Mirjam lachte. „Nein, das ist eine andere Geschichte. Nach dem Tod meiner Großmutter kam ich in ein Waisenhaus. Ich machte mir keine Illusionen, dass ich in eine Pflegefamilie kommen würde. Alle wollten nur die süßen Babys, wer wollte schon ein Mädchen von zwölf Jahren adoptieren?! Also versuchte ich, die Zeit im Heim so gut wie möglich zu überstehen. Ich muss zugeben, es wurde mir auch nicht sonderlich schwer gemacht, die Betreuerinnen waren alle sehr nett und mit den anderen Kindern verstand ich mich auch prima. Mit einem Mädchen besonders. Wir haben alles gemeinsam gemacht, waren für jeden Spaß zu haben und unzertrennlich. Wenn eine etwas angestellt hatte und als Strafe den Waschraum schrubben musste, so hat ihr die andere dabei geholfen. So war das immer. Als Zeichen unserer Freundschaft haben wir diese Kette gefertigt. Es gab keinen Platz im Heim, an dem wir nicht unsere Kürzel hinterließen: SIMI. Siyanda und Mirjam.

Die Betreuerinnen brachte das manchmal ganz schön auf die Palme." Mirjam kicherte.

„Hat eure Freundschaft gehalten?"

„Natürlich! Siyanda lebt jetzt mit ihrem Mann und ihren drei Kindern in einem hübschen Häuschen. Wir schreiben uns Briefe und telefonieren gelegentlich. Besuchen können wir uns leider nur selten, da die Entfernung doch beachtlich ist und jeder Verpflichtungen und einen Beruf auszuüben hat. Aber letzten Sommer war sie mit ihrer Familie für drei Wochen hier und ich konnte ihr das Land zeigen, in dem ich nun lebe. Wenn ich etwas mehr Geld beisammen habe, möchte ich sie gerne wieder in Afrika besuchen."

„Vermisst du deine Heimat?"

Mirjam schüttelte den Kopf. „Meine Heimat ist hier. Hier habe ich mein Leben aufgebaut, einen Beruf, den ich liebe, eine Umgebung, die mich erfüllt, und Menschen, an deren Seite ich sein möchte. Heimat ist, wo man sich zu Hause fühlt. Und das ist hier. In Afrika habe ich meine Wurzeln."

„Wie geht die Geschichte weiter?", wollte Kate wissen.

„Als ich fünfzehn war, sind wir aus dem Heim raus und in die Stadt. Siyanda ist ein Jahr älter als ich und hat an der Kasse eines Supermarktes gejobbt. Wir teilten uns ein kleines Zimmer mit Dusche und WC am Gang. Um die Miete bezahlen zu können, hab ich zusätzlich an einer Tankstelle ausgeholfen und dort war es auch, wo ich meinen jetzigen Mann kennenlernte. Thando. Er fuhr mit einem klapprigen Lieferwagen, die Ladefläche war voll mit frischem Obst. Seine Eltern besitzen eine große Farm und er arbeitete mit seinen beiden Brüdern auf den Feldern. Als er mich sah, meinte er, wenn ich mich mit ihm verabredete, würde er mir den schönsten Blumenstrauß schenken, den ich je in Händen gehalten hätte."

„Und, hast du?", fragte Kate erwartungsvoll.

„Was soll ich sagen? Er hat sein Versprechen gehalten. Bald darauf zog ich zu ihm und seinen Eltern auf die Farm und half seiner Mutter im Haushalt. Nebenbei habe ich eine Ausbildung zur Krankenschwester begonnen. Sie nahmen mich von der ersten Sekunde an in ihre Familie auf und gaben mir ein Stück meiner Kindheit zurück. Ich wusste, dass Thando der Mann war, mit dem ich mein Leben verbringen wollte."

„Habt ihr gemeinsame Kinder?"

Mirjam wartete lange, bevor sie eine Antwort gab. „Nein, es hat leider nicht geklappt. Ich hatte eine Fehlgeburt, danach ließen wir uns Zeit, wollten nichts überstürzen und später...tja, da fühlte ich mich zu alt und hatte mit dem Kinderwunsch bereits abgeschlossen."

Kate runzelte die Stirn. „Das verstehe ich nicht."

„Als ich Afrika verließ, war ich achtundzwanzig. Mein Mann folgte erst zehn Jahre später."

Kate starrte sie verblüfft an.

„Thandos Leidenschaft war das Tauchen. Alle paar Monate fuhr er mit seinen Freunden an die Ostküste, um nach Schiffswracks zu suchen. Oft blieben sie über Wochen fort. Er liebte die Freiheit, die Faszination des Meeres. Er sagte immer: Was gibt es Schöneres, als für das zu sterben, was man liebt? Ich wusste, dass ich ihm das nicht nehmen konnte und auch nicht wollte. Aber ich hatte auch keine Lust, immer zurückzustecken und die zweite Geige zu spielen. Also bin ich gegangen."

„Hat er denn nicht versucht, dich aufzuhalten?"

„Doch, natürlich! Der Abschied war hart, aber es war nun mal ein Teil von ihm und wenn er den nicht aus freien Stücken aufgegeben hätte, wäre er irgendwann daran zerbrochen."

„Hattest du nach ihm nie wieder eine Beziehung?"

„Oh, mehrere. Nur weil man für einen Mann eine besondere, tiefe, vielleicht die große Liebe empfindet, heißt das noch lange nicht, dass man einen anderen nicht auch lieben kann. Anders eben, so wie auch wir Menschen alle verschieden sind. Es ist nur so, dass man die große Liebe nicht vergisst, man trägt sie für immer im Herzen. Nachdem ich Afrika den Rücken gekehrt hatte, blieb ich erst mal eine Zeit lang allein und habe meine Ausbildung zur Krankenschwester fortgesetzt. Ich denke, das ist sehr wichtig, um sich neu zu ordnen, vielleicht auch zu finden. Menschen, die nicht alleine sein können und krampfhaft einer Liebe hinterherlaufen, werden sie auch nicht finden. Nur wer gelernt hat, auf eigenen Füßen zu stehen und etwas mit sich anzufangen weiß, kann eine erfüllte Partnerschaft führen. Dann wird die eigene Persönlichkeit überleben und die Liebe auch."

Weise Worte, dachte Kate, sehr weise. Ein kleiner Käfer setzte sich auf ihren Oberschenkel, sein Panzer schillerte golden. Sie verscheuchte ihn mit einer raschen Handbewegung. „Wie seid ihr dann doch noch zusammengekommen?"

„Thando hatte einen schlimmen Unfall. Beim Tauchen in einem Schiffswrack hat sich ein Teil gelöst und ist ihm auf den Kopf gedonnert. Sein Partner hat ihm durch einen Notaufstieg das Leben gerettet. Er lag lange Zeit im Krankenhaus, Schädel-Hirn-Trauma, Verletzungen der Lunge. Eines Tages stand er dann vor meiner Tür und meinte, er wolle nun auch für das leben, was er liebt. Tja, vier Monate später haben wir geheiratet."

Kate lauschte gespannt.

„Mein Mann hat eine Anstellung als Fahrer gefunden, auch wenn er lieber im Hafen gearbeitet hätte, wegen dem Meer. An den Wochenenden, an denen ich arbeiten muss, bietet er seine Hilfe bei der Gartenpflege an: Hecken schneiden, Rasenmähen, Erde aufschütten... Die Leute zahlen gut, in zwei, drei Jahren können wir uns eine größere Wohnung mit kleinem Grundanteil leisten. Weißt du, Kate, manchmal birgt ein Schicksalsschlag auch etwas Gutes in sich. Und seine Mutter hat ohnehin immer daran geglaubt, dass wir eines Tages wieder vereint sein werden."

Kate nickte. Etwas passierte in ihr. Sie spürte es ganz deutlich, auch wenn sie es zu diesem Zeitpunkt noch nicht deuten konnte.

Mirjam rutschte ein Stück zur Seite und drehte sich zu Kate. „Und jetzt bist du dran."

Kate lehnte am Tor und sah gedankenverloren in die Landschaft. Ein schwaches Lüftchen wehte und ließ ihren geblümten Rock flattern. Als Erics Wagen über die staubige Schotterstraße rumpelte, ging ihr das Herz auf.

Kapitel 16

Beim dritten Mal Öffnen stellen wir uns vor, das Herz möge seinen Platz einnehmen. Noch einmal führen wir die Hände über dem Kopf zusammen, dann an der Brust vorbei, hinunter bis auf Dantian. Nun schließen wir die Augen, unsere Zungenspitze berührt den Gaumen, die Atmung ist ganz natürlich. Mit dem Einatmen verbinden wir uns mit dem Herzen, indem wir innerlich sagen: Mein liebes Herz, ich nehme dich wahr. Beim Ausatmen sprechen wir: Mein Herz, ich lächle dir zu."

Kate saß am vorderen Drittel eines Stuhls und versuchte, sich auf die Übung zu konzentrieren. Es war ihre erste Qi Gong-Stunde. In einem Kreis angeordnet saßen acht weitere Teilnehmer, zwei davon im Rollstuhl. Während des bewegten Teils der Übung hatte sie Mühe gehabt, sie nicht permanent anzustarren und selbst jetzt, im stillen Teil, musste sie ab und zu blinzeln. Der Kursleiter war ein langhaariger Mann um die sechzig mit angenehm tiefer Stimme und bemerkenswert schöner, aufrechter Haltung. Seine Bewegungen waren geschmeidig und fließend und wenn er ging, schien er kaum den Boden zu berühren. Das letzte Gespräch mit Mirjam hatte ihr gutgetan und sie fühlte sich gestärkt und motiviert. Noch ein bisschen mehr Energie konnte gewiss nicht schaden. Außerdem war sie neugierig gewesen. Zu Beginn der Einheit hatten sie sich aufgewärmt, indem sie sämtliche Körperteile abgeklopft hatten, danach waren das gemeinsame Singen eines Mantras und Meditieren am Programm gestanden. Kate hatte sich ein Lachen verkneifen müssen, außerdem fiel es ihr schwer, die Stille als angenehm wahrzunehmen und ihre Gedanken ziehen zu lassen. In der kurzen Pause hatte sie die Gelegenheit gehabt, sich mit einigen der Kursteilnehmer zu unterhalten, alle waren sehr aufgeschlossen und es schien eine fröhliche, lustige Runde zu sein, in der sich Kate durchaus vorstellen konnte, sich wohlzufühlen.

„Wir beenden langsam die Übung, indem wir die Hände vom Unterbauch lösen und vor der Brust vierundzwanzig Mal reiben. Bitte die Augen noch geschlossen halten."

Ein lautes Zischen durchschnitt die wohlklingende Musik im Raum.

„Wir legen die Hände noch einmal auf Dantian, den Unterbauch fest berühren, etwas drücken, dann die Augen öffnen und klar und bewusst aus den Augen schauen. Ich danke Ihnen."

Kate stand auf. Zwei Frauen stürmten sofort auf den Kursleiter zu und bombardierten ihn mit Fragen. Die anderen plauderten miteinander und packten ihre Sachen zusammen.

„Wie hats Ihnen gefallen?" Einer der beiden Rollstuhlfahrer kam auf sie zu.

„Ich fands ganz gut. Etwas ungewohnt vielleicht noch, aber ich bin schon gespannt auf nächstes Mal. Sind Sie schon länger dabei?"

„Seit ich hier bin, das sind jetzt sechs Wochen. Aber ich kenn das Ganze schon von den früheren Aufenthalten. Cooler Typ, hat echt was drauf. Außerdem ists auch für mich geeignet. Wir machen viel im Sitzen, mental und die Übungen, die im Stehen sind, wandelt er für mich und meinen Kollegen hier ab." Er deutete auf den anderen Mann, der mit einem Handtuch auf dem Schoß soeben aus dem Zimmer rollte. „Ich bin übrigens Chris."

„Kate."

„Zum ersten Mal hier?"

„Ja."

„Ich hatte nen Motorradunfall, seitdem sitz ich im Rollstuhl. Aber eigentlich bin ich wegen meiner Depressionen hier. Manchmal schaff ich es überhaupt nicht mehr aus dem Haus, lieg tagelang nur im Bett. Und bei dir?"

„Multiple Sklerose."

„Ehrlich?" Er musterte sie erstaunt. „Merkt man gar nichts."

Kate wusste nicht, ob sie sich geschmeichelt fühlen oder verärgert sein sollte.

„Gary, mein Kollege, hat auch MS. Schon seit mehr als zwanzig Jahren. In der letzten Zeit hat er dann massive Probleme mit den Beinen bekommen, er geht zwar nach wie vor kurze Strecken, aber er sagt, der Rolli wäre eine Erleichterung für ihn."

„Bei meinem ersten Schub waren die Augen betroffen und jetzt auch die Beine, also eigentlich mehr das linke. Meine Kraft lässt schnell nach, drum kann ich nicht ordentlich gehn. Mit dem Gleichgewicht hapert's auch."

„Ach so", sagte Chris, „ich dachte, das wäre einfach dein Stil, jeder hat eine andere Gangart, wenn du weißt, was ich meine. Die einen gehen total steif, so, als hätten sie einen Stock verschluckt, andere breitbeinig oder mit ganz kurzen Schritten, dann gibts welche, die hüpfen fast beim Gehen oder schlurfen über den Boden und wieder andere sehen aus, als hätten sie sich angeschissen." Er lachte, ein offenes, schallendes Wiehern. Kate konnte nicht anders, als mitzulachen. Seine Aussagen waren einfach zu absurd.

„He, magst du heut Abend mit uns essen?"

Kate zögerte. Sie war noch nie im Speisesaal gewesen.

„Halb sechs, wir halten dir nen Platz frei." Mit kräftigen Armbewegungen steuerte er den Rollstuhl nach draußen.

„Also gut, ich komme!", rief sie ihm nach und war über sich selbst überrascht.

Sie setzte sich in einen Korbsessel in einer Nische des Gangs und wählte Erics Nummer. „Willkommen in der Mobilbox der Nummer..." Kate versuchte es ein weiteres Mal, wieder nur die Sprachbox. „Hallo Schatz, ich bins", sagte sie, „ich probier schon seit Tagen, dich zu erreichen, was ist los? Bitte ruf mich zurück, ich mach mir Sorgen!" Sie schob das Handy in die Tasche ihrer Trainingshose.

„Gut, dass ich dich hier treffe!" Mirjam kam ihr mit einem bunten Blumenstrauß entgegen. „Sieh mal, was ich für dich habe."
„Für mich?"
„Ja, wurde am Empfang abgegeben."
„Von wem?"
„Keine Ahnung, ein Bote hat ihn gebracht."
Eric, dachte Kate und ihr Herz machte einen Sprung.
„Eine Karte war auch dabei." Mirjam reichte ihr einen gelben Umschlag.
Schon bei den ersten Worten verfinsterte sich Kates Miene. „Kannst du behalten."
„Warum?!"
„Ist von meiner Schwiegermutter. Warte, ich lese vor: Liebe Kate. Ich schicke dir einen kleinen Gruß von zu Hause. Während du fort bist, helfe ich Eric, wo ich nur kann. Heute habe ich damit angefangen, die Küche zu putzen und den Garten auf Vordermann zu bringen. Es ist viel zu tun, aber mach dir bitte keine Gedanken. Genieße deinen Aufenthalt! Doreen." Kate knüllte die Karte zusammen und warf sie in den Mülleimer. „Als ob ich auf Vergnügungsreise wäre!"

Mirjam schüttelte den Kopf. „Unglaublich!"
„Ja, so ist sie, unsere liebe Doreen."
„Sie hat dich nicht mal gefragt, wie es dir geht!"

„Nein, hat sie nie. Auch nicht, als ich damals von meiner Krankheit erfahren habe. Sie hat mich kein einziges Mal im Krankenhaus besucht."

„So eine egoistische Ziege! Entschuldige, aber ich verstehe solche Menschen nicht! Wovor haben sie Angst? Vor der Reaktion des Kranken? Dass sie eine patzige Antwort bekommen könnten? Natürlich ist Schweigen manchmal der bessere Weg und es gibt andere Möglichkeiten, sein Mitgefühl auszudrücken, aber doch nicht immer! Wenn man eine Frage stellt, darf man die Antwort nicht scheuen."

„Genau so ist es. Es wäre mir lieber gewesen, sie hätte mich ein Mal gefragt, wie es mir geht, anstatt mir ein Geschenk ums andere zu kaufen."

„War euer Verhältnis schon immer angespannt?"

„Angespannt ist gut!" Kate lachte bitter. „Sie kann mich nicht ausstehen, seit ich ihren Sohn geheiratet habe. Sie meint noch immer, ich hätte ihn ihr weggenommen, dabei habe ich wirklich alles versucht, um eine gute Schwiegertochter abzugeben." Sie hob die Schultern. „Hat nichts genutzt. Alles, was ich tue, ist in ihren Augen schlecht. Ihre Vorschläge hingegen sind natürlich immer die besten und alles, was sie anpackt, muss gehuldigt werden. Das hast du aber toll gemacht, Doreen! Und wie hübsch du heute wieder aussiehst! Hast du den Fisch tatsächlich selbst gekocht?"

„Tja, Menschen, die immer nur von sich sprechen und pausenlos gelobt und bewundert werden wollen, sind in Wahrheit nur arme, kleine Würmer. Sie besitzen kein Selbstwertgefühl und sind von einer gesunden Eigenliebe weit entfernt."

Kate nickte zustimmend. „Das Problem ist nur, dass mein Mann sofort springt, wenn sie ruft. Ständig tut ihr etwas weh, mal ist dies kaputt, mal jenes, der Verkäufer war unfähig, die Bedienung schlecht..."

„Oje", kicherte Mirjam amüsiert, „die, die am lautesten schreien und jammern, sind die, denen es am besten geht! Trotzdem...", sie zeigte auf die Blumen, „die hier können nichts dafür." Sie hakte sich bei Kate unter und schlenderte mit ihr Richtung Zimmer. Aus einer Glasvitrine nahm sie eine Vase aus gepresstem Bleikristall.

„Du, Mirjam...", begann Kate langsam, „kann ich dich mal was fragen?"

„Klar, immer."

„Als du mich das erste Mal gesehen hast, was dachtest du da?"

„Meinst du wegen deiner Krankheit?"

„Ja."

„Ein Unfall."

„Im Ernst?" Kate blieb stehen.

„Wenn ichs dir sage. Warum interessiert dich das?"

„Ach, so einer aus dem Qi Gong-Kurs vorhin war ganz verwundert, als ich ihm sagte, ich habe MS. Er glaubte, es wäre meine Art zu gehen. Verrückt, nicht wahr?"

„Aber nein. Jeder hat ein anderes Empfinden und eine andere Sichtweise. Wenn ich etwa eine Musik gut finde, heißt das noch lange nicht, dass sie dir auch gefällt und wenn eine Wolke für mich wie ein Drache aussieht, kann sie für dich ein Engel sein. Die Menschen sehen, was sie sehen wollen."

Wieder etwas gelernt, dachte Kate und ging betont schwerfällig weiter. „Ich werde heute übrigens im Speisesaal zu Abend essen."

Kapitel 17

„Kate, kapier das doch endlich! Ich hatte nicht eine freie Minute. Abends bin ich nie vor zehn nach Hause, wann hätte ich dich also anrufen sollen?!"

Seine Stimme klang fremd in ihren Ohren. „Wenn einem etwas wichtig ist, muss man sich die Zeit nehmen. Das hast du mir doch immer erklärt. Demzufolge bin ich dir nicht wichtig genug!"

„Ja ja", maulte Eric, „steigere dich nur wieder in etwas hinein, was ich mal zufällig gesagt habe! Nun ist es also schon so weit, dass ich aufpassen muss, was ich zu meiner Frau sage, damit sie es nicht bei der nächstbesten Gelegenheit auf die Waagschale legt und mir vorhält!"

„Vorige Woche hast du mich auch versetzt!"

„Mann, dafür konnte ich nichts! Ich hab keine Lust..."

Kate würgte das Telefonat ab. Seit sich ihr Mann nach tagelanger Funkstille endlich bei ihr gemeldet hatte, waren sie nur übereinander hergefallen und hatten sich beschimpft. Fünfzehn Minuten lang.

Es klingelte. Kate hob nicht ab. Sie hatte keine Lust auf weitere Diskussionen, die ohnehin zu nichts führten. Eric war der viel Beschäftigte, der nicht verstand, weshalb seine Frau einen derartigen Zirkus veranstaltete, nur weil er sich für ein paar Tage nicht bei ihr gemeldet hatte und Kate war sauer, weil seine Prioritäten falsch gesetzt waren und er nicht begriff, dass sie einsam und voller Sorge um ihn gewesen war.

Das Telefon klingelte erneut. Kate holte tief Luft. „Ja?", sagte sie gedehnt.

„Hör zu, ich will mich nicht mit dir streiten. Du hast ja recht, fünf Minuten am Tag müssen möglich sein. Ich werde mich in Zukunft bemühen."

Kate kaute auf ihrer Unterlippe.

„Wenn ich jetzt bei dir wäre, würde ich dich in den Po kneifen und dir sagen, wie süß ich dich finde, wenn du trotzig bist."

„Hmm", grunzte sie. Irgendwie klang das alles ziemlich aufgesetzt.

„Komm schon, Kate. Bitte!"

„Also gut, meinetwegen." Sie hörte Eric erleichtert aufatmen.

„Erzähl ein bisschen von dir. Sind die Therapien sehr anstrengend? Warst du schon in diesem Yoga-Kurs?"

„Qi Gong. Ja, hat mir gefallen, das mach ich auf jeden Fall weiter. Die Leute sind sehr nett hier, gestern war ich zum ersten Mal unten essen."

„He, das ist gut! Ich bin echt stolz auf dich! Ich weiß ja, wie schwer dir das alles fällt."

„Danke. Ansonsten kann ich dir nichts Neues berichten. Die Therapien sind gut, aber nach wie vor zu wenig. Ich hätte so gerne mehr Einheiten im Wasser oder Physio, aber ich sitz immer nur bei diesem Seelenklempner."

„Dieser Dr. Hoskins? Ist der wenigstens gut?"

Er ist wie alle anderen Psychologen, dachte Kate. Für die war sie mit ihrer Vorgeschichte doch nur ein gefundenes Fressen. Dr. Hoskins versuchte in jeder Sitzung, etwas aus ihr herauszuquetschen, um daraus seine Schlüsse für ihr jetziges Verhalten ziehen zu können. Aber diesen Gefallen tat sie ihm nicht. Sobald er auf ihre Vergangenheit zu sprechen kam, blockte sie ab und schwieg wie ein Grab. Was gab es da bitteschön auch zu therapieren?! Diese Wunde konnte man nicht heilen. Niemand. Selbst Eric war daran kläglich gescheitert. In den Anfängen ihrer Beziehung hatte er noch versucht, Vater, Mutter und Schwester in einem zu ersetzen, bis er nach wenigen Monaten kapituliert hatte und zu dem Schluss gekommen war, dass es schier ein Ding der Unmöglichkeit und besser war, sich ausschließlich auf seine Rolle als Ehemann zu besinnen.

„Er macht seinen Job", sagte Kate müde.

„Dann hat dein Gespräch mit Dr. Cole also nichts genutzt?", fragte er argwöhnisch.

„Nein."

„Ok, ich werd mal mit ihm reden."

„Ja, tu das bitte. Dieser Dr. Hoskins gibt mir laufend irgendwelche Stimmungsaufheller und meint, ich hätte eine schwere Traumatisierung und Psychose. Eric, ich werd das Gefühl nicht los, dass da was verkehrt läuft."

„Ich kümmere mich drum."

Kate rückte den Polster unter ihrem Kopf zurecht.

„Kannst du dieses Golfturnier nicht absagen? Die müssen doch verstehen, dass du am Wochenende lieber Zeit mit deiner Frau verbringen möchtest."

Eric seufzte. „Glaub mir, das wäre mir tausend Mal lieber! Aber es ist für einen guten Zweck, lauter wichtige Leute und unsere Kanzlei muss dort vertreten sein, du kennst das ja. Ich hätte nie gedacht, dass so viel Arbeit auf mich zukommt und der Job so anstrengend ist. Nun weiß ich erst zu schätzen, was du die letzten beiden Jahre alles geleistet hast."

„Schade", klagte Kate. Sie konnte ihre Enttäuschung nicht verbergen.

„Ich weiß, ich werde versuchen, mir unter der Woche ein paar Tage freizunehmen, ja? Sei nicht traurig, Liebling."

„Du fehlst mir so."

„Du mir auch. Ich verspreche, wir holen das alles nach! Und jetzt kuschel dich in dein Bett und träum von mir."

Kate hörte ein schmatzendes Geräusch. „Schlaf gut, Schatz", flüsterte sie und drückte ebenfalls ihre Lippen auf den Hörer.

Kapitel 18

„Einen wunderschönen guten Morgen!" Mirjam tänzelte über den Grünstreifen.

„Was soll daran schön sein?"

„Oh, da hat wohl jemand schlechte Laune."

Kate saß im Freien und streckte die nackten Füße in das warme Gras. Es war Sonntag, das zweite Wochenende, das sie allein verbringen musste. Der Besucherparkplatz war voll und an den Tischen saßen Patienten mit ihren Familien und unterhielten sich angeregt. Zwischen den Bäumen spielten drei Kinder Verstecken. Behandlungen gab es sonntags keine und das Wochenende, als Eric krank gewesen war, hatte sie die Zeit mit Lesen totgeschlagen. Diesmal funktionierte das nicht. Ihre Bücher waren ausgelesen und wenn sie an ihren Mann dachte, der in diesen Minuten seinen Golfschläger schwang, sank ihre Stimmung unter den Gefrierpunkt.

Mirjam beäugte sie besorgt. „Ich muss noch schnell zu einem Patienten, dann komm ich zu dir."

Kate murmelte etwas Unverständliches. Auf einem der Wege entdeckte sie Chris, eine junge Frau spazierte an seiner Seite. Vielleicht seine Tochter. Er winkte ihr zu und Kate erwiderte seinen Gruß. Sogar der schrullige Mr. Flynn hatte Besuch bekommen. Kate hatte ihn zuvor mit zwei Männern beim Pokerspielen gesehen. Nur zu ihr war niemand gekommen.

Mirjam kam mit Kaffee und Kuchen zurück. „Für dich."

„Danke." Kate lächelte schwach und stellte die noch heiße Tasse neben sich. „Hunger hab ich keinen."

„Bist du dir sicher? Ist mit frischen Beeren."

„Du kannst ihn gerne haben."

Mirjam versuchte nicht, sie umzustimmen, sondern griff beherzt zu. „Du bist traurig", stellte sie fest.

„Wütend, traurig, verletzt, alles in einem. Alle haben ihre Angehörigen um sich, nur ich nicht. Meine beste Freundin ist gestern in den Urlaub gefahren, ohne mich vorher zu besuchen, meine Schwiegermutter speist mich mit Blumen ab und mein Mann...na, das weißt du ja."

„Was ist mit diesem...äh...", Mirjam überlegte fieberhaft, „diesem Martin, von dem du mir erzählt hast?"

„Er hat sich für kommende Woche angekündigt." Kate stockte und setzte dann bitter hinzu: „Vorausgesetzt er ist nicht auch so zuverlässig wie die anderen." Sie nahm einen kräftigen Schluck von ihrem Kaffee. „Weißt du, was das Traurige daran ist? Er wollte schon an den vergangenen Wochenenden kommen und ich hab ihm wegen meinem Mann abgesagt. Tja, nun sitze ich alleine da."

Mirjam legte den Arm um sie.

„Es ist alles so aussichtslos, Mirjam. Hätte ich diese Scheiß Krankheit nicht, müsste ich überhaupt nicht hier sein, könnte weiter meiner Arbeit nachgehen, etwas unternehmen. Ich komme mir vor wie eine Aussätzige! Alle sehen mich schief an oder wenden sich gleich von mir ab, ich brauche nur an meine Kollegen zu erinnern."

Die junge Frau neben Chris beugte sich zu ihm hinab und küsste ihn innig. Doch nicht seine Tochter.

„Du darfst niemals vergessen, dass du etwas Besonderes bist! Die Kate, die hier vor mir sitzt, die wird es immer nur ein einziges Mal auf dieser Welt geben!"

„Ist mir egal. Ich will diese blöde Krankheit nicht!" Jetzt wurde sie laut. „Warum ich, Mirjam? Soll doch jemand anderes sich damit herumschlagen, jemand, der sein Leben schon hinter sich hat oder sich was zu Schulden hat kommen lassen!"

„Wenn ich jetzt sagen würde, ich verstehe dich, dann wär das gelogen, denn niemand außer dir selbst kann so empfinden. Nicht einmal jemand, der dieselbe Krankheit hat wie du. Alles, was ich kann, ist, mit dir fühlen."

„Aber die anderen in meinem Bekanntenkreis sind gesund und glücklich."

„Das scheint oft nur so."

„Trotzdem, ich möchte so sein wie sie! Selbst Leute, die mehr als doppelt so alt sind wie ich, überholen mich auf der Straße."

„Komm mit", sagte Mirjam und griff nach ihrer Hand, „ich möchte dir jemanden vorstellen."

Sie gingen in die Klinik, vorbei am Speiseraum und an der Küche und kamen zu einer geschlossenen Tür. Dahinter war ein bunt möbliertes Spielzimmer für Kinder eingerichtet worden. In einer Truhe stapelten sich Bilderbücher, Kuscheltiere lagen verstreut und vor dem Fenster baumelte ein Mobile aus leuchtenden Fischen. Inmitten von Polstern und Decken saß ein Junge und spielte mit Bauklötzen.

„Hallo Pitty!", rief Mirjam.

Der Junge blickte auf und strahlte sie an.

Erst jetzt bemerkte Kate sein entstelltes Gesicht. Das linke Auge war zugeschwollen und die Wange mit tiefen Narben durchzogen.

Mirjam warf ihm eine Kusshand zu. „Sieh mal, wen ich mitgenommen habe. Das ist Kate, meine Freundin."

„Hallo!", grüßte der Junge. „Magst du meine Eisenbahn ansehn?"

Kate trat näher. „Gerne."

Der Junge robbte zur Seite, um ihr Platz zu machen. Kate erstarrte. Sein linkes Bein fehlte.

„Das hier ist die Lokomotive und das die Waggons. Drum herum muss ich noch ein paar Häuser bauen."

„Das hast du toll gemacht!" Kate bemühte sich, gelassen zu klingen, aber sie brachte das Zittern in ihrer Stimme nicht weg.

„Möchtest du den Schaffner spielen?"

„Ich weiß nicht..." Kate schielte zu Mirjam.

„Hör mal, Pitty, Kate und ich haben noch zu tun, aber vielleicht darf sie dich ein andres Mal wieder besuchen?"

Pitty klatschte in die Hände. „Ich kann ja Figuren von zu Hause mitnehmen, dann können wir richtig spielen. Hast du auch welche?"

„Nein", lachte Kate, „aber bestimmt hast du genug für uns beide." Sie winkte ihm zu und als sie die Türe hinter sich zuzogen, war der Junge längst wieder in seine Bauklötze vertieft.

„Was ist mit ihm?", wisperte Kate.

„Vor dreieinhalb Jahren nahm ihn eine Schwester in die Klinik mit, da war er ungefähr fünf. Vermutlich haben ihn seine Eltern aus dem fahrenden Auto geworfen."

Kate schrie auf.

„Rose kam als Erste zur Unfallstelle, verständigte Polizei und Krankenwagen. Er musste notoperiert werden, das Bein konnten sie nicht mehr retten. Die Eltern konnten nie ausfindig gemacht werden, also nahm Rose ihn erst mal zu sich und dann hierher in die Klinik. Anfangs sprach er kein Wort, außer Pit. Er sah uns mit seinen schwarzen Kulleraugen an, zeigte auf sich und sagte nur dieses eine Wort. Also vermuteten wir, dass er so heißt. Ich nenn ihn aber immer Pitty."

„Solche Monster!", entfuhr es Kate. Es lief ihr eiskalt den Rücken hinunter.

„Ich hab mich sofort in den Jungen verliebt. Als er in ein Heim kommen sollte, war klar, dass ihn mein Mann und ich adoptieren würden. Dr. Cole hat uns sehr dabei unterstützt, sonst hätten wir diesen Behördenmarathon wohl kaum durchgestanden. Kannst du dich noch daran erinnern, als du mich fragtest, ob wir gemeinsame Kinder haben?"

„Ja, du hast lange gezögert. Wegen Pitty, nicht wahr?"

Mirjam nickte. „Er ist zwar nicht unser leibliches Kind, das weiß er auch, aber trotzdem unser Sohn. Um nichts auf der Welt würden wir ihn mehr hergeben. Er ist unser Sonnenschein und ich liebe ihn so, als hätte ich ihn selbst geboren."

Sie setzten sich langsam in Bewegung. Im Speiseraum wurden eifrig die Tische gedeckt, Stühle zurechtgerückt und das Geschirr bereitgestellt.

„Was ich dir damit zeigen wollte, ist, dass es Menschen gibt, die zwar nicht das gleiche, aber ein nicht minder tragisches Schicksal teilen. Du bist nicht allein mit deinem Schmerz. Ich denke, man sollte sich nicht an denen orientieren, denen es besser geht, sondern an jenen, die es noch schlimmer erwischt haben. Pitty hat trotz allem sein Lachen und seine Lebensfreude nicht verloren. Das bewundere ich am meisten an ihm."

„Ich auch", flüsterte Kate kleinlaut.

„Wie Chris schon gesagt hat, es geht immer um die Sichtweise. Pitty wird nie mit seinen Schulfreunden herumtollen und Fangen spielen können, möglicherweise wird er auch gehänselt werden, später kann er nicht in Discos und auf Bällen bis in die Morgenstunden tanzen und er wird immer Schwierigkeiten haben, eine Frau kennenzulernen. Er wird immer eine Erinnerung an seine leiblichen Eltern in sich tragen, aber im Gegensatz zu dir kann er nicht an schöne Urlaube, gemeinsame Feste, Schneeballschlachten und Geburtstagstorten, Gute-Nacht-Geschichten und Kuschelstunden denken. An einen Vater, der mit einem geduldig das Autofahren auf einem verlassenen Parkplatz geübt hat und eine Mutter, die einen über den ersten Liebeskummer hinwegtröstete. Pitty wird immer in Erinnerung behalten, dass ihn niemand haben wollte." Mirjam sah sie aus gutmütigen Augen an. „Weißt du, Kate, vielleicht solltest du für die schöne Zeit dankbar sein. Vielleicht hattest du bis jetzt einfach nur großes Glück."

Kate blieb stehen. Stumm und mit hängenden Schultern. Zu ihren bekannten Emotionen hatte sich ein neues Gefühl eingeschlichen. Sie schämte sich.

Kapitel 19

„Komm, lass uns lieber reingehen, es fängt bestimmt gleich zu regnen an." Mirjam erhob sich und sammelte liegengelassene Papierschnipsel und Getränkedosen auf.

Sie setzten sich auf eine gemütliche Couch in der Nähe des Therapiebereichs, eine ruhige Ecke, in der sie sich ungestört unterhalten konnten.

„Ich werd nachher Martin fragen, irgendetwas stimmt nicht! Die ganze Zeit zerbrech ich mir den Kopf, ob ich etwas Falsches gesagt habe, andererseits haben wir uns doch wieder versöhnt!"

„Hmm, denkst du, dass etwas passiert ist?"

„Keine Ahnung, ich weiß nur, dass es sonst nicht Erics Art ist, sich einfach nicht zu melden. Wir haben uns seit über einer Woche nicht gehört, morgen ist Samstag und ich fürchte schon, wieder allein zu sein. Am liebsten würd ich sofort meine Sachen packen und nach Hause fahrn. Ich mach mir echt Sorgen!"

„Ich bin sicher", beruhigte Mirjam, „alles ist halb so schlimm und wird sich bald aufklären. Vielleicht ist seine Mutter krank oder er hat das Handy verloren."

Kate sah sie zweifelnd an.

„Gut, etwas abgedroschen", lenkte Mirjam ein, „aber es gibt ja noch andere Möglichkeiten. Es könnte auch sein, er plant einen Überraschungsbesuch für dich. Wichtig ist jetzt, dass du dich nicht verrückt machen lässt."

Kate rutschte nervös auf dem groben Stoff hin und her. „Im Moment weiß ich nur, dass ich sehr traurig bin."

„Hab ich dir schon von dem Schatz erzählt?"

„Welcher Schatz?"

„Der zum Glück führt."

„Nein, erzähl!" Kates Neugierde war geweckt.

„Nun, erst mal gebrauchen viele Menschen das Wort Glück viel zu leichtfertig, sie brüsten sich damit, wie prächtig es ihnen geht und wenn man hinter ihre Fassade späht, sind sie die unglücklichsten Menschen der Welt. Wer kann schon aus ehrlicher Überzeugung von sich behaupten, dass er zufrieden ist? Dem einen passt dies nicht, dem anderen jenes und immer fehlt etwas zum Glück. Es hat auch nichts mit Besitz oder Reichtum zu tun, nicht mit Erfolg oder Macht. Die wesentlichen Dinge im Leben sind nicht käuflich!"

„Du sprichst in Rätseln."

„Ist auch nicht leicht zu erklären. Ich denke, seinen Schatz muss jeder für sich finden. Wann warst du zuletzt glücklich?"

„Vor meiner Krankheit."

„Hast du dich denn nie gefragt, ob es nicht auch sein könnte, dass dir die Krankheit etwas sagen möchte? Sieh mal, alles hat seinen Sinn im Leben, die guten wie auch die schlimmen Erlebnisse, einfach alles, was uns widerfährt. Es liegt an uns, zuweilen innezuhalten, Menschen, Dinge und Gewohnheiten zu überdenken, loszulassen, sich seine Wertigkeiten, Ideale und Träume in Erinnerung zu rufen und zu überlegen: Ist das noch der richtige Weg für mich oder sollte ich die nächste Abzweigung nehmen? Es geht immer um leben, Kate, nicht um funktionieren."

„Aha." Sie verstand kein Wort. „Also gut, wo finde ich diesen Schatz?"

„Auch das muss jeder selbst herausfinden. Manche Leute suchen ihn an den falschen Stellen oder müssen ihn stets neu entdecken und manche finden ihn nie."

„Aber du hast ihn gefunden, nicht wahr?"

Mirjam lächelte allwissend. „Ja."

Als Martin eintraf, goss es bereits in Strömen, ein warmer Sommerregen, wie er in diesem Jahr viel zu selten gewesen war. Die Landwirte klagten über die trockenen Böden und die ausbleibende Ernte.

„Du siehst aus wie ein begossener Pudel." Kate konnte sich das Lachen nicht verkneifen. Martins Haare klebten an seinem Kopf, Wasser tropfte von Stirn und Nase und seine Füße quietschten in den durchweichten Sneakers. Er trug ein beiges Hemd zu einer kurzen, khakifarbenen Hose. Kate musste zugeben, dass ihm dies besser stand, als jeder maßgeschneiderte Anzug.

„In Poreb County war noch strahlender Sonnenschein", sagte er. Es klang wie eine Entschuldigung. „Ich wusste nicht, wie das Essen schmeckt." Er überreichte ihr eine Geschenktüte. „Melissensaft, Käsestangen, frisches Brot und Johannisbeergelee. Alles selbst gemacht."

„Mmh, du verwöhnst mich aber. Danke! Ich kann dich allerdings beruhigen, das Essen hier ist ganz in Ordnung. Komm, lass uns in den Besucherraum gehen."

„So?" Er sah an sich hinab.

„Nein", prustete Kate, „da vorn ist ein WC, da kannst du dich abtrocknen."

Sie ergatterten ein freies Plätzchen im Raucherabteil.

„Wusste ichs doch!", grinste Martin und bot ihr eine Zigarette an. „Soll ich dir welche hierlassen?"

Kate setzte ihren unschuldigsten Blick auf.

Martin griff in seine Gesäßtasche. „Im Auto hab ich noch mehr, die bring ich dir später."

„Danke. Möchtest du was trinken? Die Kantine hat durchgehend geöffnet."

Er holte zwei Mineralwasser und einen Schokoriegel. „Nervennahrung."

„Viel Stress?"

„Ach was", er machte eine abfällige Handbewegung, „das Übliche halt. Lass uns lieber von dir sprechen."

„Ich fürchte, da kann ich dir nichts Aufregendes erzähln. Außer essen, schlafen, etwas herumturnen und plaudern tut sich nicht viel. Ärzte und Therapeuten sind ganz ok, außer dass ich wahnsinnig viel Psychokram habe."

„Wieso das denn?"

„Ich weiß nicht, weil ich mit der Krankheit nicht klar komme und angeblich auch wegen früher. Eric wollte sich drum kümmern."

„Merkst du irgendeine körperliche Veränderung?"

„Schwer zu beantworten. Manchmal hab ich das Gefühl, das Gehen fällt mir leichter, die Beine sind nicht so steif und schwer und ich fühl mich frischer. An andren Tagen dann bin ich wieder nur unendlich schlapp und müde. Die Behandlungen tun mir aber auf jeden Fall gut und in solcher Vielfalt und schönem Ambiente hätte ich das zu Hause niemals gehabt. Auf den Erholungsfaktor legen sie besonders großen Wert, außerdem werden alle möglichen Kurse angeboten, mit denen du deine Freizeit ausfüllen kannst. Es ist richtig toll!"

„Ja, das Konzept scheint gut durchdacht. Ich hab mir vom Empfang eine Broschüre mitgenommen. Schickes Anwesen."

„Am schönsten ist der Park. Schade, dass wir heut nicht raus können." Sie dämpfte ihre Zigarette aus.

Martin musterte sie eingehend. „Kate, du musst mir nichts vormachen. Ich weiß, dass es dir nicht gefällt."

Sie schwieg.

„Niemand ist aus Spaß in dieser Klinik, ebenso wie sich niemand eine Krankheit aussucht. Aber wenn sie dir hier helfen können, dann solltest du das unbedingt durchziehn und das Beste draus machen."

„Hmm."

„Kate, deine Gesundheit ist das Wichtigste, das du hast! Wir alle wünschen uns, dass es dir wieder eine Spur besser geht!"

„Niclas und die andren auch?"

Martin verstummte.

„Siehst du! Dein 'Wir alle wünschen uns' ist ziemlich begrenzt. Hat sich jemals einer von meinen werten Kollegen nach mir erkundigt?"

„Das kann ich nicht beurteilen."

„Aber Eric kann es und er hat nie etwas erwähnt."

Martin schüttelte den Kopf. „Schweine." Er griff nach dem Feuerzeug. „Tschuldige, aber für mich sind die alle feige und charakterlos. Jeder, der dich da drin etwas besser kannte, hätte dich zumindest darauf vorbereiten müssen. Die ganze Aktion war einfach nur mies, das haben die auch zu hören bekommen."

„Wer?"

„Na, die drei Häuptlinge."

„Du bist zu ihnen in die Kanzlei?"

„Eric hatte sein Notizbuch bei mir vergessen und da dachte ich, es wäre eine günstige Gelegenheit, mir die drei vorzuknöpfen."

„Was hast du gesagt?"

„Dass ich sie bemitleide, allein für ihre Dummheit, die beste Anwältin ihrer Kanzlei rauszuwerfen."

Kate sah ihn fassungslos an. „Warum machst du das?"

„Weil ich dich mag und du das Gleiche für mich getan hättest."

Mirjam ging am Besucherraum vorbei. Sie trommelte mit den Fingern gegen die Glasscheibe und winkte ihnen freundlich zu. Martin winkte zurück.

„Ihr kennt euch?"

„Wir sind uns vorhin am Eingang begegnet. Ich hab sie gefragt, wo ich dein Zimmer finde. Eine sehr interessante Person."

„Ja, das ist sie. Ohne Mirjam wär ich hier verloren. Ich kann es nicht erklären, aber seit ich sie kenne, verändert sich etwas in mir." Der Schatz kam ihr in den Sinn. „Sie bringt mich zum Nachdenken. Ich frage mich, ob in meinem Leben alles richtig verlaufen ist, so, wie ichs mir vorgestellt habe und ob das nun schon alles gewesen sein soll. Wusstest du, dass ich ursprünglich Schriftstellerin werden wollte?"

„Nein."

„Anwältin bin ich nur geworden, weil mein Onkel es damals so wollte. Natürlich hat mir der Job gefallen und ich bin gern zur Arbeit gegangen, doch manchmal hab ich mich gefragt: Was tu ich da eigentlich? Hol Leute raus, die sich strafbar gemacht haben."

„Erstens holst du sie nicht alle raus, wie du es formuliert hast, denke nur an die schweren Fälle, da geht es bestenfalls um Strafminderung oder Überstellung in eine Anstalt für geistig abnorme Rechtsbrecher. Und zweitens handelst du nach dem Grundsatz, dass jeder Mensch, unabhängig von seiner Schuld oder Unschuld, das Recht auf Verteidigung und einen fairen Prozess hat."

„Trotzdem, das ist nicht immer richtig. Es geht nur um Paragraphen, nicht um die Moral."

„He, warum so idealistisch? Was ist los mit dir? Wir handeln nach den Gesetzen und die sind eben manchmal grenzwertig. Aber wir haben sie nicht geschrieben, wir vertreten sie nur. Die Frage nach Recht oder Unrecht im moralischen Sinn stellt sich für uns nicht."

„Was solls", meinte Kate achselzuckend, „betrifft mich jetzt ohnehin nicht mehr."

Martin betrachtete sie eine Weile stirnrunzelnd, dann gab er sich einen Ruck und stand auf. „Auch noch was Süßes?"

„Nein danke."

Er schlängelte sich durch die voll besetzten Tische und bog zur Kantine ab. Die nassen Flecken auf seiner Kleidung waren getrocknet. Kate stützte den Kopf in ihre Hände, sie hatte Mühe, ihn aufrecht zu halten. Ihre Gedanken kreisten fortwährend um Mirjams Schatz. Was hatte sie gemeint? Wo oder worin lag er? Hatte sie sich bereits auf die Suche begeben und wenn ja, war sie auf dem richtigen Weg?

„Ich dachte, was Süßes", schmunzelte sie, als Martin mit einer Tüte saurer Zuckerstangen wiederkehrte.

„Tja, du hast mich ordentlich durcheinander gebracht. Willst du auch mal? Die hatten wir als Kinder immer."

Kate biss in eine giftgrüne Schlange und verzog das Gesicht. „Was machst du am Wochenende?"

„Puh, morgen bin ich bei Freunden eingeladen und sonntags werd ich im Garten werkeln, abends vielleicht noch mit dem Boot rausfahren. Und du? Romantisches Picknick im Kurpark?"

Abrupt warf Kate die Hände vor die Augen.

„Oh, hab ich was Falsches gesagt?"

„Eric kommt nicht. Niemand kommt mich besuchen!" Sie schniefte.

Martin schob behutsam ihre Hände beiseite. Als er ihre hilfesuchenden, traurigen Augen erblickte, wurde ihm schwer ums Herz.

„Seit dem ersten Wochenende ist er nicht mehr aufgetaucht, er lässt mich hier versauern! Dabei hat er mir fest versprochen, dass er mich besuchen kommt. Ich versteh das alles nicht! Er reagiert nicht mal mehr auf meine Anrufe, Martin!"

„Er steckt bis zum Hals in Arbeit, das weiß ich, ich hab mich erst vor kurzem mit ihm unterhalten. Ich glaube, er hat Angst, dass ihm alles zu viel wird und du von ihm denken könntest, er sei ein Verlierer. Er will sich nicht die Blöße geben, daran zu scheitern, was seine Frau so souverän gemeistert hat. Kein Mann würde das wollen, auch wenn es idiotisch klingt. Das soll keine Entschuldigung sein, aber vielleicht hilft es dir ein wenig."

„Warum sagt er mir das nicht persönlich? Es wäre doch alles kein Problem!"

„Ich vermute aus Stolz. So sind wir Männer eben. In jeder Ehe oder Beziehung gibt es auch mal Krisen, aber die kann man lösen. Was ist mit Joanna?"

Kate zog eine Serviette aus dem hölzernen Ständer und putzte sich die Nase. „Auf Urlaub und vorher hatte sie keine Zeit. Du bist der Einzige, der mich seit Wochen besucht."

Es versetzte ihm einen Stich. „Wenn ich gewusst hätte, dass...ich wär schon viel früher gekommen."

„Danke. Kannst du nicht mit Eric reden?" Kate sah ihn flehend an. „Bitte!"

„Natürlich und sollte er aus einem triftigen Grund verhindert sein, komm ich am Sonntag bei dir vorbei und erzähl dir alles. Einverstanden?"

„Aber ich dachte, du..."

„Das kann ich auch später erledigen."

Kapitel 20

Kate strich gedankenverloren durch den Park. Der gestrige Regen hatte die Luft reingewaschen. Martin war bis zum Abendessen geblieben, jetzt wünschte sie sich, er hätte sie mitgenommen. Möglicherweise hatte er recht und sie und Eric befanden sich tatsächlich in einer Krise. Die letzten Wochen und Monate hatten bestimmt auch an seinen Kräften gezehrt, wie oft hatte sie ihn aus eigenem Frust weggestoßen und auf ihm herumgehackt. Sie machte sich große Vorwürfe. Vielleicht hatte sie ihm zu viel zugemutet und als Folge war das Fässchen nun übergeschwappt.

„Ah, Mrs. Kate! Schon so früh unterwegs?" Mr. Flynn saß auf einer schattigen Parkbank, sie hatte ihn nicht bemerkt. „Kommen Sie, leisten Sie mir ein wenig Gesellschaft."

Kate lächelte höflich und verfluchte sich, keinen anderen Weg genommen zu haben. Widerstrebend setzte sie sich.

„Sind Sie immer so bald munter? Wenn Sie Lust haben, könnten wir mal einen gemeinsamen Morgenspaziergang machen."

„Normalerweise stehe ich später auf. Heut Nacht hab ich schlecht geschlafen."

„Ich auch. Das ist wegen dem Vollmond."

Klugscheißer, dachte Kate.

„Das Bild, das Sie neulich gemalt haben, hat mich wirklich beeindruckt. Wissen Sie, bei Kunst bin ich ziemlich kritisch, aber Sie, Mrs. Kate", er rückte seine Brille zurecht, „Sie haben was drauf! Machen Sie das beruflich?"

„Nein, ich bin Anwältin."

„Ach so, auch schön, aber Sie sollten etwas mit Kunst machen. Das würde Ihnen besser stehen. Schade, wenn solche Talente untergehen."

„Warum machen Sie nichts mit Kunst? Sie malen besser als die Gruppe zusammen."

Mr. Flynn lachte herzhaft. „Mein liebes Mädchen, ich bin achtundsiebzig! Selbst als Hobby ist es mir meist schon zu anstrengend. Nicht das Malen selbst, aber die Vorbereitungen dazu. Leinwände und Farben besorgen, danach alles säubern. Wissen Sie, meine Wohnung ist sehr klein, da kann ich nicht mal die Staffelei dauerhaft stehen lassen. Darum genieße ich solche Gelegenheiten wie hier." Er deutete auf die Umgebung und seufzte zufrieden.

„Früher, während meiner Studienzeit, habe ich viel gemalt. Die meisten Bilder hab ich an meine damaligen Freunde verschenkt. Heute habe ich berufsbedingt leider wenig Zeit dazu."

„Haben Ihre Eltern etwas mit Kunst zu tun?"

„Nein, sie sind bei einem Autounfall tödlich verunglückt. Aber sie haben mich schon als Kind gefördert. Wir hatten die verschiedensten Farben zu Hause und einmal hab ich zum Geburtstag Kohlestifte geschenkt bekommen."

„Das mit Ihren Eltern tut mir leid, Mrs. Kate. Haben Sie Geschwister?"

„Eine jüngere Schwester. Sie ist ebenfalls ums Leben gekommen."

„Tragisch!" Mr. Flynn zog seine Schildkappe tiefer ins Gesicht. „Tja, manche Dinge im Leben passieren einfach, nicht für alles gibt es eine Erklärung."

Es gab nichts, was Kate dem noch hinzufügen hätte können, also schwiegen sie einige Minuten. Immer noch waren sie die einzigen Patienten im Park.

„Was arbeitet Ihre Schwester?"

Kate starrte ihn ungläubig an. „Wie bitte?"

„Na, welchen Beruf hat sie?"

Kate traute ihren Ohren nicht. „Ich sagte doch, sie ist tot!"

„Ja ja", grummelte er, „aber sie muss doch etwas tun. Nur weil sie tot ist, heißt das noch lange nicht, dass sie nicht mehr arbeitet."

Er meinte es ernst, sie sah es an seinem Gesichtsausdruck und dem vehementen Kopfnicken, während er sprach. „Verzeihung, ich muss jetzt wirklich los!", stotterte sie verstört und hastete, ohne eine Antwort abzuwarten, davon. Schon im ersten Malkurs war er ihr ungut aufgefallen und abstrus erschienen. Dies nun war die Bestätigung. „Alter Spinner!", zischte sie und kickte zwei Steine vom Weg.

Der restliche Tag verging äußerst schleppend. Kate saß, lag oder stand in ihrem Zimmer, beobachtete stundenlang eine Fliege, die um die Deckenleuchte schwirrte oder lauschte bei geöffnetem Fenster dem gurgelnden Wasser des Elmon. Mirjam hatte Nachtdienst, würde also frühestens um sechs kommen, ansonsten hatte sie keinen Ansprechpartner. Eric hatte sich immer noch nicht bei ihr gemeldet, es half nichts, seine Sprachbox weiterhin vollzutexten und ihr letzter Hoffnungsschimmer ruhte auf Martin. Sie betete, er würde morgen nicht kommen. Gegen fünf hielt sie es nicht länger aus, kaufte sich in der Kantine eine billige Zeitschrift und setzte sich damit in den hintersten Winkel des Parks. Kate entdeckte Mirjam, als die meisten Besucher bereits gegangen und die Sonnenstrahlen dem Untergehen nahe waren. „Hast du ein paar Minuten Zeit?"

Mirjam nickte und folgte ihr zu dem entlegenen Plätzchen.

„Er ist nicht gekommen."

„Hat er sich wenigstens gemeldet?"
„Auch nicht."
„Hmm, was ist mit Martin? Hast du schon was von ihm erfahren?"

Kate schüttelte den Kopf. „Du bist die Erste, mit der ich heut spreche. Falsch", korrigierte sie sich, „die Zweite. Da war ja noch Mr. Flynn."

„Du wirst sehen, das wird alles wieder. Du musst nur dran glauben", meinte Mirjam zuversichtlich.

„Pah, glauben! Davon hab ich heute schon genug gehört!"

„Mr. Flynn?"

Kate verdrehte die Augen. „Der tickt nicht ganz richtig! Hat mich gefragt, was meine tote Schwester arbeitet!"

„Sein Sohn starb Anfang dreißig. Er war Polizist und wurde bei einem Einsatz erschossen."

„Ach so...", murmelte Kate.

„Du denkst, er ist verrückt, dabei ist es nur sein Glaube."

„Ich glaube nicht."
„Auch nicht an ein Leben nach dem Tod?"
„Nein."
„An ein Wiedersehen?"
„Nein."
„An Gott?"
„Den schon gar nicht."
„Warum?"
„Weil er mir meine Familie genommen hat."

Mirjam sah lange in das schimmernde Abendrot. „Es könnte auch umgekehrt sein", sagte sie schließlich. „Vielleicht hat er ihnen damit das Größte geschenkt, was er besitzt, seine Liebe."

„Quatsch, das weißt du nicht!"

„Du auch nicht! Vielleicht ist es ja gerade so, dass das eintritt, woran wir glauben. Wenn ich also an ein Wiedersehen mit meinen Lieben und ein Weiterleben glaube, dann wird es genau so geschehen und wenn du davon überzeugt bist, dass mit dem Tod alles endet, dann endet es auch. So könnte es sein."

„Wie lautet die zweite Variante?"

„Dass auch die Zweifler vom Gegenteil überzeugt werden."

Kate gefiel keine der beiden Möglichkeiten. Die erste fand sie ungerecht, die zweite schlichtweg überzogen.

„Ein afrikanisches Sprichwort besagt: Die Toten gehen nicht von uns, sondern immer nur vor uns. Das hat mir beim Tod meiner Großmutter ein wenig geholfen. Den Schmerz hat es natürlich nicht genommen, das schafft nichts und niemand, aber es hat meine Sichtweise maßgeblich verändert. Ich dachte, es wäre egoistisch, nur an meine eigene Verzweiflung zu denken, sie hat ein Recht darauf, ihre verstorbenen Eltern, Verwandten, Freunde und meine Mutter wiederzusehen, nach denen sie sich bestimmt genauso gesehnt hat, wie ich mich jetzt nach ihr."

„Aber es wurde nie bewiesen, dass ein Leben nach dem Tod existiert!", protestierte Kate, „Nie ist jemand von dort zurückgekommen."

„Bist du nach deiner Geburt in den Bauch deiner Mutter zurückgekehrt?"

„Nein."

„Na siehst du!"

Kate runzelte die Stirn. „Was hat das eine mit dem anderen zu tun?"

Mirjam faltete die Hände im Schoß. „Ich glaube an die These, dass der Tod wie eine Geburt ist. Wir wachsen und reifen in einer für uns begrenzten Welt, in der die Vorstellung, es könnte noch ein anderes Universum geben, keinen

Platz hat. Wir fragen uns: Wie soll das funktionieren, ganz ohne Körper? Wie sollen wir uns fortbewegen, essen, atmen, kommunizieren? Dabei haben wir uns dieselben Fragen möglicherweise schon vor unserer Geburt gestellt, als wir noch ein eingerollter Embryo im Mutterleib waren. Wir fragten uns, wie es möglich sein würde, uns ohne Nabelschnur zu ernähren, konnten uns nicht vorstellen, dass unsere Körperteile, unsere Arme, Hände, Beine auch anders verwendbar wären und hatten Angst, unsere Mutter nie wieder zu sehen, dass alles mit dem Geburtsvorgang vorbei sein würde. Wer weiß, vielleicht können wir uns heute nur nicht mehr daran erinnern. Und was ist letztendlich passiert? Wir schlüpften lediglich in eine neue Welt, eine noch viel schönere, buntere und wir sahen nicht nur unsere Mutter wieder, sondern lernten auch unseren Vater kennen, vielleicht auch Geschwister. Was ich damit sagen will, ist, nur weil sich etwas unserer Vorstellungskraft entzieht, heißt das noch lange nicht, dass es nicht existiert."

Ein schöner Gedanke, dachte Kate. Mit diesem wollte sie heute einschlafen.

„Nur, warum lässt Gott all das Leid auf dieser Welt zu?"

„Tja, das kann ich dir nicht beantworten. Sein Wille ist nicht mein Wille. Ich kann nur versuchen, alles so anzunehmen, wie es ist und darauf vertrauen, dass alles seinen Sinn hat und Er das Beste für mich vorgesehen hat. Wenn ich Ihm einmal begegne, bin ich jedenfalls schon sehr auf seine Erklärung gespannt."

Kate musste trotz der aufsteigenden Tränen lachen. Mirjams Worte hatten sie tief berührt.

„Weißt du, schade ist, dass wir immer nur dann zu Gott beten, wenn es uns schlecht geht oder wenn wir in Schwierigkeiten stecken. Nie aber beten wir, wenn es uns gut geht und nur selten, um uns bei Ihm zu bedanken. Der Mensch ist dafür bekannt, für alles einen Schuldigen zu suchen, nur bei uns selbst fangen wir nicht damit an."

„Straft dein Gott?"

„Oh ja, aber nicht so, wie du dir das denkst. Wir können nicht morden, foltern, andere verletzen, belügen oder herablassend behandeln, wie es uns beliebt. Natürlich gibt es Konsequenzen, wenn nicht hier, dann im nächsten Leben, nur leider sind sich die meisten dessen nicht bewusst. Sie werden nie die Wärme und Liebe spüren, die Gott den anderen zukommen lässt!"

„Gehst du oft in die Kirche?"

„Glaube hat für mich nichts mit Kirche zu tun. Es gibt so viele Religionen und Orte, an denen man Gott preisen kann. Aber um deine Frage zu beantworten: Ja, ich gehe gerne und relativ oft in die Kirche. Gotteshäuser strahlen auf mich eine magische Ruhe und Geborgenheit aus. Außerdem haben wir hier in der Stadt einen sehr modernen Pfarrer. Er gestaltet seine Messen immer spannend und greift aktuelle Themen der Weltgeschichte auf." Mirjams Piepser summte. „Ich muss los, die Pflicht ruft. Kommst du mit rein?"

„Nein, ich bleib noch ein bisschen."

Mirjam lächelte und tätschelte ihre Schulter. „Versteh schon."

Kapitel 21

Martin parkte seinen Ford direkt vor der Tür. Im Haus brannte Licht und feine Jazzmusik drang gedämpft durch die Wände. Er stellte den Motor ab und sprang die drei Stufen hoch. Er hatte Kate versprochen, mit ihrem Mann zu reden. Bis jetzt hatte er ihn nicht erreicht und als er vergangenen Sonntag allein und ohne Informationen in die Klinik gekommen war, hatte er Kates Enttäuschung und Ratlosigkeit kaum ertragen können.

Er läutete. Im Haus wurde die Musik leiser gedreht, Schritte näherten sich.

„He Kumpel, schön dich zu sehn!" Eric klopfte ihm auf den Rücken.

„Ich hoffe, ich komm nicht ungelegen, aber ich war grad in der Nähe..."

„Ach was, komm rein!" Eric trat einen Schritt zur Seite.

„Ich hab letzte Woche mehrmals versucht, dich zu erreichen."

„Tja, mein Handy spinnt. Ich befürchte, ich muss mir ein neues zulegen."

Martin zog seine Schuhe aus und folgte Eric ins Wohnzimmer.

„Möchtest du ein Glas Wein? Ich hab nen guten roten offen. Spanien, achtundsechzig."

„Bier wär mir lieber."

„Kommt sofort."

Das Wohnzimmer war feinsäuberlich aufgeräumt. Bücher standen in Reih und Glied, die Regale waren frei von Staub, nirgends lag ein Stück Kleidung herum. Sogar die Blumen schienen prächtig zu gedeihen. Doreen machte ihren Job ausgezeichnet, dachte Martin und schmunzelte.

Aus der Küche vernahm er neben dem Öffnen von Schränken und Klirren von Glas noch eine weitere Stimme.

„So, bitteschön." Eric stellte zwei Gläser auf den Tisch, dazu eine Flasche Bier und Rotwein.

„Danke." Martin füllte sein Glas. „Sag, hast du Besuch? Ich meine, vorhin jemanden gehört zu haben."

„Ach so, das ist Joanna, sie hat mir die Wäsche gebracht. Seit Kate fort ist, wechseln sie und meine Mutter sich ab. Sie meint, das wäre sie Kate schuldig. Meistens kommt allerdings meine Mutter."

„Warum machst du dir den Kram nicht selbst?"

„Das sagt meine Frau auch immer. Tja, nicht jeder ist ein so perfekter Hausmann wie du. Mir liegt das nicht."

„Dich freut es nicht."

Eric lachte. „Das auch. Um ehrlich zu sein, bin ich heilfroh, dass die beiden das übernehmen, momentan bin ich extrem eingespannt."

„Kate hat sowas erwähnt."

„Ja, ist echt übel mit den ganzen zusätzlichen Terminen. Mein früherer Job war um einiges angenehmer."

„Ist das der Grund, warum du Kate..."

„Hallo Martin!", fiel ihm Joanna ins Wort. Sie war leise ins Zimmer gekommen, unter dem Arm trug sie einen Wäschekorb. Ihre Haut war leicht gebräunt und die ausgestellte Tunika mit floralem Aufdruck erinnerte an ein Mitbringsel aus dem Süden.

Martin stand auf und küsste sie auf die Wange. „Gut siehst du aus! Wie war euer Urlaub?"

Joanna seufzte. „Viel zu kurz! Wir hatten einen Bungalow direkt am Meer, herrlich! Während Tom die Gegend erkundet hat, hab ich mich am Strand geaalt und Kokosnüsse und Melonen geschlemmt."

„Das heißt also, du hast deinen Willen durchgesetzt."

„Das kann man so nicht sagen. Tom hat es auch gefallen, er wollte am Ende der Reise gar nicht mehr heim. Leider muss ich in zwei Tagen wieder ins Büro, du glaubst gar nicht, wie sehr ich mich auf meinen Chef freue!"

„Komm, setz dich zu uns." Martin deutete auf die Couch.

„Tut mir leid, ich muss los. Tom wartet." Sie schüttelte beiden die Hand. „Ach und sag deinem Freund da, er darf ruhig ein wenig mithelfen."

Eric verzog das Gesicht. „Ich dachte, du tust das gern für mich."

„Falsch, für Kate. Und die wird nicht gerade begeistert sein, wenn sie erfährt, dass du nicht mal das Geschirr in die Spülmaschine räumen kannst." Sie zwinkerte ihnen zu und verließ eilig das Haus.

„Weiber!", schimpfte Eric. Er trat vor den Wandschrank und holte das gläserne Schachbrett hervor, welches Martin ihm einmal geschenkt hatte. „Hast du Lust?"

„Immer." Martin liebte Schach, sein Großvater hatte es ihm beigebracht, als er noch ein kleiner Junge gewesen war. Er beobachtete Eric, wie er mit äußerster Sorgfalt die Figuren auf die entsprechenden Felder stellte. Es war ein schönes Spielbrett, sehr sauber ausgeführt. Er sollte sich auch so eines zulegen.

„Wie lange fickst du sie schon?"

„Was?!" Die Frage kam so plötzlich, dass der Turm aus Erics Hand glitt und auf der schweren Platte zerbrach.

„Du hast mich schon richtig verstanden", sagte Martin ruhig.

„Ich weiß nicht, was du meinst!"

„Wie lange geht das mit dir und Joanna schon, hä?"

„Du spinnst doch!", rief Eric gehetzt. Seine Stimme klang schrill.

Martin sprang auf und packte ihn an den Schultern.
„Jetzt werd ich dir mal was sagen, du feiges Arschloch! Seit Wochen wartet deine Frau auf einen Anruf von dir, sie heult sich die Augen in dieser Scheiß Klinik aus, macht brav alle Therapien mit, damit es ihr wieder besser geht. Für dich! Aber weder du noch ihre beste Freundin besucht sie. Schon seltsam, findest du nicht? Also, noch mal: Wie lange fickst du sie schon? Und hör auf, mich zu verarschen!"

„Ich weiß nicht, wovon..."

Martin schlug zu. Ein Mal, zwei Mal, drei Mal.

„Hör auf, verdammt!" Eric taumelte zur Wand und hielt sich die Nase. Blut rann über sein Kinn. „Scheiße, ich glaub, du hast mir die Nase gebrochen!"

„Wie lange? Vier Wochen, sechs Monate?"

Eric überlegte. Martin konnte es in seinem Gehirn förmlich rattern hören. Er hob erneut die Hand.

„Schon gut, Mann! Drei Jahre."

Martin starrte ihn an. Es schnürte ihm die Luft ab.

„Ja, so ist es. Wir haben uns ein Mal länger in die Augen gesehn und sind schwach geworden. Sowas passiert eben. Dicke Möpse, geiler Arsch...Mann, du kennst das doch! Kate hatte immer nur die Arbeit im Kopf, mich hat sie total vernachlässigt und seit der Krankheit...naja, da läuft sowieso nichts mehr! Joanna ist da ganz anders!"

„Dieser Tom existiert gar nicht mehr, richtig?"

Eric nickte.

„Also ist das Kind von dir!" Er hatte Joannas Wölbung unter ihrer weiten Tunika gesehen und eins und eins zusammengezählt. Der Grund, weshalb sie Kate nicht mehr besuchte. Früher oder später würde die Wahrheit ans Licht kommen, im wahrsten Sinne des Wortes.

„Ja, ich werde mich von Kate trennen."

Martin atmete schwer. „Du Scheißkerl!" Hatte Eric nicht alle möglichen Ausreden parat gehabt, als Kate ein Kind von ihm wollte? Er fühlte die Hitze in sich aufsteigen. Erst in den Beinen, dann in Bauch und Armen, schließlich im Kopf.

„Ich weiß, das bin ich wohl. Dafür kannst du mich auch schlagen. Na los!"

Martin rang mit sich. Er war kurz vor einer Explosion. Am liebsten hätte er ihn zu Brei geschlagen, doch dann siegte die Vernunft. „Ich hab mir meine Hände schon genug schmutzig gemacht!" Er fixierte Eric für einige Sekunden, dann machte er auf dem Absatz kehrt.

„Jetzt warte doch...Martin! Das hat doch nichts mit uns zu tun!"

Martin zeigte ihm den ausgestreckten Mittelfinger, knallte die Tür zu und brauste im Rückwärtsgang aus der Einfahrt, dass der Schotter aufstob. Nichts mit uns. Es gab kein 'uns' mehr! Er fischte mit zittrigen Fingern nach einer Zigarette und inhalierte den Rauch. Was in den letzten Minuten vorgefallen war, wollte er nicht realisieren. Sein Respekt, sein Vertrauen, seine Achtung und auch Bewunderung hatten sich im Bruchteil einer Sekunde in Luft aufgelöst. Eric war ein schäbiger Lügner, sonst nichts. Er hatte soeben seinen besten Freund verloren. Martin fuhr ziellos durch die Straßen und missachtete jede Regel und Geschwindigkeitsbeschränkung. Hätte ihn eine Streife aufgehalten, er wäre seinen Führerschein los gewesen. Es war ihm gleichgültig. An der nächsten Kreuzung bog er links ab, Richtung Hafen. Das Boot schaukelte sanft bei leichtem Wellengang, einige Fischer holten ihre Netze ein und breiteten ihren Fang aus. Martin kletterte an Bord und löste die Ankerleine. Die Wut verflog nicht. Irgendwo unter Deck musste eine Flasche Wodka sein, er hatte sie für einsame Abende auf dem Fluss aufbewahrt. Er suchte fieberhaft. Sich zu betrinken, schien ihm jetzt das Beste zu sein. Eric hatte alles zerstört, dafür verabscheute er ihn. Am meisten jedoch dafür, dass ihm nun die undankbare Aufgabe zuteil wurde, Kate davon in Kenntnis zu setzen. Der Bote des Teufels. Welche Worte sollte er finden? Gab es dafür überhaupt welche? Wie konnte man einem Menschen auf schonende Weise beibringen, dass sein Ehepartner ihn mit seinem besten Freund betrog? Was war schlimmer, das Verhalten von Eric oder von Joanna? Oder von beiden gleich? Martin glaubte an Letzteres. Drei Jahre! Wären es zwei gewesen, so hätte es Kate wenigstens auf ihre Krankheit schieben können. Oder war es doch besser zu wissen, dass diese nicht der ausschlaggebende Grund gewesen war? Wie auch immer, die Demütigung war in jedem Fall von gleich immenser Größe. Ihm graute vor Kates Reaktion.

Er fand die Flasche unter einer dicken Wolldecke. Ein finsterer Gedanke keimte in ihm auf. Schwarz wie die Nacht. Er versuchte, ihn abzuschütteln, doch er hatte sich bereits an ihm festgesaugt wie ein dicker Blutegel. Martin legte die Flasche zurück. Er musste für morgen früh einen klaren Kopf bewahren.

Kapitel 22

Mr. Flynn saß vor einem aufgeschlagenen Rätselheft und klopfte mit dem Kugelschreiber rhythmisch auf den Tisch. Außer ihm war niemand im Park, er wirkte etwas verloren. Kate war noch zeitiger aufgestanden als beim letzten Mal, sie näherte sich ihm von der Seite.

„Sie ist Schauspielerin."

Mr. Flynn blickte überrascht auf. „Ah, guten Morgen!" Er steckte den Stift zwischen die Seiten des Heftes und klappte es zu. „Schauspielerin sagten Sie? Film oder Theater?"

„Film. Annie liebt diese großen Liebesfilme. *Vom Winde verweht*, *Dr. Schiwago*, Sie wissen schon, diese alten Klassiker."

„Ich vermute, Sie selbst hat noch in keinem solchen Format gespielt, oder?"

„Nein, der Durchbruch in Hollywood gelingt nur wenigen, da muss man die richtigen Leute kennen und auch etwas Glück haben. Aber ich denke, sie ist auf dem besten Weg dorthin, meine Schwester ist sehr klug."

„Ist sie so schön wie Sie?"

„Schöner."

Und dann sprudelte es aus ihr heraus. Sie erzählte ihm alles von ihr, wie sie aussah, was sie mochte, was sie hasste. Sie dachte sich die lustigsten Szenarien aus, die abenteuerlichsten Geschichten, einfach alles, womit sie ihre Schwester verband und worin sich diese widerspiegelte. Annie hatte schon als kleines Mädchen die Bühnen der Welt erobern und in der Grundschule bei jeder Theateraufführung die Hauptrolle übernehmen wollen. Später, als sie länger fernsehen durfte, war bald klar gewesen, dass es genau das war, wo sie hinwollte.

Mr. Flynn hörte ihr aufmerksam zu und tat sein Interesse kund, indem er ab und zu eine gezielte Frage einwarf. Erst jetzt verstand Kate, weshalb er sich diese, für sie einst sonderbare, Ansicht zurechtgelegt hatte. Mit jedem Wort, das sie über Annie verlor, jeder Träumerei, wurde diese ein Stück lebendiger. „Ich glaube, in einem Jahr werden sie heiraten", schloss Kate ihre Ausführungen.

Mr. Flynn nickte zufrieden. „Sehr schön. Mein Sohn hat bestimmt noch immer nicht geheiratet. Ray scheut feste Bindungen und alles, was ihn einengt." Er lachte. „Ein ewiger Junggeselle."

„Noch immer Polizist?"

„Natürlich! Das ist sein Leben, er wollte nie etwas anderes machen. Er ist sehr ehrgeizig und hart im Nehmen, einer, der zupackt und nicht ständig jammert. Ein feiner Bursche! Wissen Sie, Mrs. Kate, mein älterer Sohn ist da aus anderem Holz geschnitzt."

„Einer der beiden Männer, die Sie neulich besuchten?"

„Ja, der dünnere. Der andere war mein Neffe. Conrad ist viel feinfühlender als Ray, er hat nie lange in einem Job bestanden. Mal war es das Betriebsklima, dann der Chef, zu anstrengend oder zu öde. Seine Frau arbeitet in einer Bank, sie ist diejenige mit dem sicheren Einkommen und die die Familie ernährt. Conrad hat immer Geldprobleme, er ist mehr der Lebenskünstler."

„Ist er deshalb gekommen? Wegen Geld?"

„Auch, ja."

Kate rümpfte die Nase.

„Wenn Sie mich nun fragen würden, ob ich das gutheiße, was er tut, so würde ich klipp und klar Nein sagen. Würden Sie aber fragen, liebe Mrs. Kate, welchen meiner Söhne ich mehr liebe, so würde ich Ihnen antworten: beide gleich. Conrad wollte anfangs in meine Fußstapfen treten, doch das war nicht sein Ding, viel zu filigran, zu wenig

Geduld. Ich habe Uhrmacher gelernt und den Laden von meinem Vater übernommen und der wiederum hatte das Handwerk von seinem Vater gelernt. Ja, das war noch ein Mann mit Stil, mein Vater, einer mit Handschlagqualität und Rückgrat, der ohne langes Zögern die Ärmel hochkrempelte und in den Dreck griff, der keinen Unterschied zwischen dem Herrn von und zu und dem einfachen Arbeiter machte. Sowas gibt es sehr selten, glauben Sie mir!"

„Ich weiß."

„Wie dem auch sei, ich liebe Uhren. Zeit. Sie ist etwas, das wir weder einfangen, anhalten noch beherrschen können, etwas, von dem wir alle nie genug haben. Der liebste Spruch meines Vaters war: Die Zeit ist das Feuer, in dem wir brennen."

„Ein schrecklicher Gedanke."

„Finden Sie? Für mich ist das eher tröstlich. Schließlich kann niemand der Zeit entfliehen. Aber wie gesagt, für Conrad war das nichts."

„Was ist mit Ihrem Neffen, verstehen Sie sich gut mit Ihrer Schwester?"

„Bruder." Mr. Flynn legte den Kopf schief. „Nun, wir arrangieren uns. Mein Bruder ist ein anderes Kaliber. Hochnäsig, kühl, egoistisch, durchtrieben. Zu Hause bei seiner Frau ist er das bravste Lämmchen, aber wehe, er ist in seiner Firma, da hab ich schon ganz andre Dinge gehört! Also, als Chef möchte ich ihn nicht haben. Das Schlimme an der Sache aber ist, dass er auch seine nahen Angehörigen mit derselben überheblichen Art behandelt. Ist er mit seinen Freunden oder Geschäftspartnern zusammen, will er nicht mal mehr seinen eigenen Bruder kennen. Er fragt mich auch nie, wie es mir geht. Meine verstorbene Frau und ich haben ihn beim Hausbau unterstützt, auf seine Kinder aufgepasst und uns bei der Pflege unserer Eltern aufgeopfert. Was von ihm kam? Nichts. Höchstens Belehrungen. Entgegenkommen? Keines. Dank? Nie."

„Unfassbar!" Sie schüttelte angewidert den Kopf.

„Tja, Mrs. Kate, so ist das. In der eigenen Familie, das gleiche Fleisch und Blut. Trotz allem habe ich meinem Bruder verziehen und tu es immer noch, da er nach wie vor nicht klüger geworden und zur Einsicht gekommen ist, dass er Fehler gemacht hat und eine Entschuldigung angebracht wäre. Wissen Sie, es ist wichtig, verzeihen zu können. Nicht für den anderen, für den eigenen Frieden. Verzeihen heißt nicht vergessen. Wie sich mein Bruder verhalten hat, werde ich immer in meinem Kopf haben und glauben Sie mir, für die Zukunft habe ich bereits die Konsequenzen daraus gezogen. Ich bin es nicht, der mit einem schlechten Gewissen leben muss und auch nicht derjenige, der einmal von dem Obersten zur Rechenschaft gezogen wird."

Kate nickte. Nach allem, was sie in den letzten Tagen und Wochen erlebt und durch Mirjam erfahren hatte, stimmte sie Mr. Flynn uneingeschränkt zu. Sie war gerade im Begriff, ihren Glauben wiederzufinden.

Kapitel 23

Martin hatte für die Strecke beinahe doppelt so lang als sonst gebraucht. Es war wie bei zwei Magneten, deren gleiche Pole sich abstoßen. Poreb und Port Island – das passte nicht. An jeder größeren Raststation war er stehen geblieben, hatte Kaffee getrunken und geraucht oder einfach nur gewartet. Es zog ihn nicht zu Kate. Die dunkle Vorahnung hatte sich bestätigt. Nach seinem Besuch im Krankenhaus war er vier Tage lang durch sämtliche Kneipen und Bars der Stadt gestreift, hatte auf keinen der vielen Anrufe reagiert und versucht, seinen Kummer und Ärger mit Alkohol und schönen Frauen zu besänftigen. Zwischendurch immer wieder die Frage: Wie sage ich es Kate? Wäre es besser, sie mit der nüchternen Wahrheit sofort zu konfrontieren oder sollte er sie lieber durch ein längeres Gespräch auf die Tragödie vorbereiten?

Nun stand er am Besucherparkplatz der Klinik und war so klug wie zuvor. Es war vier Uhr Nachmittag, eine kleine Gruppe spazierte mit Nordic Walking-Stöcken an ihm vorbei. Sie grüßten ihn freundlich und er feuerte sie lautstark an. Die Sonne blinzelte hinter einer Quellwolke hervor, ein kleiner Vogel hüpfte über das Pflaster. Alles war friedlich.

„Scheiße, ich kann das nicht!" Martin lehnte sich gegen den Kofferraum. Es kam ihm so vor, als würde er eine Bombe ins Paradies werfen.

Kate entdeckte ihn schon von Weitem. Sie stand vor dem Eingang in Shorts und karierter Bluse, mit geflochtenem Haar und einer quadratischen Leinwand in der Hand. Sie strahlte ihn an. Oh Gott!

„Habt ihr keine Verbrechen mehr in Poreb County oder warum sonst machst du an einem Dienstag Nachmittag

Krankenbesuch? Hattest du Sehnsucht nach mir?" Sie lachte und umarmte ihn. Ihre Fröhlichkeit schmerzte.

„Ich muss mit dir sprechen."

„Also doch Sehnsucht."

Wenn du wüsstest!

„Komm, lass uns in den Schatten setzen. Du magst doch ins Freie, oder?"

„Unbedingt!" Er bekam jetzt schon kaum Luft, in der Klinik wäre er kollabiert.

Kate griff nach seiner Hand und führte ihn zu einem einigermaßen ungestörten Sitzplatz. Während sie sprach, berührte sie ihn am Arm oder Knie. Ihre Nähe war erdrückend. Martin hatte sie seit langem nicht mehr so entspannt und lebendig gesehen, er schaffte es nicht, ihren Worten zu folgen, immer wieder driftete seine Konzentration ab.

„Wie findest du es?"

„Was?" Er hatte nichts verstanden.

„Na, das Bild?"

„Ach so." Martin betrachtete die Leinwand. Ein Meer aus Sonnenblumen. „Sehr schön, wirklich!"

„Die Kursleiterin war ganz begeistert, fast schon stolz auf mich. Ein schönes Gefühl, wieder Anerkennung zu erhalten."

„Toll."

„Wir hängen die Bilder in der Klinik auf, anfangs fand ich das ziemlich dämlich, aber jetzt könnte ich mir keinen besseren Platz vorstellen."

„Toll."

„Mr. Flynn hat mir heute einen Heiratsantrag gemacht."

„Toll."

Kate ließ die Leinwand sinken. „Sag mal, was ist eigentlich los mit dir? Du hörst mir überhaupt nicht zu!"

Martin schreckte aus seinen Gedanken hoch und sah sie an. Er hatte sich für den direkten Weg entschieden. „Kate, was ich dir nun sagen muss, fällt mir schwerer als alles, was ich bisher erlebt habe. Ich möchte, dass du das weißt." Er holte tief Luft. „Dein Mann betrügt dich."

Kate riss überrascht die Augen auf, eine Weile schwieg sie, dann brach sie in schallendes Gelächter aus.

Martin wusste nicht, wie ihm geschah. „Hast du mich verstanden?!"

Sie gluckste und hielt sich den Bauch.

„Kate, ich meine es ernst!" Er begann, sie zu schütteln. „Eric bescheißt dich, verdammt noch mal!"

Sie verstummte. „Das ist ein Scherz, oder?"

„Siehst du mich lachen?!"

Sie antwortete nicht. Martin konnte spüren, wie sich ihr Puls beschleunigte. „Ich war bei ihm, er hat mir alles gebeichtet."

„Mit wem?"

„Joanna."

„Du spinnst!"

„Es geht schon seit drei Jahren so, also noch vor deiner Krankheit. Diesen Tom gibt es nicht mehr. Sie haben dir die ganze Zeit was vorgemacht, wahrscheinlich waren sie auch gemeinsam auf Urlaub oder Joanna hat das nur erfunden."

„Du lügst!", schrie sie ihn an. „Du willst uns auseinanderbringen." Sie trommelte mit den Fäusten gegen Martins Brust, Speichel floss aus ihrem Mundwinkel.

„Kate, du musst mir jetzt gut zuhören!" Er hielt ihre Hände fest.

„Lass mich, du verfluchter Lügner!" Sie spuckte ihn an und wand sich unter seinem eisernen Griff.

Martin wurde laut. „Hör mir zu! Bitte! Ich war im Krankenhaus und hab mich ein bisschen umgehört. Kannst du dich an Erics Unfall bei euch zu Hause erinnern? Als er gestürzt ist und sich den Kopf angeschlagen hat? Das war alles nur inszeniert. Und glaubst du nicht, dass er auch bei deiner Beurlaubung etwas nachgeholfen hat? Er hat doch nie verkraftet, dass du ihm vorgezogen worden bist. Wach doch endlich auf!"

Sie funkelte ihn an.

„Ich hab den Unfallbericht gelesen. Er hat angegeben, du hättest ihn gestoßen!"

„Aber..."

„Ich weiß, doch dir wird niemand glauben! Um die Wahrheit geht es hier nicht. Du bist wegen schwerer psychischer Störungen hier, deine Krankheit existiert nur am Rand, schlimmer noch, sie begünstigt alles. Dr. Limberic wollte zwar nicht mit mir darüber sprechen, das darf er auch nicht, aber er hat Andeutungen gemacht und ich hab deine Akte gesehen. Sie ist so dick." Martin spreizte Daumen und Zeigefinger. „Bei Dr. Cole verhält es sich ähnlich, das hast du mir selbst erzählt. Kate, die wollen dich fertig machen! Das war alles geplant. Überleg doch mal, wie viele Therapien hast du wirklich, ich meine körperlich, und wie oft bist du bei diesem Psychodoktor? Ich schätze, auch das hat Eric veranlasst."

Kate hörte auf, sich zu wehren. „Das glaub ich nicht!" Ihre Stimme war dünn, jede Farbe aus ihrem Gesicht gewichen.

„Du wirst alles verlieren, verstehst du? Eric wird deine Vormundschaft übernehmen, sich früher oder später von dir scheiden lassen und dich mit einem kleinen Teil abspeisen. Hast du Dr. Cole mal gefragt, ob dein Mann für dich um einen weiteren Monat verlängert hat? Wenn nicht, tu es! Eric wird sich die besten Anwälte nehmen, dazu sitzt er ja an der Quelle."

„Warum tut er...was..."

„Kate, in einer Woche hab ich Urlaub, dann bin ich weg, ich kann dir nicht mehr helfen! Davon abgesehen, gegen die ärztlichen Gutachten komm selbst ich nicht an."

Sie zitterte bereits am ganzen Körper. Martin hatte Angst, sie zu verlieren.

„Benutz deinen Kopf! Joanna erwartet ein Kind von ihm, hörst du?"

Kate musste an das weite Sommerkleid denken, das Joanna bei ihrem letzten Treffen getragen hatte.

„Eric wird Vater!" Martin brüllte.

Dann sah er sie brechen. Ihre Augen rollten schräg nach oben, ein erstickter Schrei, der zarte Körper sackte in sich zusammen und plumpste zu Boden. Es geschah so schnell, dass Martin sie nicht zu halten vermochte. Zwei Schwestern eilten herbei, dann ein Arzt. Noch einer. Sie klopften ihr auf die Wangen, legten ihre Beine hoch. Der Arzt, der als Zweiter gekommen war, gab ihr eine Spritze.

„Mister?" Eine der Schwestern hatte sich zu ihm gedreht.

„Norse. Martin Norse."

„Ich denke, es wäre besser, wenn sie jetzt gehen."

„Äh...ja." Seine Beine waren weich wie Gummi, sein Kopf müde. Sehr, sehr müde. Er fühlte sich schuldig.

Kapitel 24

Den gestrigen Tag hatte sie nur im Bett gelegen und wie durch einen dunklen Schleier wahrgenommen. Ihre Sinne waren benebelt, die Ohren taub, die Augen trüb, das Herz leer. Kate hatte das Essen verweigert und kaum etwas getrunken.

Heute war sie mit einem Brummschädel aufgewacht und als der erste klare Gedanke in ihr Gehirn geschossen war, hatte sie Sturm nach einer Krankenschwester geläutet. Sie wollte eine Beruhigungsspritze, am besten gleich zwei. Aber dann war etwas Unerwartetes passiert. Ein anderes Gefühl hatte sich in ihr breit gemacht, erst winzig klein, dann immer stärker und schließlich ihren Schmerz verdrängt. Nicht lange, nur für ein paar Sekunden. Aber diese paar Sekunden hatten ausgereicht, um die Schwester mit einer Entschuldigung, sie hätte irrtümlich den Knopf betätigt und dieser wäre sodann hängen geblieben, wegzuschicken. Sie kannte dieses Gefühl von ihren Verhandlungen: den festen Willen, zu gewinnen, der Gerechtigkeit wegen. Es hatte etwas mit Unbeugsamkeit zu tun, dem letzten bisschen an Stolz und Würde, das man in sich trug. Kampfgeist.

Nun saß sie in ihrem Zimmer, wartete auf Mirjam und war hellwach. Dr. Cole hatte Martins Verdacht bestätigt. Eric hatte bereits verlängert.

Mirjam trat ins Zimmer. „Komm her, meine Kleine. Wie fühlst du dich?" Sie schloss sie sanft in die Arme. Ihre Wärme tat gut.

„Beschissen!"

„Soll ich dir etwas bringen? Tee? Cola? Ne Kleinigkeit zu essen?"

„Nein danke. Setz dich!" Kate klopfte mit der flachen Hand auf den Stuhl neben sich. „Ich werde mich umbringen."

„Was?!"

„Hilfst du mir dabei?"

Mirjam sprang auf. „Wie bitte?!"

„Nicht wirklich! Komm, setz dich wieder." Kate erzählte ihr vom Verhältnis ihres Mannes mit Joanna, dem gemeinsamen Baby, allem, was sie von Martin erfahren hatte. Mirjam hörte aufmerksam zu, die Kummerfalte auf ihrer Stirn wuchs mit jedem gesprochenen Wort.

„Ich hab nicht viel Zeit, Mirjam, jetzt, wo er weiß, dass sein Geheimnis aufgeflogen ist. Er wird alles daran setzen, mich fertig zu machen. Ich weiß nicht, warum er mich so hasst und weshalb meine beste Freundin mir das antut, aber wenn ich mir nun den Kopf darüber zermartere, werde ich bald schon ohne alles dastehen. Martin hat recht, ich hab keine Chance."

„Was hast du vor?"

„Ich muss es wie echt aussehen lassen, so, dass niemand Fragen stellt und alle denken, ich hätte mich aufgrund meiner Depressionen und psychischen Probleme oder weil ich mit der Krankheit nicht klar kam, umgebracht. Ich habe schon einen Selbstmordversuch hinter mir, das wird mir zugute kommen."

„Du weißt, dass du dann nicht mehr in dein altes Leben zurückkannst?"

„Ja."

„Wenn du dich tötest, also nur vorgetäuscht, erlischt damit auch deine bisherige Identität."

„Ich weiß."

„Wenn du gehst, gehst du für immer und du musst alles, was du lieb gewonnen hast, zurücklassen. Ist dir das tatsächlich bewusst, Kate?"

„Ja und frag mich jetzt bitte nicht, ob ich ein gutes Gefühl dabei habe! Ich seh keinen anderen Ausweg! Ich will leben. Eric vernichtet mich."

Mirjam sah ihr lange tief in die Augen. Kate dachte schon, sie hätte es sich anders überlegt. Aber dann sagte sie: „Gut, ich werde dir helfen."

Kate atmete erleichtert auf. „Danke!"

„Wie willst du es anstellen?"

„Tja, das ist das eigentliche Problem. Mir ist noch nichts eingefallen."

„Der Fluss."

Kate runzelte die Stirn.

„Der Fluss ist die einzige Möglichkeit, aus der Klinik zu kommen, wenn diese bereits geschlossen ist. Im Fluss befindet sich kein Zaun."

Kate verstand sofort. „Das ist gut. Sogar sehr gut! Ich springe aus dem Fenster, die Böschung hinab in den Fluss, mitten in der Nacht, wenn alle schlafen, und schwimme, bis ich außerhalb der Klinik bin. Wie sterbe ich?"

„Mit einer Packung Beruhigungsmittel."

„Lieber Schlaftabletten, das hatte ich schon mal. Ich lass die Schachtel offen auf meinem Nachtkästchen liegen, die Pillen spül ich im Klo runter. Nein, warte! Nicht in meinem, wegen der Spuren, man kann nie wissen. Das musst du übernehmen." In ihrem Kopf brodelte es. „Und dann?"

„Etwa fünfzig Meter nach dem Zaun ist eine kleine Ausbuchtung, dort kannst du ans Ufer klettern. Du darfst sie nicht verfehlen, in der Nacht ist es dunkel, das Licht aus der Klinik reicht nicht bis dorthin. Zwei, drei Kilometer weiter mündet der Elmon in den Hudson, einen reißenden Fluss mit vielen Stromschnellen. Sie werden denken, das Wasser hätte deine Leiche irgendwann ins Meer gespült. Wenn die Polizei also eine Suchaktion startet, wird sie aus diesem Grund bald abbrechen. Wie gesagt, du darfst diese Bucht auf keinen Fall verfehlen, sonst schwebst du tatsächlich in Lebensgefahr!"

„Perfekt!"

„Ich hab nur Angst wegen dem Wasser. Es sind bestimmt an die zweihundertfünfzig Meter und es wird ziemlich kalt werden."

„Ich bin eine gute Schwimmerin. Aber wie komme ich von dort weg?"

Mirjam überlegte. „Thando, mein Mann."

„Hält er dicht?"

„Also hör mal!" Mirjam strafte sie mit einem entrüsteten Blick.

„Entschuldige, ich bin nervös."

„Er wartet mit seinem Auto an der Straße auf dich. Das ist nicht weit, nur durch ein kurzes Waldstück. Wohin willst du überhaupt?"

„Neuseeland."

„So weit?"

„Es kann nicht weit genug sein. Meine Mutter wollte dort immer hin, leider hat sie es nicht mehr geschafft."

„Also gut, dann brauchst du neue Papiere."

„Wie bekomm ich die?"

„Hmm, Thando kennt da jemanden..."

Kate zögerte. „Woher...ach, was solls! Hauptsache ich komm zu nem Pass."

„Und ein Flugticket. Wir kümmern uns darum. Thando wird am Ufer eine Tasche mit frischer Kleidung, Geld und den Papieren verstecken. Auch Perücke und Brille, wir müssen dein Aussehen verändern. Du ziehst dich um und gibst deine nassen Sachen zu Thando in den Wagen. Welche Größe hast du? Sechsunddreißig?"

Kate nickte.

„Schuhe?"

„Achtunddreißig. Das mit dem Geld funktioniert nicht. Ich kann keines abheben, das wäre zu auffällig."
„Wir übernehmen das."
„Das kann ich nicht annehmen!"
„Doch, kannst du." Mirjam lächelte großmütig.
Kate stöhnte. „Ich weiß nicht, vielleicht ist alles doch keine so gute Idee..."
„Nun sind wir schon so weit gekommen, Kate, du darfst jetzt keinen Rückzieher machen."
„Du hast recht." Sie richtete sich auf. „Ich zieh das durch!"
„Am besten du springst in deiner Nachtwäsche, das erscheint mir glaubwürdiger."
„Ja, das Medaillon nehm ich aber mit." Ihre Finger berührten das silberne Teil um ihren Hals. „Ich trage es immer bei mir, Eric weiß das. Puh, ganz schön viel zu bedenken!"
Mirjam drückte ihre Hand. „Wir schaffen das!"
„Da ist noch was...", begann Kate, „mein Haus. Könntest du dir vorstellen, mit Thando und Pitty von hier wegzuziehen?"
„Wie meinst du das?"
„Ich möchte dir mein Haus und den Großteil meines Vermögens vermachen. Den Rest bekommen Mr. Flynn und Chris, ich kenne sonst niemanden, dem ich mein Geld lieber geben würde. Mr. Flynn hat eine so kleine Wohnung, dass er nicht mal ordentlich seinem Hobby nachgehen kann und Chris wünscht sich schon lange ein Auto mit für ihn umgebauter Schaltung, bisher konnte er es sich nicht leisten. An Martin gehen die Angelausrüstung meines Vaters und sämtliche Kochrezepte. Er wird dies zu schätzen wissen, Geld bedeutet ihm nichts."
„Du bist verrückt!"

„Bitte, Mirjam! Es ist mein Elternhaus, meine ganze Liebe steckt darin. Ich will nicht, dass das Eric alles bekommt!"

„Tut mir leid, das kann ich jetzt nicht annehmen!"

„Mirjam, du könntest dich um eine Stelle im städtischen Krankenhaus bewerben, die haben eine sehr nette Kinderstation. Dein Mann würde vielleicht etwas im Hafen finden und Pitty würde den Garten sicher lieben. Ihr hättet keine Geldsorgen mehr."

„Ich kann das nicht! Unmöglich!"

„Bitte! Mir hast du vorhin doch auch erklärt, ich könne euer Geld ohne weiteres annehmen."

„Das hier ist eine andere Größenordnung."

„Es wäre mein innigster Wunsch! Ich könnte dir damit ein wenig von dem zurückgeben, was du mir die ganze Zeit über geschenkt hast."

„Hab ich doch gar nicht!"

„Doch! Durch dich hab ich wieder zu meiner Lebensfreude gefunden, das wiegt mehr als alles andere!"

Mirjam schüttelte den Kopf. „Das war nicht ich, Kate, das warst du selbst!"

„Nein, du hast mir die Augen geöffnet, durch dich habe ich so vieles erfahren! Aber ich will mich nicht mit dir darüber streiten. Es würde mir nur unglaublich viel bedeuten!"

Mirjam seufzte. „Ich denk drüber nach."

„Bis morgen?"

„Das geht nicht so schnell! Immerhin muss ich auch mit meinem Mann sprechen."

„Bitte, mir läuft die Zeit davon! Ich muss zusehen, dass ich zu einem Notar komme, um mein Testament zu ändern."

„Also gut, bis morgen."

Thando war Mirjams zweite Hälfte. Topf und Deckel. Die gleichen gutmütigen Augen, dasselbe helle Lachen, die gleiche Wärme. Obwohl er sehr schlank war, fast mager, fühlte sich Kate in seiner Gegenwart stark und sicher. Ihm wäre sie sogar in eine Löwengrube gefolgt. Er hatte sie zwei Mal in die Stadt gefahren, immer unauffällig, wenn sie genug Zeit zwischen den Therapien gehabt hatte. Im Nachhinein würde man sagen, sie hätte sich heimlich ein Taxi gerufen. Das erste Mal hatte sie den von Mirjam und Thando ausgesuchten Notar aufgesucht. Es war einfach gewesen. Er hatte all ihre Änderungswünsche aufgenommen und gemeint, er würde alles in die Zentraldatei eingeben und ihr eine Rechnung zukommen lassen. Bei dieser Gelegenheit hatte sie ihn nicht nur über ihren Aufenthaltsort in der Klinik informiert, sondern ihm gleich auch die Geschichte von ihrem untreuen Ehemann, den Sorgen mit der Krankheit und noch einiges mehr erzählt. Natürlich nichts von ihrem Vorhaben. Sie hatte ihn um rasche Erledigung gebeten, da sie nicht mehr lange in der Klinik sein würde und alles erledigt haben wollte, bevor sie nach Hause zurückkäme. Ein Unfall könne schnell mal passieren. Sie hatte ihm unter Tränen berichtet, wie erniedrigt und benutzt sie sich fühlte und dass sie nun sichergehen wollte, dass der Mann, der ihr solchen Schmerz zugefügt hatte, nichts von ihrem Vermögen mehr abbekam. Das war nicht mal gelogen gewesen. Der Notar hatte mitfühlend genickt und beteuert, er würde so schnell wie möglich urgieren. Falls Eric das Testament anfechten würde, wäre der Notar ihr Trumpf. Er würde ihren Selbstmord nicht nur untermauern, sondern auch in ein neues Licht rücken, indem er aussagte, sie hätte sich aus Gram, betrogen worden zu sein, von ihrem Leben verabschiedet. Die Rechnung war eine Woche später in die Klinik geflattert, niemand hatte

Fragen gestellt und Thando hatte sie das zweite Mal in die Stadt gefahren, um den Betrag zu überweisen.

Nun waren alle Vorbereitungen getroffen, morgen früh ging der Flug. Bald würde sie ihr altes Leben hinter sich lassen. Die Vorstellung, nie wieder jene Menschen und Orte zu sehen, die sie geliebt hatte, schmerzte bitterlich. Joanna war ein Teil ihrer Jugend, ihre Seelenverwandte, ihre engste Vertraute. Eric war ihr zweites Ich, ihr Atem, ihr Herz. Ihr Leben.

Sie hatte Angst.

Kapitel 25

Es war halb ein Uhr nachts. Kate hatte sich mit Kaffee und Zigaretten wach gehalten. Rauchen auf dem Zimmer war strengstens untersagt, sie tat es trotzdem. Kate beugte sich über das geöffnete Fenster und blies den Rauch in die Nachtluft. Sie fröstelte. Nicht von den Temperaturen, es war relativ mild, sondern vor Aufregung. Ihr Herz pochte wie wild. Sie hoffte, nicht an einem Herzinfarkt zu sterben. Das würde dann wohl unter Ironie des Schicksals fallen, dachte sie und kicherte hysterisch. Punkt ein Uhr öffnete sie die Tür. Mirjam stand schon bereit. Sie versuchten, sich möglichst lautlos zu bewegen und sprachen ausschließlich im Flüsterton.

„Es ist soweit. Thando steht bereit."

Kate schluckte.

„Hab keine Angst! Alles wird gut gehen."

Kate schlich zu der Kommode. „Hier, für Mr. Flynn." Sie hielt Mirjam eine goldene Taschenuhr entgegen. „Von meinem Vater. Mr. Flynn liebt Uhren."

Mirjam versuchte zu lächeln, es gelang ihr nicht. Kate sah die Tränen in ihren Augen. Am liebsten hätte sie alles abgebrochen, nur um diese Frau wieder glücklich zu sehen. Mirjam schien ihre Gedanken zu lesen.

„Das, was du siehst, ist nur das weinende Auge. Weil mich deine Situation unendlich traurig macht und ich dich so gerne noch länger an meiner Seite gehabt hätte. Das lachende Auge ist jedoch überglücklich und dankbar dafür, dass ich einen so wundervollen Menschen wie dich gefunden habe und nun meine Freundin nennen darf." Sie griff in die Tasche ihres Arbeitskittels. „Hier. Als Zeichen unserer Freundschaft."

Als Kate das Armband sah, platzte der Kloß in ihrem Hals. Ein ganzer Ozean aus Tränen strömte über ihr Gesicht.

„Psst, nicht weinen, alles ist gut." Mirjam band ihr das Kettchen ums Handgelenk. Leder, durchsetzt mit weißen Perlen. Auf der Vorderseite prangte der Schriftzug KAMI.

„Sieh mal, ich hab dasselbe." Mirjam griff erneut in ihre Tasche und ließ es sich von Kate anlegen. „Jetzt sind wir für immer verbunden." Ein Ritual, das beide nie vergessen würden.

„Ich will nicht gehen", flüsterte Kate.

„Wenn Gras über die Sache gewachsen ist, kommst du mich besuchen, ja?"

Kate nickte.

„Und jetzt geh! Geh und such deinen Schatz!"

Sie umarmten sich ein letztes Mal.

Dann sprang sie.

Epilog

Sie drückte sich tiefer in den Sitz und schnappte nach Luft. „Was machst du hier?!"
Er setzte sich auf den freien Platz neben ihr.
„Wo ist die Polizei?" Blöde Frage, schimpfte sich Kate, in Zivil natürlich!
„Es gibt keine Polizei."
„Willst du mich verarschen?! Macht dir das Spaß, ja?"
Sie glaubte ihm kein Wort und sah sich gehetzt um. Am nächsten Flughafen würden sie landen, dann würden die Handschellen klicken und die Polizei sie abführen.
„Ich sage die Wahrheit."
Kate musterte ihn forsch. „Wie hast du mich gefunden? Woher weißt du?"
Er schwieg. Kate nahm die Brille ab und vergewisserte sich, dass ihre Perücke noch korrekt saß. Darunter schwitzte sie fürchterlich. Mirjam hatte ihr einen Rock mit Gummizug, eine gestreifte Bluse und flache Schuhe zurechtgelegt. Nicht sehr schick, aber ausreichend. In der Tasche befanden sich noch andere Kleidungsstücke, aber in der Dunkelheit hätte Kate ohnehin nicht erkennen können, was zusammenpasste und was nicht, also hatte sie sich für das Erstbeste entschieden. In dem Augenblick dämmerte es ihr. „Das glaub ich jetzt nicht! Du und Mirjam!"
„Ja."
„Dann stammen das Geld und die gefälschten Papiere also von dir?"
„Ja. Wenn man so lange mit Recht und Unrecht zu tun hat, lernt man genug Leute kennen."
„Das ist Betrug."
„Nein, nur ein Stück Gerechtigkeit."
„Ich fass es nicht!"

„Ich wusste, wenn ich dich in einem klaren Moment erreichen würde, hätten wir gewonnen. Dann kämst du von selbst auf die Idee mit dem Selbstmord. Ich wusste, dass du so denken würdest, dazu kenn ich dich einfach schon viel zu lange. Mirjam musste dich nur noch in die richtige Richtung führen."

„Der Fluss."

„Ja. Als du ihr sagtest, dein Ziel wäre Neuseeland, musste ich nur noch die Tickets besorgen. Ich gebe zu, das war etwas heikel, eine Woche war verdammt knapp."

Kate wischte den Schweiß von ihrer Stirn. „Ihr seid die ganze Zeit unter einer Decke gesteckt. Mann, das hätte so schief gehen können!"

„Risiko war immer dabei. Deine Aktion beim Notar war übrigens hervorragend, sehr ausgeklügelt. Eric wird sich hüten, Einspruch zu erheben. Wenn doch, zerreiß ich ihn in der Luft."

„Warum sitzt du im Flugzeug?"

„Ich sagte dir doch, Urlaub."

„Das mein ich nicht. Warum tust du das alles für mich?"

Martin sah sie an, länger als sonst. Etwas blitzte in seinen Augen auf. „Weil ich dich mag, Kate. Mehr, als du denkst." Er griff nach ihrer Hand. „Ich wollte dich nicht alleine lassen. Ohne dich würde etwas Wichtiges in meinem Leben fehlen."

Liebe Mirjam!

Über ein Jahr ist es nun her, seit ich das letzte Mal in deinen Armen gelegen bin. Seitdem ist kein Tag vergangen, an dem ich nicht an dich gedacht habe. Von Martin habe ich erfahren, dass ich nun offiziell für tot erklärt worden bin und du mit Thando und Pitty in mein altes Haus gezogen bist. Er meinte, es wäre nun nicht mehr ge-

fährlich, dir ein paar Zeilen zu schreiben. Ich hoffe, es gefällt euch, verändert alles nach euren Vorstellungen, die Dinge, die euch ansprechen, behaltet, die andren werft in den Müll. Ich habe ein neues Zuhause gefunden.

Die Flucht und die lange Reise waren sehr anstrengend. Ich dachte nicht, dass das Wasser so kalt sein würde. Meine Füße waren ganz blau und ich musste sie in Thandos Wagen über das Gebläse halten, um die Steifheit zu lösen. Ich hatte die ganze Zeit große Angst, entdeckt zu werden. Es war schrecklich! Als Martin dann im Flugzeug auftauchte, dachte ich schon, es wäre zu Ende. Du und Martin! Ich fass es heute noch nicht! Ihr habt so unglaublich viel für mich getan , liebe Mirjam, ich weiß nicht, wie ich dir das jemals danken kann.

Inzwischen lebe ich in einem kleinen Häuschen, umgeben von saftigen Wiesen. Die Landschaft hier ist berauschend. Ich habe eine Anstellung bei der örtlichen Presse gefunden, ich schreibe kurze Statements zu politischen und juristischen Themen. Nichts Großartiges, aber es bereitet mir Freude. Über unsere Kirche biete ich Malkurse für Kinder an und in der hiesigen Bäckerei hängen bereits einige Werke von mir. Die Leute nehmen mich so, wie ich bin. Niemand stellt Fragen, warum ich so schlecht laufe. Mein Gesundheitszustand hat sich zwar nicht verbessert, aber ich bin zufrieden.

Eric habe ich jeden Tag gehasst, vermisst, um ihn geweint, mich nach ihm gesehnt, ihn verflucht. Ebenso Joanna. Die Wunde, die sie mir zugefügt haben, ist tief wie ein Krater. Aber sie beginnt langsam zu heilen.

Martin hat mich in dieser Zeit drei Mal besucht, öfter ging es von Berufs wegen nicht und wäre auch zu auffällig gewesen. Bei seinem ersten Aufenthalt hat er mich sehr darin unterstützt, eine Bleibe zu finden und Fuß zu fassen. Ein neues Land, neue Menschen – es ist nicht gerade ein-

fach, bei Null anzufangen. Schon damals habe ich ein zartes Gefühl für ihn wahrgenommen, wir haben Tage und Nächte mit unseren Worten gefüllt und uns neu kennengelernt. Inzwischen ist er ganz hergezogen, er hat seinen Job an den Nagel gehängt und sein Haus verkauft. Das Boot, so erzählte er mir, hat er deinem Mann vermacht, ich bin sicher, er wird viele schöne Stunden damit verbringen. Martin arbeitet in einem kleinen Lokal und macht nebenbei die Ausbildung zum Koch nach. Sein Wunsch ist es, danach selbst ein Restaurant zu eröffnen. Wenn du sehen könntest, wie seine Augen leuchten! Einstweilen leben wir hauptsächlich von seinem Geld, er war es auch, der uns dieses schöne Häuschen gekauft hat. Ich möchte ihm das irgendwann rückerstatten, aber er sagt, wenn ich das tue, schmeißt er mich raus. Für ihn ist es selbstverständlich. Ich weiß nicht, ob man bereits von Liebe sprechen kann, aber zumindest ist es etwas hinreichend Ähnliches. Ja, die Wunde heilt.

Heute habe ich meinen Schatz gefunden. Ich stand auf einem kleinen Hügel in der Nähe unseres Hauses, blickte in die aufgehende Sonne und da ist es passiert. Es war ein überwältigendes Gefühl! Du hattest recht, man kann es nicht beschreiben, aber wenn man seinen Schatz gefunden hat, weiß man es einfach. Ich kann mich noch gut daran erinnern, als ich dich fragte, wo ich ihn finden könnte – wie dumm! Er war die ganze Zeit in mir. Es hat etwas mit Glückseligkeit und Freude an kleinen Dingen zu tun, mit Liebe zu sich selbst und zu seiner Umgebung, mit Selbsterkenntnis, Annehmen und Verzeihen und einem tiefen inneren Frieden.

Heute habe ich meinen Schatz gefunden. Aber vielleicht auch schon ein bisschen früher.

KAMI.

deine Kate

Danksagung

Mein größter Dank gilt unangefochten meiner Familie. Ich liebe euch aus tiefstem Herzen!

Meinen Eltern, Selma und Gerhard, für eine so wundervolle und glückliche Kindheit. Ihr wart mir in allem Ratgeber und Vorbild. Ich danke euch für euer Vertrauen und Verständnis, euren Glauben in mich und meine Fähigkeiten, eure Zuwendung und jahrelange Unterstützung. In den dunkelsten Stunden wart ihr es, die mir Mut und neue Lebenskraft geschenkt haben. Eure Liebe ist so bedingungslos und mächtig, dass ich jeden Tag aufs Neue versuche, diese zu überbieten.

Meiner Schwester Manuela für die sprachliche Überarbeitung dieses Buches und die dafür aufgewendete Zeit. Dein unglaubliches Allgemeinwissen habe ich schon immer sehr bewundert, zugleich aber zeugt deine Bescheidenheit von wahrer Größe. Ich liebe es, mit dir herumzualbern und zu träumen und wenn du glaubst, zu wissen, wie viel du mir bedeutest, dann kannst du es in Wahrheit nicht mal erahnen.

Besonderer Dank gilt meinem Schwager Markus. Für deine Unterstützung in computertechnischen Belangen und deine geduldige Einführung in die faszinierende Welt des Cyberspace. Dein enormes Fachwissen ist beeindruckend. Markus, du bist ein Genie! Einen besseren Schwager hätte ich mir nicht wünschen können.

Weiters danke ich meinen Freunden und jenen, die mir am Herzen liegen – ihr wisst selbst, wer gemeint ist! Ihr bereichert mein Leben ungemein.

Last but not least danke ich allen Menschen, die mich zu diesem Buch inspiriert haben, im positiven wie im negativen Sinn.

Romana Knötig, 1980 in Linz/Oberösterreich geboren, ist gelernte Kindergartenpädagogin. Neben dem Schreiben gilt ihr Interesse der bildenden Kunst und der Musik. Selbst im Alter von 18 Jahren an MS erkrankt, war es ihr ein Anliegen, dieses Thema in einem Buch zu verarbeiten. *Mirjams Schatz* ist ihr Erstlingswerk.

www.tredition.de

Über tredition

Der tredition Verlag wurde 2006 in Hamburg gegründet. Seitdem hat tredition Hunderte von Büchern veröffentlicht. Autoren können in wenigen leichten Schritten print-Books, e-Books und audio-Books publizieren. Der Verlag hat das Ziel, die beste und fairste Veröffentlichungsmöglichkeit für Autoren zu bieten.

tredition wurde mit der Erkenntnis gegründet, dass nur etwa jedes 200. bei Verlagen eingereichte Manuskript veröffentlicht wird. Dabei hat jedes Buch seinen Markt, also seine Leser. tredition sorgt dafür, dass für jedes Buch die Leserschaft auch erreicht wird

Autoren können das einzigartige Literatur-Netzwerk von tredition nutzen. Hier bieten zahlreiche Literatur-Partner (das sind Lektoren, Übersetzer, Hörbuchsprecher und Illustratoren) ihre Dienstleistung an, um Manuskripte zu verbessern oder die Vielfalt zu erhöhen. Autoren vereinbaren unabhängig von tredition mit Literatur-Partnern die Konditionen ihrer Zusammenarbeit und können gemeinsam am Erfolg des Buches partizipieren.

Das gesamte Verlagsprogramm von tredition ist bei allen stationären Buchhandlungen und Online-Buchhändlern wie z. B. Amazon erhältlich. e-Books stehen bei den führenden Online-Portalen (z. B. iBookstore von Apple) zum Verkauf.

Seit 2009 bietet tredition sein Verlagskonzept auch als sogenanntes "White-Label" an. Das bedeutet, dass andere Personen oder Institutionen risikofrei und unkompliziert selbst zum Herausgeber von Büchern und Buchreihen unter eigener Marke werden können.

Mittlerweile zählen zahlreiche renommierte Unternehmen, Zeitschriften-, Zeitungs- und Buchverlage, Universitäten, Forschungseinrichtungen, Unternehmensberatungen zu den Kunden von tredition. Unter www.tredition-corporate.de bietet tredition vielfältige weitere Verlagsleistungen speziell für Geschäftskunden an.

tredition wurde mit mehreren Innovationspreisen ausgezeichnet, u. a. Webfuture Award und Innovationspreis der Buch-Digitale.

tredition ist Mitglied im Börsenverein des Deutschen Buchhandels.